「——……ふ、ふん、まぁまぁですわね。
合格にして差し上げますわ」

「ふふ、ありがとう。
じゃあ……最初の花束をどうぞ。僕の婚約者さん？」

Contents

大好きな婚約者、僕に君は勿体ない！
は？　寝言は寝てから仰って

◆プロローグ◆

「ふぅん……あなたが私の婚約者？　何だか全然パッとしないけれど、そうね、永遠の愛の誓い方を知っていて？」

居丈高にツンと澄ました七歳くらいの少女が、目の前に座る同い年くらいの少年にそう訊《たず》ねる。ふんわりとうねる豊かな夜色の髪に、切れ長な紫紺の瞳。血統書のついた黒い子猫のような生意気そうだが美しい少女に対し、少年の方は丸い鼻の上に大きすぎる眼鏡をかけ、鳥の巣のようにクシャクシャとした枯れ草色の髪に榛《はしばみ》色の瞳をしたぼんやりとした印象だ。

けれど同年代の少年ならば怒り出しそうな物言いをする少女を前に、腹を立てる様子の一つもない。見つめる瞳は穏やかな心根を表しており、その思慮深い性格を思わせた。

少女達の両親はハラハラしながらもことの成り行きを見守っていたが、少年はフッと少女を見つめる瞳を優しげに細めて口を開く。

「そうだなぁ……もしもキミが僕の奥さんになってくれるなら、一年中キミのために僕が育てた抱えきれないほどの花を贈るよ。大好きだよって書いたカードを添えてね？」

少年の趣味は土いじり。今日も大切なお披露目を前に、せっせと庭師から分けてもらった小さな彼だけの庭をいじっていた。彼の両親が呼びに来た時には、オーバーオールを土まみれにして作業に熱中していたほどだ。

慌てた両親が一旦《いったん》屋敷で綺麗《きれい》にしてから会わせたいと少女の両親に申し入れようとしていたところ、先を越した少女がさっさと冒頭の台詞《せりふ》を口にしてしまったのである。

ちなみに田舎の小貴族とはいえ、両家の親が親友同士でもなければ冒頭の時点で婚約の話は即お流れと言われても仕方がない。その点で言えば少女達の両親は二重丸の関係性である。

ド辺鄙《へんぴ》な片田舎の、何てことのない名ばかり貴族仲間。

招かれれば貴族らしい催しにも出るが、相手にしてもらえることもなく、貴族間よりも領地の地主との方が余程結び付きがある。そんな程度の両家なので縁談の話はほぼない。

互いにこの縁談を失敗してしまえば嫁ぎ先と婿入り先に苦労するのは目に見えている。事実、上の子供達でコネを使い尽くした両家の最後の子供達。

かと言って貴族にしては珍しく、無理強いしたくはない子煩悩な両家。

いや、少女の方は見目が良いので選ばなければ嫁ぎ先はあるだろう。ただし、地位が低いので第一夫人は望めない。精々どこかの富豪や大貴族の愛妾《あいしょう》として求められたりするくらいが関の山。

そして何よりも……美しいが柔らかい物腰の両親に似ない、華やかな見た目通り居丈高な少女の性格が問題だった。

この少年の答えに少女が頷《うなず》くか否かで大きくその後の人生が変わる――。

両親達が固唾を飲む中で、生意気そうな少女はその愛らしい唇を開いて、言った。

「――……ふ、ふん、まぁまぁですわね。合格にして差し上げますわ」

その素直でない物言いに冷や冷やする両親達とは裏腹に、少年の方は穏やかに微笑《ほほえ》むと自慢の庭から早速花を摘み取って少女の目の前に差し出した。

「ふふ、ありがとう。じゃあ……最初の花束をどうぞ。僕の婚約者さん？」

優しい榛色の瞳が眼鏡の奥で柔らかく細められて。

ほんの少しだけ頬を染めた少女が受け取ったのは――。

真っ白な雲のようにふわふわと揺れる溢《あふ》れんばかりのカスミソウだった。

第一章

辺境地の冴《さ》えない三男に生まれついた僕、ダリウス・エスパーダには、勿体《もったい》ないほど美しい婚約者がいる。

貴族といっても田舎領主の三男坊。生活はたぶん中規模商家にも及ばない程度。唯一の得意分野は土いじりくらいのもので、はっきり言って取り柄らしいものは何もない。

おまけに上に兄が二人いるので、就学時期が来ても他家の子息や子女のように王都の学園に編入することもままならなかった。

けれど家族は好きだし、特に王都まで行くような才能の片鱗《へんりん》もなかったので片田舎の貴族を相手にしてくれる家庭教師や、王都で学んだことのある兄達からの教えで事足りる。

そんな何もかもにおいて平凡な僕とは違い、年々輝くように美しくなる僕の婚約者——……イザベラ・エッフェンヒルド。

今年で僕と同じ十六歳の彼女は、田舎貴族の娘というよりは王族の血筋だと言った方がしっくりくる。

聞く人によっては傲慢に受け取られる物言いも、自分の意見をハッキリと述べられない僕には好ましい。

年中領地の畑を行き来するだけの僕と、王都の学園で上級貴族の子女と肩を並べる彼女が婚約者として出逢《であ》ったのは七歳の頃。出逢ってすぐの彼女の発言に驚いた両親の顔を今でも思い出せる。

物事を順序立ててキビキビと行動出来るイザベラと、取り敢《あ》えずのんびりと結果を待ってから次の行動に移る僕。正反対の僕達は周囲の大人達の心配をよそに、大したケンカもせずに大きくなった。

けれど強気な子猫のようなイザベラが十四歳になり、年頃の子供にとって初めて大人の仲間入りを果たす教会の魔力測定で、魔力の保有量が上流階級の貴族に匹敵することが判明したのだ。

イザベラに発露したのは水の魔力。きちんとした師について学べば、癒やしの力に派生させることも出来る稀有《けう》な属性だ。

対して僕は極々微弱な土の魔力。きちんとした師についたところで、どうにもならないレベルだった。それでも僕が触った土は若干フカフカになるので、こんな田舎でも役に立てるのはまだ救いだったと言える。

この国で魔力を持つ者は貴族だけではないけれど、代々の血統にこだわる貴族の間に出やすい。稀《まれ》に平民から出る亜種は、元を辿《たど》れば上級貴族のご落胤《らくいん》であったりもする。

魔力がある人間は大体王都に留め置かれ、あちらで就職、そのまま結婚、出産と進むことが多い。実際に名誉なことなので断る人間があまりいないし、田舎貴族の僕でもそれは当たり前だと思う。

今でも田舎の生活は手作業だけ。けれど王都の方では輸送や製造、治水や医術にと、色々な分野の物事が魔法で簡略化されているらしい。

そんなこんなで、イザベラが王都の学園に行ってしまってからは僕達の関係性も少しずつ変わり始めた。

「おぉー……〝この間のテストでも学年一位になりましたわ〟か。イザベラは相変わらず頑張ってるみたいだなぁ」

一週間に一通届く彼女からの手紙には、日々の学園生活で身の回りに起こる些細《ささい》な出来事や、王都で季節ごとに行われる行事のことなど、忙しいだろうにこうして僕に送ってくれる。

……昔からあの居丈高に見える振る舞いのせいで、未《いま》だに歳《とし》の近い親友どころか友人すらいない彼女が、都市部の学園で上手《うま》くやっているのか心配だ。

以前こちらに戻ってきた時にそれとなく質問したら、閉じた扇で頬を張られたのであれ以来訊《き》けない。我ながら婚約者のくせに臆病だとは思うけど、あまりしつこく訊いて彼女の自尊心を傷つけたくもないし、ならもう良いかと最近では放置している。

ともあれ――面白い手紙のお返しに僕が返せる物と言えば、今も昔も自分で育てた花と幼い頃に約束した〝大切な君へ〟と綴《つづ》ったカードくらいのものだ。

それだって王都まで花束のまま美しく送ることは出来ないから、特別見事な一本を見繕って教会で寄付をする代わりに祝福を与えてもらう。祝福とは聖職者の持つ特殊技能の一種で、言葉の持つ本来の意味をより強く引き出す。魔法に似ているが、言魂を介したものらしい。状態維持の祝福は安くはないので、僕の収入では情けないことに一本が限界。

それにその収入も領内の土壌改良で得られる僅かなものだ。それでも一人王都で頑張っているイザベラに、自分で得た物の対価を贈りたい。

「〝この間のバラはそれなりの出来映えでしたわね。私の部屋に飾っても見劣りしなくてよ?〟……ということは気に入ってくれたのか」

僕の渾身《こんしん》の作だった真っ赤なバラは、イザベラのお気に召したらしい。

彼女らしい素直でない文面に頬が緩む。夏と冬の長期休暇の時には帰って来るけれど、それ以外はなかなか会うことが出来ないので昔のように花束を贈る機会がない。

今日も今日とて領地の土いじりに精を出す僕とはかけ離れた華やかな世界。ぼんやりと見渡す田園風景に不満はないけれど、ほんの少しだけ彼女と同じものを見られないことが寂しいと感じる。

――その時一陣の風が吹いて、甘い香りが僕の鼻腔《びこう》をくすぐった。

まるで自信をなくしかけた僕を叱咤するように木々の青葉が揺れる。

この領地は長兄のもので、次兄は婿入り先の後を継ぐ。僕の家は男児しかいないが、イザベラの家は逆で女児しかいない。

彼女の二人の姉達はすでに他家に嫁いでいるので、僕はイザベラの卒業と同時にエッフェンヒルド家に婿入りすることになっている。

ゆっくりと深呼吸をして緑と花の香りを肺に送り込み、さて春バラが終わったら何を贈ろうか？　そんなことを考えながらめくった次の便せんに、サラリと何でもないことのようにとんでもないことが書かれていた。

〝そうそう、最近学園で第二王子を騙《かた》る不届き者に声をかけられましたわ。軽々しく「俺のモノになれ」だなんて、仮にも王都の学園内で大胆《バカ》だと思いませんか？〟

――――は？　え⁇　ちょっと待って、何それ詳しく⁉

そう思って次の便せんをめくろうと指を動かすのに、指先は無慈悲にもこの便せんが最後の一枚なのだと物語る手応え。

「……嘘だろ……普通こんな気になるところで手紙を終えるか？」

せっかく前向きに物事を捉えようとした矢先に――――僕は幼い頃からずっと振り回してくれる婚約者に、今日も今日とて悩まされるのだった。

□□□

私――イザベラ・エッフェンヒルドには、幼い頃に親同士が取り決めた垢抜《あかぬ》けない婚約者がいる。

何をやらせても私より出来が悪くて遅いし、出来上がっても使い物にならないし、愚図で、ドジで、お人好《ひとよ》し。そんな彼を一言で言い表すとしたら〝善良〟。

見る目のない人間が見れば無能で愚かな人間だと勘違いするかもしれないけれど、私は別にそれを進んで訂正しようとは思わないわ。

だってわざわざ彼のことを弁明して回ったりして、あのお人好しさに目をつけられて何か危ないことにでも巻き込まれたら大変ですもの。

――……彼の良さは、婚約者である私だけが知っていればそれで充分。

下手に外で誰かに話して、横からどこかのご令嬢にかっさらわれるだなんて真っ平ごめんよ。

貴族の中では異質なくらい家族に誠実な父と母と、嫁いでしまった二人の姉は、幼い頃から私の自慢。そして……同じくらいに誠実な私の婚約者も。

昔から同性にも異性にもおかしな目で見られていた私は、自己防衛のために居丈高な物言いを覚えたけれど、そのせいで今度は下級貴族の娘のくせに生意気だと文句をつけられるようになってしまった。

でもまたあのヒソヒソと陰口を叩かれる日々に戻るくらいなら、もういっそのこと開き直ってそれを貫き通す気持ちになったのね……。

だからいつでも私の周りには小娘の虚勢を許容出来る大人しかおらず、気がついた頃にはすっかり同年代の友人関係を築く場をなくしてしまった後だった。

そのことで益々頑《かたく》なさに拍車がかかった私を心配した両親が、ある日持って来た婚約話。

初めて会うことが決まった日。下手に期待して裏切られるのが怖かった私は、両親が止めるのも聞かずに馬車から飛び出し、庭で土いじりに勤《いそ》しんでいた彼に向かって狂犬紛《まが》いに居丈高な振る舞いをした。

なのに――……。

オーバーオールを泥だらけにして、無礼な私に腹を立てず微笑んだ……それが、私とダリウスの出逢いだった。

サイズの合っていない大きな眼鏡のレンズ越しに見えた榛色の穏やかな瞳が〝怖がらなくて良いよ〟と言ってくれているみたいで、私はもう彼以外の男性なんて考えられなくなったのよ。

その場では大人しくしていたけれど、屋敷に帰った私はさっさと婚約の話を進めて欲しいと両親にせがんだわ。そうしないと彼が明日にでも誰かに取られてしまうと思ったのね。

そんな幼い日の一頁《ページ》を思い出しながら、私は学園寮の個室でダリウスから届いた一輪のバラの花弁を撫《な》でた。ベルベットのように滑らかでどっしりとした質感のある真紅のバラ。

ダリウスが少ない領地内の仕事で得た報酬で、週に一回贈ってくれる私の癒やし。ほぅ、と溜息《ためいき》を吐《つ》きながら毎回一緒に添えられる〝大切な君へ〟と書かれたカードに胸がくすぐったくなる。

領地にある教会で自分に魔力があると知った時、私を学園に行かせるべきだと言った牧師様。あの時は一瞬扇ではり倒そうかと思ったけれど、夜には〝それもありね〟と思い直した。

——だって、せっかく私の領地に婿入りしてくれるのですもの。

これは私も手に職をつけて彼の支えになるべきだわ！　と。

ダリウスの育てる花々は王都にあるどの花屋の花よりも素晴らしい。そして私達の住む辺境は産業に乏しいのよね……。

そこで私は学園在学中に植物の水分調節を自在に行えるようになって、教会でお高い祝福などかけてもらわないでも、花を長持ちさせる方法を生み出すことに専念していた。

彼は微弱ながらも土属性を持っているから植物が美しく育つのだと思っているみたいだけれど、実際はあの甲斐甲斐《かいがい》しい手入れによるものだと私は知っている。

……たまの帰省で花に嫉妬することもしばしばだわ。

学園での生活はただでさえ田舎者の下級貴族が入学するだけでも騒ぎになるのに、試験でトップを取ってしまったりしたものだから、周囲の上級貴族からの嫌がらせが凄《すご》いのよね。

お陰でこうして個室をあてがってもらえるようになったから、寮での平穏は得られたのだけれど……。

私は最近になって学園に編入して来た、狂言癖のある男子生徒につきまとわれて辟易《へきえき》していた。

授業終わりに廊下で取り巻き連中と待ち伏せしては「俺のモノになれ」。

一人で（ぼっちというやつかしら？）昼食をとっている最中に取り巻き連中とやってきては「俺のモノになれ」。

下校時間にさっさと寮へ帰って、ダリウスから贈られた花で心を癒やそうと急いでいるところへ取り巻き連中とやってきては「俺のモノになれ」。

しかも二言目には「お前……俺は第二王子だぞ！」と不敬に取られそうな狂言を吐くのだから――私の遠巻きに陰口を叩《たた》かれるだけの平穏な学園生活に、一気に暗雲が立ちこめ始めている。

あと二年もある学園生活で面倒ごとなんてこれ以上いりませんのに……！

とはいえ、どうやらその男子生徒は一応本当に上級貴族のようだから、どうせすぐに飽きるでしょうね。

きっと多少女子生徒……いえ、一部の女性教諭からの人気もあるから、全く興味を示さない私に腹を立てているだけだもの。

当然でしょう？　私の心は領地にいる婚約者のダリウスだけにしか動かせませんわ。

「あら、そういえばこの間の手紙……途中で便せんを切らしてしまって、何だかおかしなところで終わってしまったような……？」

ふむ、と首を傾《かし》げる私の目の前には、真紅のバラの隣に先日送られてきた真っ白で凛《りん》としたカラー。

「でも、そうね。彼ならあんまり気にしないでしょうから、次の手紙にでも少し書けば良いですわよね？」

うっとりと囁《ささや》いて、私はその無垢《むく》な白い花弁に指先を滑らせる。

「早く大きな花だけじゃなく、小さな花にも水分調節が出来るようになりたいですわね……」

小さな花は、詰まるところ茎が細くて弱々しいものが多い。だからどれだけ気をつけても水分を抜きすぎてしまったりして、まだ上手く状態を安定させられないのよね。

「彼ってば、私の一番好きな花を知っているのかしらね？」

大輪のバラとカラーの花弁を交互になぞって一人微笑む。

「あなた達もとっても素敵で好きだけれど、私はね――」

幼い日に初めてダリウスからもらった、溢れんばかりの小さな花。

「真っ白なカスミソウが……一等好きよ？」

十四歳で学園に来てからずっと溜《た》め続けたカードの束に唇を寄せて、私はここにいない彼を想《おも》った。

□□□

今朝は朝食の席につく前に執事のアルターが渡してくれたイザベラからの手紙が気になって、ろくに何を食べたのかも思い出せない。

いつもなら朝食後は早朝にしていた花の手入れの続きをするところだけれど、今日は前回の気になるところで切れていた手紙の方が気になって、食後すぐに自室に戻った。

屋敷と同じように使い込まれた家具が数点だけ置かれた質素な自室は、普段なら雨季でもない限りは寝に戻るだけだ。

だからというか……屋敷の使用人や両親と兄夫婦、いつも一緒に庭いじりをする園丁のダンには天変地異の前触れかと大袈裟《おおげさ》に驚かれたものの、それどころではないのだから仕方ないじゃないか。

部屋でしばらく封筒を手にベッドと机の間を行ったり来たりしていた僕は、意を決して机に向かい腰を落ち着けて、ペーパーナイフを封蠟《ふうろう》に滑り込ませた。

そして中から現れた彼女の愛用するスズランの香りがする便せんに、ドキドキしながら目を通す——が。

「〝**この間贈られてきたカラーですけれど、良いわね。机の上に置いておけば多少室内が明るくなった気がしますわ**〟……ね。うん、まぁ、喜んでもらえたみたいで嬉しいけど……」

けど——……何か違わないか？

何というのか……あの手紙の終わり方で最初に持ってくる話題として、これは相応《ふさわ》しくないんじゃないのかなぁ？　いや、でもまだ一枚目の便せんのほんの数行だしな、と気を取り直して読み進めるけれど……。

「〝校舎裏に猫が子供を産みました。とっても可愛《かわい》いんですのよ。きっとダリウスなら屋敷に連れて帰ってしまうわ〟。うん、猫は可愛いし、球根を狙ってくるネズミも退治してくれるから良いよね」

それを言ったら牧場で働いてくれる犬も好きだけど、僕は幼い頃から婚約者の彼女を見ているからか猫も好きだ。

将来的にイザベラのご両親にアレルギーがなかったら、あと、収入的に余裕があればどちらも飼いたいねと昔から二人で言っている。

――でも、やっぱり今わざわざ出す話題ではないと思うんだ……。

「あ……良かった、流石《さすが》にまだ続きがあるよな」

二枚目の便せんの手触りに少しホッとするが、イザベラのことだからほんのちょっとだけ嫌な予感もする。

〝犬も可愛らしいけれど、やっぱり猫も良いわね。あなた、仮にも私の婚約者なのだから、昔のあの約束を憶《おぼ》えていて？〟

うん、ほら、やっぱりだ……この話題を続ける気なんだね……。

そんなの勿論《もちろん》憶えているし、僕がイザベラとの約束を忘れることなんてありえないことだから。むしろ辺境地と王都との距離、そこに手紙を挟んで考え付くことが同じなんだから、この以心伝心ぶりを褒めてほしいね。

それから数枚に及ぶ便せんには、将来犬と猫（大型）を一匹ずつ飼った場合には、どちらがどちらの飼い主になるかや、収入源の確保について、魔法の訓練の成果などなど――。

おおよそ僕の知りたい情報とは若干ずれているけれども、王都で頑張っているイザベラの近況が細かく綴ってあった。彼女は相変わらず学園で、日々僕が驚くくらいのぼっちスキルを習得している。

旅費が何とか工面出来たら、彼女が在学中に一度は会いに行きたい。

僕一人が行ってどうなることでもないけれど〝ここで一人で頑張るイザベラは凄い〟と、あの完全アウェーな場所で言いたいのだ。

婚約者らしいことなどほとんど出来ない僕にも、それくらいの甲斐性はあるのだと伝えたい。なので目下資金を積み立て中だ。

行って帰るくらいなら何とかなる金額は貯《た》まっているけれど、せめて三日は王都でイザベラの傍《そば》にいたい。

とはいえ、花の種や苗を購入したりしてその都度積み立て金を切り崩してしまうから、まだ今の金額では一日が限界だけど――。

自嘲的な笑いがこみ上げそうになる頬をつねり、鼻からずり落ちかけた眼鏡を押し上げて次の便せんをめくる。

そして——あぁ、イザベラ、君的にはこのタイミングなんだね、と思わせる出だしでその話題は始まった。

〝だけど最近あの第二王子を騙る生徒の婚約者だという上級貴族のご令嬢が、取り巻きを引き連れて田舎貴族の私の元へ休み時間のたびにやってきては「この田舎者の恥知らず！」と罵ってこられて……本当、わざわざご苦労なことですわね？〟

そこでふと、脳裏に扇を広げて相手を心底小馬鹿にしている時のイザベラの——あの氷点下の視線を思い浮かべる。

キツい顔立ちのせいで誤解されがちなイザベラだけど、彼女があの視線を他者に投げかける時は余程相手の方に非がある場合だけだ。

だから僕はそんな状況にイザベラが置かれているのかと思うと心配で、こんな時、自分の出来がもっと良ければ傍についていてあげられたのにと少し気分が落ち込む。

〝他にも、その魔力量の多さで平民からどこかの男爵令嬢として華麗な転身をなさった方が、私の行く先々に現れては勝手にぶつかって転ぶんですの。彼女と接点はありませんが、思い当たる節としては自称・第二王子かしら？　その上『酷《ひど》い……わたしが貴女《あなた》に何をしたというの？』だなんて涙を浮かべて仰る始末。王都の貴族の方々は色恋以外に使う頭をお持ちではないのかしらね？〟

……手紙はそこで終わっている。次の便せんの手触りもない。

「だからっ、頼むよイザベラ……!!」

こんなに気になるところでまたしてもあと一週間待たされるのかとうなだれる一方、せめてもの救いはイザベラの夏期休暇が近いということだ。

「うーん、戻ってきたら直接詳しい話を訊けば良い……かな？」

さてと、じゃあ悩み事にも目途《めど》がついたところで——そろそろ出かけるか。

「今度イザベラが帰って来た時には何を花束にして渡そう……」

そのためにも次に贈る花を見繕うついでに彼女が戻るまでに色々と手入れをして、王都で頑張っているイザベラを喜ばせよう。僕にはそれくらいしか能がないのだから。

それに何もうちの屋敷内だけ見ていれば良いわけでもない。午後にはここしばらくの暑さで土中が過発酵を起こしている領民の畑にも顔を出さないと。

そう気持ちを切り換えた僕は、日差しが強くならないうちに庭での作業を済ませようと、イザベラから去年もらった麦わら帽子を片手に部屋を出た。

□□□

この間の手紙は少し愚痴っぽくなってしまって良くなかったわね……。

でもそのお陰とでも言うべきか、珍しくダリウスから贈られてきたカードに〝君が心配だ。無茶はしないで〟と書き添えられていたので、怪我《けが》の功名だと思っておこうかしら？

今回はとても見事なヒマワリ。あんまり立派なものだから、まるで太陽をそのまま盗んできてしまったみたいだったわ。

それに——あぁ、次の手紙を送ったら、もう夏期休暇ね。今週中に街の書店を巡って、ダリウスの好みそうな園芸書を急いで探しておかないと。

どうせなら、夏と冬以外にも長期休暇があれば良いのに……と、それではいけませんわ！しっかりしなさい、イザベラ・エッフェンヒルド！

私は一瞬でもそんな甘えた考えを持った自分の頬を、手にしていた扇をたたんでピシャリとぶった。

「ダリウスならこんな風にサボる口実なんて考えたりしないわ」

雨季の短いこの土地で辺境地の領民達は知恵を絞って畑を耕してくれるし、乳牛の牧草地の手入れもあるから、本来この時期のダリウスは忙しい。たとえ彼が微弱だと恥じる魔力であっても辺境地では天の恩恵。

この学園内の無駄に魔力量を誇る貴族達にダリウスの爪の先ほどでもやる気があれば、地方の領地は爆発的な繁栄を見せるはずですのに。

そうしないのは偏《ひとえ》に上級貴族達の驕《おご》りと特権階級意識。そしてそれを許す国の中枢……不敬を承知で考えるなら王族の怠慢ね。

そんなことを考えながら、今日の授業を終えて誰もいなくなった教室を出る。しかし思考の半分はダリウスの贈り物へ割いていたせいで、私は運悪く廊下の角を曲がって来た人物に気付くのが遅れてしまった。

やって来たのは全体的に眩《まぶ》しい優男。残念ながら本当に王位継承権第二位の第二王子だったらしい。

金糸のようなサラサラの髪を後ろで流して一本に結わえ、切れ長の青い瞳は自分の価値を信じて疑わない、自信家のそれ。

転入当初は乙女並みに白かった肌は、最近の日差しの中で行われる剣の授業で少しだけ焼けたかしら？　それだってダリウスみたいに働き者の色ではないから却下。

「あぁ――何だ、イザベラ。今からお前を迎えに行こうと思っていたのに、その途中で会えるとは奇遇だな」

無視しても後が面倒なだけなので「ご機嫌よう」と言って横を通り抜けようとすると、すれ違いざまに手首をがっちりと摑《つか》まれてしまう。ダリウスなら絶対にしないような不躾《ぶしつけ》な行為に眉を顰《ひそ》める。

「待て。今日はもう授業もないのだからそう急がなくとも良いだろう？　お前が嫌がるから、こうしてあいつらを撒《ま》いて単身で来てやったというのに」

〝あいつら〟というのは取り巻きである宰相の子息達のことだろう。それをさも私への気遣いのように語る神経を疑いますわね……。

ギリ、と手首に巻きついた指がその強さを増して、私は不快感を隠さずに思い切り相手の手の甲を扇で叩いた。

「こういった真似《まね》はおやめ下さいと、何度言えば分かっていただけるのかしらアルバート様。それに――……頼まれてもいないのに迎えに来る時点で奇遇とは申せませんわ」

扇がミシリと音を立てるくらい強く叩いたにもかかわらず、第二王子であるアルバート様は「相変わらず手厳しいな。だが俺も気の強い女は嫌いじゃない」と女性に人気のある整った顔で笑った。

私には目の前にいるこの軽薄な男が第二王子だというだけでも驚きなのに、その上女性にまで人気だということが理解出来ない。皆さん頭の中身をどこかに置き忘れていらっしゃるのかしら?

「私はご自身に婚約者がいる上に、さらに婚約者のいる相手に軽々しく声をかけるような殿方は大嫌いですの。気が合わないようで残念ですわ。それに気が強い女性が好みだと仰《おっしゃ》るなら、アルバート様の婚約者であるメリッサ様はしっかりご要望にお応えして下さっているじゃありませんの?」

私の冷ややかな対応にも悪い意味での前向きさを発揮したアルバート様は、あろうことか私を抱き寄せようとした。一瞬踏ん張ろうと頑張ったけれど、そこは男女の体格差。

私は容易《たやす》くアルバート様の腕の中に捕らわれてしまった。正直どれだけ顔が整っていようが怖気《おぞけ》が走るわ。抱き締められるならダリウスが良い。彼以外からの抱擁はいらないわ。

なので、私は下手に暴れて相手の嗜虐心《しぎゃく》をくすぐるような馬鹿なことはせず、もっと簡単な方法で片をつけることにした。

「アルバート様、人間の身体のおおよそ七割は水分だとご存知？　あぁ、それと……これは私の魔術属性を知っての行いなのかしら？」

流石につきまとっている相手の専攻くらいは知っていた様子で、アルバート様はその形の良い眉を顰めた。

私の専攻は水を自在に操り、治水や医療だけでは飽きたらず、動植物を使用して剝製を作るところまで能力の幅を広げようという……ちょっといけない方向に足を突っ込み始めている学科だ。

無論女生徒は私だけ——というよりも、男子生徒もいない。

行儀作法やテーブルマナーに重きを置いている貴族女性や、国のために働くならもっと日の当たる華々しい学科を望む貴族男性にも不人気なのだ。

専攻に選んだ理由は第一には勿論ダリウスの支えになりたいからだったけれど、不真面目な同級生がいないというのも魅力的だった。

以上の点から、要するに今私はアルバート様に〝生きたまま剝製にされたいの?〟と訊いたのだわ。大きいモノの水分調節は楽なのよ?

「……私に断りなく触れて良いのは私の婚約者だけですの。親しくもないあなたに触れられるのは不快ですわ。それにご自慢の王家の威光も、私の故郷であるド田舎の辺境領では、中央ほどの権威を発揮しませんの。あの土地でかしずかれるのは自然を味方につけられる者だけですから」

そう暗にダリウスを持ち上げながら、パラリと扇を広げて口許《くちもと》を隠す。

たとえこの扇の下で笑っていようが、それこそ舌を出していようが、女性の扇に隠された部分を暴くことは、まともに貴族としての教育を受けた男性には出来ない。

今の言葉の半分は嘘で、半分は本当だわ。

王家の血筋は尊いものであり、民は敬意を払う。それは国が国として正常に機能する在り方として正しい。

けれど……国はいつでも中心都市に重きを置くので（それ自体が誤りとは言いませんけれど）地方も地方の末端地区が、如何《いか》に自然災害や飢饉《ききん》にあぐねても余程のことがない限り国庫を開こうとはしない。

だから辺境地での王族の価値など、小さな教会以下。教会は災害時に物的には何の助けにもならないけれど、心は違う。

そして、ダリウスはそんな時に真っ先に領民のためにあろうとする。そんな姿がとても眩しくて堪《たま》らなく好きだわ。

アルバート様のように、縋《すが》れない相手を重んじろなどという愚かな言い分は私は好きではない。

一瞬だけ私を抱き締めていた腕の力が緩んだ。その好機を見逃さずに私は身を捩《よじ》って腕の囲いからすり抜ける。

「それではアルバート様、大したご用件がないようですので失礼しますわ」

学園内では学生同士の身分に貴賤《きせん》はないと掲げているけれど、私もそんなものを鵜呑《うの》みにするほど愚かではないので、アルバート様に上級貴族に対しての礼を文句をつけられる余地のないほど丁寧にとった。

正気に（いつ戻るのかしら？）戻ったアルバート様に再び捕らえられたくない私は、廊下を許される限りの速度で立ち去る。

角を曲がる頃、正気に（だからいつ？）戻ったアルバート様が背後から私を呼ぶ声が聞こえたけれど当然無視。

随分と無駄な時間を使ってしまったことを悔しく感じつつ、私はダリウスの喜びそうな本を取り扱っている店を頭の中に思い浮かべて微笑んだ。

□□□

遅咲きのとびきり紫が濃いアイリスを送ってしばらく経ったある日――。

夏期休暇の日程が書かれた手紙を受け取った僕は指折りイザベラの来訪を数えながら、連日を庭園にある彼女専用の花を手入れすることに費やした。

「――……お久しぶりね、ダリウス」

冬期休暇の頃よりもさらに大人びて綺麗になったイザベラが馬車から降りてきた。使用人や家族の手前、僕はほんの少し彼女に感じた違和感を封じ込めるように微笑んだ。

「うん、お帰りイザベラ。今日は君が戻って来るから、うちの料理人が張り切って焼き菓子を用意してくれたんだ。庭園の四阿《あずまや》にお茶の用意をしてあるから一緒に行こう?」

そう声をかけて手を差し出せば、イザベラは淡い微笑みを浮かべて僕の手をとる。相変わらず滑らかで綺麗なイザベラの手を、僕みたいな傷だらけの手で握って良いのか毎回戸惑う。

けれどそんな僕の逡巡《しゅんじゅん》を知ってか、イザベラは「ダリウス、私、疲れているの。だから早く四阿までエスコートして下さらない?」とツンと顎を上げて言った。

だから僕も「仰せのままに」と恭しく答えてオーバーオール姿のまま紳士らしく振る舞ってみる。

途端にそれまで淑女の仮面を被《かぶ》っていたイザベラが「馬鹿ね」と幼い頃の面影を残した微笑みを零《こぼ》す。僕は普段はつり目がちな彼女の目が、ふにゃりと柔らかく垂れるこの微笑み方が好きだった。

二人して、園丁のダンの手によって綺麗に刈り揃《そろ》えられた芝生の上で裸足《はだし》になり四阿を目指す。足裏にチクチクとした芝生の痛くすぐったい感触を味わいながら、いつしか僕達は四阿と反対方向にある蔓《つる》バラのアーチの方へと駆けだしていた。

バラのアーチで出来た木陰に潜り込むと、夏の最中に頑張って咲いたピンク色の蔓バラが重たそうに僕達を見下ろす。風が吹き抜けると、蔓に咲いた少ないバラの花からフワリと甘い香気が漂う。

「……それで、どうしたの、ベラ？」

呼吸が整ってからソッと昔の呼び名でイザベラに話しかける。意地っ張りだった幼いイザベラが、何かを言い出したくても言い出せない時、僕はいつもその顔を覗《のぞ》き込んでそう訊いたことを思い出した。

記憶の中の一頁をそのまま模倣した僕の呼びかけに気付いたイザベラが、急に心細そうに視線を揺らす。

切れ長の紫紺色の瞳に僕の冴えない顔を映り込ませた。彼女の瞳に映り込む僕はいつも、僕であって僕ではないように精悍《せいかん》だ。

「ねぇベラ……君の不安の理由を教えて？」

顔を近付けて瞳を見つめながらそう囁《ささや》けば、ゆっくりとイザベラの細い肩から強《こわ》ばりが解けていく。

しばらくは思い詰めた表情で裸足の爪先を見つめていたイザベラだったけれど、やがて意を決したように「……あのね、」と唇を動かし……けれどその直後に「やっぱり何でもありませんわ」と小さく答えた。

これはちょっと……彼女のプライドに関わりの深いものがあるのかな？

僕がそう頭を捻《ひね》っていると、イザベラがチラチラとこちらの表情を窺《うかが》っているのが分かった。この感じでは普通に訊いても埒《らち》があかないだろうと判断した僕は、イザベラを安心させるために「ん？」と微笑んで見せる。

イザベラはその回りくどい会話の促し方に何故か頬を染め、手にした扇をパチパチと開閉させ始めた。しかし僕がジッと見守っていると、イザベラの唇が動く。

「ダリウス、私に――……なさい」

「え？」

先程よりも格段に小さな声に思わず訊き返す。

「だから――……しなさい」

うーん……これだと言葉が簡略化されただけで声は小さいままだ。やっぱり聞き取れない。

気を悪くするだろうけどここは提案した方が良さそうかな。

「あの、ごめんベラ。もっと大きな声で言って？」

――が。

イザベラは僕のその提案に信じられないとばかりに頬を紅潮させ、目を見開いて叫んだ。

「も、もう！　あなた本当は聞こえているのでしょう!?」

「神に誓って聞こえないよ!?」

いきなりかけられた疑惑に、僕は身の潔白を証明しようと必死に大きく手と首を振る。イザベラも「そ、そうよね……あなたはそういうことはなさらないわね」とやや冷静さを取り戻してくれた。

さぁ仕切り直しだ。そう頭の中を切り換えて、再びイザベラの顔を覗き込んで安心させるように微笑む。

「だから、だから――その、」

「うん？」

「私に……キス、して下さらない？」

――――――――……え？

「う――、ううん!?　な、何？　急にどうしたのイザベラ？」

〝あ、しまった。呼び名が元に戻っちゃった〟なんて考えるよりも先に、いきなり婚約者から出されたハードルの高い申し出に盛大に焦った。それこそ必要以上に。

「私が相手では……嫌、かしら？」

いつもは強気で勝ち気な紫紺色の瞳が、その瞬間悲しそうに揺れた。そんな顔は反則だと思う。そして僕の顔は恐らく今、みっともないくらい真っ赤になっているんだろうな……。けれど大切な婚約者をこれ以上不安にさせたくなくて「むしろ君以外の誰とするのさ」とボソボソと口の中で反論した。

するとその途端にイザベラは輝くような笑顔を見せる。

――あぁ、もう、本当に狡《ずる》いな。

そう思いながらその華奢《きゃしゃ》な肩に手をかけて向き合う。潤んだ瞳のイザベラも緊張しているらしく、そこに少しだけ安心した。

幼い頃のじゃれ合いの中でしたキスと、今の年頃になってするキスの意味合いは大きく異なるとは思うけれど……昔も今も変わることのない気持ちを伝えようと二人で目蓋《まぶた》を閉じて顔を近付ける。

――……カチャッ!!

「あ」「え？」

何と、僕の眼鏡がイザベラの高い鼻に当たって、すんでのところで唇には届かなかった。間抜けなことに、イザベラの鼻の高さが当時と変わっているだなんて当たり前のことにまで頭が

働かなかったのだ。

一瞬二人の間に何ともいえない沈黙が降りる。

けれど……すぐに肩にかけていた手を解いて差し出せば、イザベラの滑らかな指が絡められた。さすがにキスが手を繋《つな》ぐ行為で終わるのも癪《しゃく》な気がした僕は、幼い頃のようにイザベラの頬に口付ける。

僕からの不意打ちを受けたイザベラは、まんざらでもなさそうにふにゃりと微笑んでくれた。

「そうだイザベラ、何か花束にしたい花があったら言って。あ、でも――、」

「『アジサイ以外で！』だろ？　分かってるよ」

すっかり今日の本題を忘れかけていた僕の提案に、勢い込んで答えた彼女とハモる。彼女がそこまで嫌がるアジサイの花言葉は〝七変化〟と〝移り気〟。

元々は花言葉に興味がなかった僕が幼いイザベラに渡して泣かせたことがあり、その時にイザベラが教えてくれたのだ。今でも花言葉には興味のない僕が唯一憶えているのだから、あの当時の騒ぎが忍ばれる。

「だったらそうだな、ナスタチウムとラディッシュの花束にしようか」

「ラディッシュって、あの畑に植えてる野菜ですわよね？」

指を絡めたままの手をブラブラさせながら不思議そうにイザベラが訊ねてくる。僕は珍しくキョトンとした表情を浮かべた彼女の、あどけない可愛さに内心ドキドキさせられっぱなしだ。

「う、うん……それで、その実の部分を上に向けてナスタチウムの花束に入れようかなって。濃いオレンジ色と黄色の花に、赤いラディッシュだと綺麗だろう？」

「え、えぇ、まぁ――」

少し眉根を寄せてその花束を想像しているらしいイザベラは久し振りの再会も相まって、もうとんでもなく可愛らしい。僕は思わずあの手紙の第二王子のことを訊いてみようかと口を開きかけて――やっぱり言い出せずに植物談話を続けることにした。

我ながら意気地なしすぎて嫌気がさすなぁ……。

「えーと……それにね、ラディッシュは勿論、ナスタチウムの花は辛味があって食べられる。夕食はイザベラの好きなチキンとナッツのサラダがでる予定だけど、あれは色味が悪いだろう？　だからイザベラが花束として楽しんだ後はサラダの彩りに使って、その後は君を内側から元気にしてもらおうかなと……駄目かな？」

「……良いわね」

「そっか、良かった。じゃあ行こうか？　皆きっと心配してるよ」

指を絡めたままの手を引いて立ち上がる。

嬉しそうに頷くイザベラと手を繋いで、彼女がお土産に持ってきてくれたという本の話をして歩きながら、この幸せはずっと変わらず続くものだと信じていた。

□□□

先日故郷での夏期休暇《リフレッシュ》を終えて戻った学園で、私はダリウスと過ごした癒やしの時間を思い出しては緩みそうになる頬を扇で隠す。

ダリウスったら全身からカモミールティーか、ラベンダーのポプリ並みの癒やし効果でも漂わせているのじゃないかしら？

女性からキスをねだるようなはしたない真似をしてしまった私に、彼が見せてくれたあの表情だけでも恥を忍んで言ってみた甲斐があったわね……。

馬車から降りた私の気分が沈んでいたことに誰も気付かなかった中で、ダリウスだけは気付いてくれた。でもその場では何でもないことのように振る舞ってくれる紳士な一面が素敵だわ。

夏期休暇前にアルバート様に廊下で絡まれていたところを同学年の女子生徒に目撃されていただけでも不運なのに、それがアルバート様の婚約者のメリッサ様の耳に入ってしまったらしい。――さらにはそのお目付役である宰相や騎士団長のご子息達の耳にまで。

権力者達のご子息連中が筆頭になって私に嫌がらせをし始めてからは、もう皆さん我が意を得たりとばかりに授業中であろうが休憩時間であろうがお構いなし。

身分を弁《わきま》えない田舎者の排除に躍起になって……腸《はらわた》が煮えくり返りそうなくらいの被害を私に与えて下さる日々が続いていたのよね？

……でも、もうそれもすっかりどうでも良いことだわ。

だって私が帰る場所は彼の元であって、中枢の権力者の方々なんてあの辺境に引っ込んでしまえば、人生で二度と関わることもないでしょうから。

私はあの時に触れた冷たい眼鏡フレームの感触を思い出して、指先で鼻の頭をこする。もう秋の空気を含んだ風が、誰もいない教室の窓から吹き込んできて私の髪を揺らした。

このうねった黒髪は私のコンプレックスの内の一つなのだけれど、ダリウスが「何で嫌うの？　こんなに綺麗なのに」とさも当然のように褒めてくれるから手入れは怠れない。彼が好きなら私も好きになるしかないわね。

自然と浮かんでしまう笑みを唇に乗せて、風で額にかかる黒髪を指先で摘《つま》んで耳にかけながら、私は手許《てもと》にある大量な紙の最後の一枚を束ねた。

「――さて、と。これでバラバラにされた教科書の頁は全部揃いましたわね」

私は放課後の教室で今の今までかかって、ようやく何者かの手によってご丁寧に分解された教科書の頁を回収、枚数確認を終える。

なかなかに手が込んで地味に嫌な今回の手法は、普通のご令嬢であれば精神的にかなりのダメージを狙えたかもしれませんわね。

それにしても、と溜息を一つ吐く。

せっかく王都随一といわれる名門校で学ぶ機会を得たというのに皆さん、こうして毎日嫌がらせに精を出すとは愚……嘆かわしいことですわ。

こんなに勉強が嫌いな方々が入学出来るなら、いっそダリウスにお声をかけて下さればよろしいのに。

そうしたら私と二人で学園生活を……。

――……駄目ね。それだと私も皆さんの二の舞になりますわ。

「……あら、何のご用かしらアリスさん。あなたがバラバラにして下さった教科書でしたら、もうとっくに見つけてしまいましたわよ？」

ふと教室のドアの方に人の気配を感じて視線を向けると、そこに佇《たたず》んでいたのは、あの華麗な転身を果たした元・平民の男爵令嬢だった。ちなみに私がアルバート様と抱き合っていたという不名誉な噂《うわさ》を流したのは彼女だ。

本当に虫も殺せないような顔をしてやってくれるものだわ。

「私が必死に探しているところが見られなくて残念でしたわね？」

意図して私が挑発的にそう言えば、男爵令嬢の肩がピクリとはねた。俯《うつむ》いているとはいえ、殿方であれば小柄で庇護《ひご》欲をそそられるその身体がブルブルと震え、殺気にも似た激しい感情の高ぶりが見て取れる。

――……もうそろそろ良い頃合いかしら？

「あなたが父親の言いなりの駒になって、権力者のご子息達に色目を使うのはご勝手になされば良いわ。ただし――見当違いな理由で私に楯突《たてつ》くのはお止《や》めになって下さるかしら？　正直申し上げて相手にするのも面倒ですの」

自尊心のない小物のふりをする人間は大嫌い。出来るなら出来ると証明しなければ。才能を使いこなす前に腐らせてしまっては勿体ないものね。

私はじっくりと男爵令嬢を観察しながら、以前ダリウスが言っていたことを思い出す。

他のものよりも小さく、植えても一向に芽吹く気配のない球根を掘り起こして捨てようとした私の手をやんわりと握った彼は、眼鏡の奥の目を優しげに細めて言ったのだ。

『あぁ、待ってイザベラ。この球根は他の球根よりのんびり屋なだけかもしれない。春まではまだ時間があるから、もう少しだけ待ってあげようよ』

とはいえ――そう微笑んでくれる優しい未来の夫には頷き返せても、それ以外の人間にそこまでの慈愛など持てるはずもない。何よりこちらは一方的な被害者なのだから攻め手を緩める気なんて毛頭ないわ。

「あなたの親孝行ぶりには感心しますけれど、あまりご自分を安売りするとみっともないですわよ？　それにこんな手間暇を無駄にした嫌がらせを物陰からするあなたより、まだお友達を引き連れてでも真正面から罵ってくるメリッサ様の方がプライドがあるでしょうね」

男爵令嬢から怒りによる魔力の一部が漏れ出したせいで、彼女の周囲に陽炎《かげろう》のようなものが浮かび上がる。好都合なことに彼女は私と相性の良い火属性のようね――。

相手を煽《あお》る時に大切なのは力量の見極め。言い負かせたとしても激高した相手がどう出るか分からない時は特に重要だわ。

その点、彼女と私であれば何の問題もない。私は安心して心おきなく、一番嫌味に見える角度で顎を反らして微笑みを向ける。

ただあんまりここで長々と無駄な時間を過ごしては、明るい間にダリウスから贈ってもらった紅茶色の秋バラを眺める時間が減ってしまう。あれは自然光の下でこそ美しく見えるのに。

それに気付いてしまったら、もうこうしてはいられないわ。私は扇で僅かに隠した口許にあからさまな嘲りを添えて仕上げに取りかかることにした。

「私、あなたのことはこの学園で唯一の雑草仲間だと感じておりましたのに……勘違いだったようで残念ですわ」

そうわざとらしく溜息を吐けば、ついに俯いていられなくなったらしい男爵令嬢が怒りに顔を上げて「貴女みたいな自由な人に、わたしの気持ちなんて分からないわよ!!!」と怒鳴った。

すると彼女の今まで鬱屈していたものを取り払ったその剣幕に、周囲の温度が一気に上昇する。

——……儚《はかな》げな見かけによらず暑苦しい方だったのね。辺境地は王都と違い自然物が多くて涼しかったから、暑苦しいのは苦手だわ。

下らない言い合い程度に面倒ではあるけれど、私は仕方なく自分の周囲に霧状にした氷のヴエールを展開する。

ダリウスは『イザベラの近くは涼しいから夏は頼りっきりになるなぁ』と暢気《のんき》なことを言っていたけれど、むしろこの力場《フィールド》には彼以外入れたことがないことに気付いていないのかしら？

そしてもっと細かく説明するのなら、将来夏場のダリウスの仕事に同伴するためにこの魔法を憶えたのだけれど……。張り切りすぎている自覚があって恥ずかしいから、ダリウスには絶対に言えないわ。

「あら、あなたもそんな風に大きな声で怒れたのね。いつもみたいに気持ち悪くニコニコしているよりもそちらの方がよっぽど良くってよ？　それからお生憎《あいにく》様だけれど、私はあなたのことにまるきり興味がないから分からなくて問題ないわ」

男爵令嬢は予期しなかった私の答えにポカンと口を開けていたけれど、こちらは教科書の回収も終えたし言いたいことも言ってやれたからもうこの場に用はない。

「それではアリスさん、ご機嫌よう？」

これ以上無駄な魔力を使いたくなかった私はそれだけ告げ、彼女を教室に置き去りにして日差しの残る校内を足早に横切って、ダリウスからのバラが待つ寮の自室へと急ぐのだった。

□□□

――秋。

領内で僕の争奪戦が起こる悩ましい時期がやってきた……。

一年で最も実りの多いこの時期は、少しでも収穫高と質の良い作物を増やすために領民から依頼される畑の土へ〝お願い〟をすることから一日が始まる。

僅かとはいえ土属性の魔力を保有している僕の手で触れた土地は、半径約三メートル、直径で約六メートルくらいにおいて、他よりほんの少しやる気を出してくれるのだ。

朝が早いのは趣味の庭いじりでも変わらないし、領地の人達の役にも立て、僕には領地で収穫された作物を売りに出した時の何割かが家より支払われる。

辺境領の領地経営とは常に領民と領主家の二人三脚だ。

そのため父のアーノルドと長兄のリカルドも、この時期は領内の視察や冬に向けての準備で特に忙しい。そんな中で僕にしか出来ない仕事があるのは嬉《うれ》しいし、頼られれば純粋に助けになりたいと思う。

なんて偉そうなことを考えてはみても――。

「つ、疲れた……!」

元の魔力保有量が少ない僕にとって、夏の終わりから始まる領内全ての畑に出向いて土に〝お願い〟をする行為はかなり辛《つら》い。けれど王都で頑張っているイザベラの相手に相応しい男に！　と思うと、これくらいのことで音を上げていては駄目だろうな。

兎《と》にも角《かく》にも今朝の分のノルマをこなした僕は、屋敷に戻ってすぐにお湯で土と汗を流そうとバスルームに向かった。

サッパリとしたら身支度を整え、あとは朝食までの時間を自室で過ごそうと思ってバスルームを出る。

――と、わざわざ僕を廊下で待っていてくれたのか、バスルームを出てすぐにアルターがニコニコとしながら見慣れた封筒を差し出してきた。

長年うちみたいな貧乏貴族の屋敷に仕えてくれる、好々爺《こうこうや》然とした執事の手から封筒を受け取っただけで、若干疲労が取れるだなんて現金な身体だと我ながら思う。

僕はアルターに礼を言い、朝食の準備が出来たら呼んでくれるように言付けて自室へと向かった。

足早に自室に戻り、机で手紙の封を切ったら、ベッドに寝転んで中身を改める。

〝この間送ってもらった紅茶色のバラですけれど……あれは初めて見ましたわよね？　今まで贈ってくれたどのバラよりも香り高くて、朝にあの香りで目覚める気分は悪くないわ〟

一枚目の便せんに目を通して思わず頬が緩む。前回送ったバラはイザベラが王都の学園に入学した年に植樹した株だ。そのことに気付いたわけではないのだろうけれど、贈ったことも見たこともないバラだとすぐに分かってくれたことが嬉しかった。

あれはなかなか納得出来る大きさと形のものが咲かなかったのだが、今年ようやく納得のいく花をつけてくれたのだ。

咲くまでは蕾《つぼみ》を虫に食べられないように細心の注意が必要だったものの、無事に咲いてイザベラを喜ばせることが出来た様子で安心する。

「今までだって色んな品種のバラを贈ったのに、色や形まで憶えてくれているだなんて、流石イザベラだなぁ……」

今は秋バラの最盛期だから送る花もそれが中心になってしまう。その分、色や香りが被らないように気をつけるのだけど、イザベラの手紙を読むに気に入ってくれた様子でホッとした。

それにしてもバラは人気品種だけあって、似た形や色のものが多いのにそんな中でも新しいものだと見抜いてくれるなんて――。

ついつい嬉しくて締まりなくにやけてしまう頬をつねり、手紙の続きに視線を走らせる。

〝以前書いた男爵令嬢を「躾の行き届いた猟犬のようですね」と褒めて差し上げたところ、何《な》故《ぜ》か懐かれてしまいました。移動教室やお昼のたびに近付いて来られて迷惑ですわ〟

文面から察するに――……ちょっと嬉しいみたいだ。

やはり同年代の友達が身近に出来るのは大切だろう。王都に行ってから二年経《た》つけれど、特定の女子生徒の話題が出たのはこれが初めてだ。そもそもこれまでずっと一人で食事や教室を移動していたのかと思うと胸が痛む。

この男爵令嬢には正直あまり良い印象を抱いていなかったものの、一応嫌がらせを受けていたイザベラが許したのだから、今後の活躍に期待しようと思い直す。

どうせ王都にいる間だけだ。イザベラが卒業して戻ってきたらずっと僕が隣にいられるわけだし。うん、別に羨ましくないぞ……。

〝それとあの第二王子の婚約者の方に「一人で出歩けないだなんて、余程寂しがり屋でいらっしゃるのですわね？」と訊ねたら、翌日から取り巻きの数が減りましたの。そうしたら心なしか接触してくる回数も減って……何故かは分かりませんけどお陰で移動が楽になりましたわ〟

これは……上級貴族の一団にまではっきりと自分を貫くイザベラの格好良さには感服するけど、あまり危ないことをしないで欲しいと思う僕は意気地なしなのだろうか？

そんなことを考えていたら、不意に胸がざわついた。

夏期休暇の時、様子のおかしかったイザベラにどうしたのかと訊ねて、はぐらかされた、あの場面が脳裏に蘇《よみがえ》る。急に得体の知れない不安に捕らわれかけていると、自室のドアがノックされて現実に引き戻された。

ベッドから身体を起こして「誰？」と問いかければ、直後に『ダリウス様、朝食のご準備が整いまして御座います』とアルターの声が返ってきた。そこで僕はそういえば〝今日〟がまだ始まったばかりだったことを思い出す。

少しの間ベッドの上で手紙を手に呆《ほう》けていると『ダリウス様、どうかなさいましたか？』と老執事の心配そうな声が返ってきた。

その声にハッとして「大丈夫！　皆にはすぐに行くと伝えておいて」とドアに向かって家族への言付けを頼んだ。

少し間をおいてアルターが『畏《かしこ》まりました』と応える声があり、ドアの前から遠ざかる足音を聞きながらホッと溜息を吐く。

すると一気に緊張が解《ほぐ》れて、代わりに今まで何を心配していたんだろうかと首を傾げることになってしまった。雨が降ろうが槍《やり》が降ろうが、僕がやるべきことは結局のところいつもと何ら変わらない。

「バラは、送ったばかりだし……あんまり続くと新鮮味に欠けるよな。だとしたら次に贈るのは違う花の方が良いだろうなぁ」

読みかけの手紙は朝食後に読もうと、ベッドの枕元に置いて立ち上がりかけて——そのスズランの香りがする便せんに口付けを落とす。本当なら前回もこんな風に決めたかったんだけど……情けない失敗をしてしまったことが今さらながら悔やまれる。

そして、朝食後に読み直したイザベラの手紙にあった最後の一行に、僕はこの日魔力切れを起こすまで張り切ってしまった。

〝秋はあなたが一番無理をする月ですけど……私が冬期休暇に戻った時に寝込んだりしていたら承知しませんわよ？〟

あぁ……でも、ごめんイザベラ、逆効果だよ。そんな風に君に言われて頑張らないわけがないじゃないか。

そんなこんなで翌日。前日の張り切りすぎのせいであっさりと丸一日寝込んでしまった僕は、後日家族と親しい農家に口止めに走り回りながらふと思いついた。

――不安なのが僕だけでないのだとしたら……冬期休暇の前に一度会いに行けば良いんじゃないか？

問題はまだ旅費が一日向こうに滞在するだけで精一杯の金額しか貯められていないということなんだけれど……。

それでもそれが今のウジウジするだけの自分にとって一番良い案のように思えた僕は、一日おきに魔力切れを起こすまで働いて寝込んでを繰り返し、旅費の獲得に精を出すことにした。

□□□

「……ラ……ベラ――イザベラ？」

不意にすぐ近くの誰かから声をかけられ、私は自分が一瞬今月初めに届いた小物と、それに添えられていたカードの一文を思い出して意識を飛ばしていたのだと気付く。

「え………あぁ、何のお話だったかしら？　あなたが手玉に取った騎士団長のご子息が大したことのない脳筋だったとか、宰相のご子息がとんでもない性癖の持ち主だったとか――」

「はい、全然違いまーす。どうせ聞いてなかったならそう言ってくれた方が説明しやすいよ」

眉間を押さえて溜息を吐く仕草は男爵令嬢と言うよりも、領内の私達と同じ年頃の村娘と言った方がいいわ。けれど気品に欠けるその仕草の方が、以前の必死だった彼女よりはマシかしら。

彼女の声に意識を傾けた途端、今まで全く聞こえてこなかった周囲の人や物の音が耳に戻ってきた。

そしてここが学園内の学生用カフェテリアで、一緒に昼食をとろうとしている目の前の相手が、以前〝話し合い〟の場を設けてから何故かつきまとうようになった男爵令嬢のアリス・ダントン嬢だったと認識する。

彼女は某男爵が愛人の子をその器量と魔法の才から養子に迎えた才女で、一見すると全体的に小柄な、殿方の庇護欲をくすぐる姿。アーモンド型の紫色の瞳と、ダークブラウンの癖のない髪を肩の辺りで切りそろえている。

中身は田舎貴族の私よりも逞《たくま》しい……いいところが下町のレディだけれど、猫を被る努力は認めて差し上げましょうか。

「もう、ここ最近ずっとそんな風に上の空だったからどうかしたの？　って訊いてたの。イザベラには色々、もう本当に迷惑かけちゃったから……わたしで出来ることなら何でも手伝うよ」

その言葉に瞬きを二、三回繰り返して目の前のアリスを眺めていると、今度は反対側から呆《あき》れたような声がその会話を引き継いだ。

「ちょっと、アナタ達もう少しそちらにずれて頂戴。それとそちらのアナタ……アリスさんだったわね。今はイザベラさんに何を言っても駄目よ。何でも田舎の婚約者から毎週届けられていた花が届かないとかで……そうでしたわよね？」

そしてもう一人は『お一人で出歩くのが怖いようでしたら、私がそちらまで出向いて差し上げましょうか？』と適当にあしらったところ、程なくしてこんな風に一人で現れるようになった第二王子の婚約者であるメリッサ・カルデア様。

燃えるような赤い髪をふんわりとした縦ロールにしている。きつめの緑色の瞳と相まって凄みのある美女なのだけれど……何故だかダリウスには絶対に会わせたくないと思ってしまう方だわ。

その以前まで私にとって何でもなかった二人が、さも当然のように昼食の載ったトレイを私のトレイの横に置いて席に着くのは不思議な心持ちね……。

「えぇ、確かにその通りですけれど――メリッサ様はどこでそのようなことをお耳に？」

何となく面白くなくて手にした扇をパチパチと開閉させていると、メリッサ様は「わたくしの情報網を甘く見ないことね」と唇を吊り上げて妖艶に笑んだ。

その表情は同性の私から見ても充分に魅力的で、大抵の男性ならその微笑みを向けられただけで舞い上がってしまうでしょうに。アルバート様はこんなメリッサ様のどこが駄目なのかしら。

「けれど花は届かなくても、今持ち歩いてらっしゃるバラのポプリとカードは届いたのでしょう？」

疑問系にもかかわらず確信めいた言葉に頷くけれど――……きっとこういう詮索好きなところが男性を逃げ腰にさせるのではと思わせた。恐らく無意識なのでしょうけれど、私も気をつけないといけないわね。

「ちょっとアナタ今、失礼なことを考えたのではなくて？」

勘の鋭いことにピクリと柳眉を吊り上げたメリッサ様に、私は涼しい顔で「いいえ、とんでもございませんわ」と答えて扇で顔を隠す。メリッサ様の隣にいたアリスが少しだけ笑うけれど、何ですの？

「……正直、わたくしはアナタが羨ましいですわね。そんなことで不安になれるほど婚約者と仲がよろしくて。でもわたくしがここにいることで、一つ分面倒なことが減るのですから、感謝なさい」

「あら、流石アルバート様の婚約者様は発言に余裕がありますのね？」

「そうよ……と、言いたいところですけれど、少し違いますわ。アルバート様は〝つまらない女〟のわたくしがお嫌いなのです。けれど無碍にすれば各方面に角《かど》が立つ。嫌いでも最終的に避けられない女なんて誰でも嫌でしょうね。ですから、わたくしがこうしてアナタの傍にいる間は近付いていらっしゃらないでしょう？」

〝そんなこと〟と言われたことへの意趣返しに私が放った言葉に、どこか投げやりで自虐的に――それでも熟れたチェリーのような赤い唇でそう妖艶にメリッサ様は微笑む。

「あぁ、その甘い香りはバラのポプリのせいだったんだ。でもそれだったらそこまで心配しないで良いいんじゃないの？」

おかしな空気が流れた私とメリッサ様の間に挟まれたアリスが、慌てて話の修正に入ってくれて助かった。

「えぇ、わたくしも同感ですわね。男性は気持ちが離れると贈り物もカードもぱったり止めてしまうものだわ」

目の前で人の気も知らない二人が暢気に昼食を食べ始めたことに若干の苛立《いらだ》ちを感じつつ、実質この二人は第二王子を奪い合うライバル関係なのに妙に意見が合うようだわ。

「お二人のどうしようもない男性陣の評価はこの際どうでも良いですけれど……私の（誠実で優しい）婚約者に関して言えば、こんなことは今までで初めてですから」

目の前で冷めていくスープを見つめたままポツリとそう言うと、二人は顔を見合わせて一瞬困ったような表情を見せる。そこで私は初めて自分が他人に弱音を吐いてしまったのだと悟って恥じた。

「――食欲がないので私はこれで失礼しますわ。お二人はどうぞそのまま食事を続けて下さいませ」

何か猛烈にいたたまれないような、自分に対しての失望を感じて席を立つ私に、二人が声をかけてくる前にその場から離れる。ダリウス以外の人間に弱味なんて絶対に見せるものですか。

だからこそ、彼からの便りがないだけでこうも心が乱れることが……情けない、下らない、子供っぽい、浅ましい——。

自分に対しての罵倒を心の中で叫びながら、もうこのまま午後の授業は体調不良を理由に休んでしまおうと寮に戻ることにする。幸い昼休憩の最中なので、人の少ない教室から鞄《かばん》を持ち出して校門に向かうのは容易だった。

制服の胸ポケットに忍ばせた先日のバラのポプリに、どうしてもダリウスのことを思ってしまう。ポプリに添えられていたカードの一文はいつもと何も変わらない〝大切な君へ〟。

「だったらどうして、私に花をくれないの、ダリウス……」

そう、この学園のどこにもいない人物の名前を口にして校門から数歩ほど歩いてから立ち尽くしていた私の耳に——、

「…………イザベラ？」

聞き慣れた柔らかな呼びかけに、弾《はじ》かれるようにして声の聞こえた方角を向けば、そこには、

「意外だなぁ。王都の学園って僕達の領内より授業が終わるのが早いの？」

眼鏡の奥で優しげに細められる榛色の瞳。ここではなく領地で私の帰りを待っているはずの

その姿に、一瞬呼吸を忘れる。

「ふふ、君を驚かせたくて黙っていたんだけど——その顔だと大成功したみたいだね？」

そうして彼は腕を広げて、私はその胸の中に飛び込んだ。

「……冬期休暇の前にイザベラに会いたくなったって言ったら、怒るかい？」

耳許で囁く声に私を抱き留めている胸を一度強く叩いたら、ダリウスは小さく呻《うめ》き声を上げたけれど、そんなこと構うものですか。

「——どうしても、僕が自分の力だけで会いに来たかったんだ。ここで一人で頑張ってくれている、僕の大切な君に」

顔をうずめた胸の中は、ここから遠い故郷の土と、空気と、私の誠実な婚約者の香りがしたわ。

□□□

——……腕の中にイザベラがいる。僕はここが王都で一番有名な学園の校門前だということもすっかり忘れて、腕に感じるその温《ぬく》もりに満たされていた。

ここ一月《ひとつき》の労力と、自分にしては思い切った選択の全てが報われた心地と安堵《あんど》感。そしてその直後にふと戻って来た常識に、ソッと自分とイザベラとの間に僅かな空間を開ける。

それというのも、いきなり抱きついたりしてイザベラが苦しいかもしれないと思い至ったからなんだけど。

僕の顎の下、胸の上に埋められていた身体を引き離されたイザベラの頭が上を向く。その視線に縋るような不安の色を感じて、僕は安心させるように微笑んでみせる。

イザベラはその返礼に僕の大好きな、あのふにゃりとした微笑みを向けてくれたけど……思わずもう一度抱き締めそうになるからやめて欲しい。

――と、鼻先にこの華やかな王都の城下街とは無縁の、普段から慣れ親しんだ香りを感じる。しっとりと潤んだ彼女の紫紺の瞳に映り込む僕の顔は、戸惑いの中にも隠しきれない喜びが滲《にじ》んでいた。

「イザベラ、君から僕の屋敷の庭と同じ香りがするけど……もしかして？」

わざわざ答えなんて聞かなくても手ずから作ったものなのだから分かる。けれど僕はどうしてもイザベラの口から答えを聞きたくてそう訊ねてみた。

「……っ……ポプリですわ」

咄嗟《とっさ》に胸ポケットを押さえる仕草をしたイザベラは一度だけ唇をキュッと噛《か》んで、恥ずかしそうにそう答える。

「――そっか。気に入ってくれたんだ？」

目の前でコクンと小さく頷くイザベラの姿に、答えを聞き出した僕まで頬が熱くなる。お互い今はこんなに距離を隔てた場所にいるのに、故郷である領地の香りがするのは少し不思議な気分だ。

「本当はいつも通り花を贈りたかったんだけど、祝福の分を節約しないと僕の収入だけではこっちへの旅費が足りなくて……情けない婚約者でごめん。それに僕の我儘《わがまま》で君のことを不安にさせた。頼りがいのある婚約者でいたいのに上手くいかないなぁ」

僕がそう格好悪い謝罪の言葉を口にすると、イザベラは俯いて再び頭を僕の胸の辺りに押し付けた。怒らせたかと内心ヒヤリとした僕に、イザベラは緩く頭を左右に振って、顔は見えないけれど否定の意志を示してくれる。

「……あなたはいつでもそればっかり。私は、あなたが情けなかったところなんて知らないわ。でも、」

あ、拙《まず》いな、イザベラの〝でも〟が出た。僕は幼少の頃からの慣れで、瞬時に次の言葉に身構える。

「次に同じ失敗をしたら婚約破棄ですわよ？」

この言葉をイザベラの口から聞くのは何度目か分からないけれど、そのたびに僕は謝って、許されて、また間違えて、許されてを繰り返してきた。我ながら学ばないなぁとは思うのに、僕はこのやり取りが嫌いではない。

「それは困るな。僕みたいな情け……」

「破棄ですわよ？」

若干低い声で訂正が入ったので慌ててやり直す。

「僕みたいな土いじりが好きなだけの冴えない男の奥さんになってくれる女性なんて、きっと領内中探したって君だけだ。だから許してくれますか？」

そういつものように許しを乞うていた時、ふと視線を感じた気がして、イザベラを見下ろしていた視線を周囲に走らせた——と。僕達のいる校門の少し離れた校内から、こちらに向かって貫くような厳しい視線を投げかける男子生徒が見えた。

金糸のような見事な金髪を後ろに流して一つに結わえた、切れ長で涼しげな青い瞳にそぐわないような苛烈な視線。

「もう、仕方がないから許して差し上げ、え、あの、ダリウス？」

何となくだけれど——その男子生徒の視線にピンと来た僕は、一度離したイザベラの身体を思わず再び抱き寄せる。

急に抱き締められたイザベラが腕の中で戸惑った声を上げるけれど、僕はさらに少し抱き締める腕に力を込めた。すると相手の男子生徒は僕達を視界に捉えたまま、さぞや女性にモテるであろう綺麗な顔をさっきよりも不愉快そうに顰《しか》める。

男女共に言えることだけれど、美形の不愉快だとか不機嫌だとかを表す時の表情は整っているほど凄みを増すな……イザベラも含めて。

王家の血筋の人間は、代々魔力の強い者だけを掛け合わせ続けているせいで青い血をしているという都市伝説を聞くけれど、あながち嘘でもなさそうに思えた。それくらい全てにおいて規格外の雰囲気を纏《まと》っている。

「……ごめんね、ベラ。今だけこうさせて」

そう胸に抱き留めたイザベラに懇願すると、イザベラは白い頬をほんのり染めて僕を見上げる。よくよく見れば頬だけじゃなく耳まで染めるイザベラに、急に正気に戻った僕までつられてしまう。

しまった、これだと男子生徒の出方を見るどころじゃない――!!

でも多分あの男子生徒がイザベラが手紙に書いていた人だよね？　如何にも高貴な血筋の人と言うか、もう見たまま王子様っぽいし、せめて何か向こうの出方を見て対策でも――……って、うん？

「ねぇ、あの、イザベラさん？　気のせいかもしれないんだけど……学園の中から誰か君を呼んでる気がするよ？」

自業自得とはいえ、イザベラの可愛さに追いつめられていた僕の耳に、天からの救いとも思える複数の女性の声が聞こえてきたのだけれど……。

「くっ、せっかく良い雰囲気でしたのに……！　こうなったら逃げるまでですわね。行きますわよダリウス！」

最初の方の言葉がイザベラの可愛さに気を取られていたせいで聞き取れなかったものの、腕の中にいたイザベラはそれまでの儚げだった印象から一転、キッと顔を引き締めてそう言った。

「え？　逃げるって、イザベラ、でもあの呼んでる子達って君の同級生なんじゃないのか？」

「そうですけれど、良いから早く私の言う通りになさい！　今ここであの方達に捕まったら逃げられませんわよ！」

「捕まるってそんな、大袈裟だよ。せっかくここに来たんだし、いつもイザベラがお世話になってますとか挨拶、」

「いいえ。王都へ出てきてから誰かの世話になったことなど、学園の入学手続きくらいのものですもの。だから彼女達への挨拶の必要もありません。それにもし私が頼るとしたら……それはその――ウス、だけよ」

「さっきから何だか声が小さいよイザベラ」

「〜〜〜っもう、馬鹿！　良いからこちらについていらして！」

そう言うや否や、イザベラは今までのしおらしさはどこへやら。理由を訊こうとする問いかけも待たずに僕の手を握ると、学園とは反対の方角へ踵《きびす》を返して駆け出す。

というか、そもそも逃げ出さないといけない関係の同級生って何なんだろうか？　もしイザベラが手紙の彼女達に虐《いじ》めにでも遭っているんだとしたら見過ごせないんだけど。

イザベラはもう走り出しているし、僕だけ立ち止まるわけにもいかない。僕はイザベラに手を引かれながら慌ててあの男子生徒が立っていた方へ視線を巡らせたけど、そこにはもう誰もいなかった。

□□□

私としたことが――……油断したわ。

昨日はあの後、無事に二人の追跡をかわして街へと観光《デート》に出かけられたものだから、それに気を抜いて今日も同じルートを使ったのが良くなかったわね。

「お初にお目にかかります、メリッサ嬢にアリス嬢。僕はイザベラの婚約者のダリウス・エスパーダと申します。お二人のお話はイザベラからの手紙でかねがね聞き及んでおりましたので、本日はお会い出来て良かった」

「あら、田舎の出身だと聞いておりましたけれど……存外ご丁寧な方ね？　手紙のわたくし達はどんな人物だったかお訊ねしても？」

「はは、僕の婚約者の名誉のためにもそれはどうかご容赦下さい」

私は昨日と同じ手口で学園の校門から抜け出して、ダリウスと落ち合う約束をしていたのだけれど、二人が昼食時に呼びに来なかったことで昨日のことを気にしているのだと解釈していたのに――まさか先回りされていたなんて。

よくよく考えなくても、この二人に限って気後れだとか気遣いなんて繊細な感覚を持ち合わせているはずがなかったのだわ。

彼の方は彼の方で、二人に挨拶をしたいからと私が出て来るまで律儀に自己紹介をしないで待っていた。貴族同士で階級差や性別の違いがある場合は、その両者を知る人物が間に入って紹介する習わしがある。

領地の辺りではそんな面倒な風習はすっかり廃れてしまっていたから、暢気なダリウスが憶えていたことが少し意外で、ほんの少し誇らしかった。

種明かしをしてしまうとすれば、多分真面目で誠実な彼のことだから、こちらに来る前にマナー教本を一夜漬けしたのだろう。……私に恥をかかせることがないように。

最初のマナーさえしっかり押さえておけば、ダリウスは意外と物知りで会話を続ける才能がある。それは偏に彼が領地内の領民達と額に汗して同じ仕事をこなし、土にまみれて語り合うから。

貴族の顔も農民の顔も出来る。どちらの内情にも精通しているからこそ、どんな会話にも対応出来るのだ。ダリウスは彼が自分で思うよりずっと得難い才能を持っている人だわ。

だから領民達もダリウスのことをエスパーダ家の三男としてよりも〝自分達が昔から知っている近所の子供〟のように扱う。

それが曲がりなりにも貴族としては褒められたことでないのは分かっているけれど、私はそれで良かった。そしてそれは彼もきっと同じ。

けれど――……昔からあのたまに見せる外交用のマナーをとる彼を見ていると胸がざわつくわ。私の彼を覆い隠して知らない人物のようにしてしまう。

先程からもう十分ほどメリッサ様の私への追及を、ああしてのらりくらりと無礼ではない程度にかわしている。

「ふふふ、宜《よろ》しくてよ。ではちょっとお訊ねしたいのだけれど――……」

「あぁ、そういったお話でしたら多少は僕にも憶えが――……」

どうやら会話は私のことから違うものへと移行したようだけれど、急に二人で声を潜《ひそ》めて話し始めたものだから正直面白くないわ。眼鏡の奥の榛色の瞳が私以外の人相手に楽しげに細められるのは見たくないのに――。

「ねぇねぇ、イザベラの婚約者って何だか思ってた感じよりも結構しっかりした人だね？」

急に隣から、ダリウス達との会話に参加せずに成り行きを観察していたアリスが私にそう声をかけてくる。声の感じからして多分に私をからかおうとする魂胆が透けて見えていますわね。

「そうかしら？　〝私の婚約者〟は領地ではこれといって目立ったところのない暢気な人ですわよ。あなたの好みの殿方とは少し違ったタイプじゃないかしらね？」

素っ気なくそう言って扇で口許を隠す。たとえ内心ではアリスに対しての警戒を最大級に高めていたとしても。

というか、私に借りがあるからどんなことでも手助けすると言ったのに……何を考えているのかしら？

「わたしイザベラに目を覚ましてもらうまでは、ずっと男爵家に世話になるつもりなら家にとって良い条件の男の人……権力とか見た目とか重視だったけど、ああいうタイプの人も割と良いかなぁ、なんて……」

「駄目よ!!!」

からかっているだけだと分かっているアリスの言葉に、けれど一瞬カッと頭に血が上って、自分の声だとは到底思えないようなほど大きな声が出た。

隣で目をまん丸に見開いているアリスは勿論のこと、談笑していたメリッサ様とダリウスも何事かとこちらを振り向く。一斉に三人分の視線に晒《さら》された私は扇で口許を隠すことすら忘れていた。

「――アリスさん、アナタ、イザベラさんをからかうにしても適当すぎますわよ？」

呆れた様子で眉を顰めて最初に口を開いたのはメリッサ様だ。

「はーい、ごめんなさい。だってそっちでお喋《しゃべ》りに夢中になってしまわれたから、つい退屈になっちゃって。ね？　イザベラ？」

次いで全く悪びれた様子のない表情で心のこもらない謝罪を口にするアリスを睨《にら》みつけたのは、メリッサ様も私もほぼ同時だったのではないかしら。

今度こそ扇で口許を隠してメリッサ様と二人してアリスを睨みつけていたら、そんな私達を見ていたダリウスが行儀良く微笑みかけてくれる。いつもとは違う〝よそ行き〟の笑顔だわ。

「彼女がこんな風に感情的になるところは、僕も領地では見たことがありませんでした。この学園へ来て、得難い友人に出逢うことが出来たようで本当に良かった。僕も彼女の両親に良い報告が持ち帰れそうで安心しました。お二人共これからも〝僕の婚約者〟をよろしくお願いします」

そう言って、深々と二人に対して少し古風な礼をとるダリウス。領地の彼の屋敷の本棚にあったマナー教本は、確か彼の曾お祖父《じい》様の時代に発行されたものだった気がするわね。

最後の最後でハリボテ感を晒してしまった彼だけれど………許してあげないことも、ないわ。最近のマナー教本しか知らないアリスはダリウスの骨董《こっとう》級の礼にキョトンとしていたけれど、流石にメリッサ様は「随分と典雅な礼をいたみいりますわ」と同時代の礼を返してくれた。

そうすることでダリウスの礼の古めかしさをそれとなく諭して、彼が恥をかかないようにこの場をおさめてくれた手腕はお見事ね。ダリウスもそれに気付いて「慣れないことはするものではありませんね」と照れたように苦笑したけど、そんなことないわよ。

その後、私をからかい飽きたアリスとメリッサ様は、午後からの私の病欠を教師に伝えておくと請け合って昼休みの校内へと戻って行った。

二人の背中を見送って校門に残された私達は、どちらからともなく手を繋いで、ひとまず昨日のように街へと向かうことにする。ダリウスは今日の夕方には領地へと出立してしまう。

――私は、まだ、離れたくないけれど。

ここに出てくる旅費は私達の領地で得ようとすれば、それこそ領主の息子であってもかなりの労働をしなければならない。

ダリウス自身が昨日寮に私を送り届けてくれた時に、

『本当は三日滞在出来るまで頑張りたかったんだけど、どうしても途中でベラに会いたくなって』

と、照れくさそうにずれてもいない眼鏡を押し上げる仕草をして、私の大好きな榛色の瞳を隠してしまった。ダリウス、いつもそんな眼鏡の上げ方しないでしょう？　手の甲しか見えなかったじゃない……。

それに、知っているわ。

だって、私もだもの。

私もあなたに会いたくなって、そのたびに必死に勉強するうちに、いつの間にか学年一位になってたわ。田舎貴族の娘がこんなに目立つようになってしまったのよ。どうしてくれるの？

「……ふぅ……せっかく慣れない言葉遣いも何とか気取られずに済んでたのに、最後の最後で失敗したなぁ。ごめんねイザベラ」

私の八つ当たりめいた胸中など全く察しもしないで、そういつもの笑顔に戻ったダリウスが私の手を握り込んで微笑んだ。ザラリとした指先とその表情に、何故か泣きたいような気持ちになる。

「ねぇ、さっきメリッサ様と楽しそうに何を話していらしたのかしら？」

ダリウスが領地に帰ってしまう時間までそうないのに、私はいつものようにツンとした可愛げのない態度を取ってしまう。すると何がおかしいのかダリウスは眼鏡の奥で目を細めた。

穏やかな彼の淡い微笑みを目にすると、いつでも攻撃的だった言葉が萎えるのよ。けど知っているわ。あなたがそんな風に笑う時には、絶対に何も教えてくれないのだということくらい。

結局絡められた指先に誤魔化されてしまう私も私なのだけれど。

街へ出た私とダリウスは昨日と同じように気の向くまま、足の向くままに街中の商店を覗き込んだり、時折雑踏に交じって授業をサボって学園を抜け出した学生がいないかを見回る指導員の目をかいくぐってフラフラしたわ。

案内が出来るほどこの王都に慣れ親しんでいるわけではない私とダリウスは、それなりに釣り合いのとれた〝田舎者〟だった。

二人して言葉にはしないけれど、王都の目抜き通りにある大きな時計塔の針の位置を意識しながら、何も知らないふりをしてはしゃぐ。けれど——時計塔が六時の鐘を鳴らした時、私とダリウスの魔法は解けてしまった。

「——寮まで送るよ、イザベラ」

溜息のようにそう囁いたダリウスの手を握りしめたまま、思わず私は俯いて立ち止まる。往来の端に寄ってはいるけれど、それでも急に立ち止まった私は通行の邪魔になるわ。

そうは分かっていても、足を動かす気になれない。私と肩がぶつかった通行人の男性が一瞬こちらを凝視してから通り過ぎる。邪魔だと言いたいのかしら？

するとそれを見たダリウスが通行人から庇《かば》うように私の肩を抱き寄せて、往来端の建物の壁際に連れて行く。私はそんな彼に幼い子供みたいについて行った。

けれど壁際まで辿り着いた直後にダリウスがフッと笑う気配がして、私は彼のそんな余裕のある素振りに若干ムッとして顔を上げたけれど——。

「あーあ、離れたくないなぁ——……」

そう言って眼鏡を外したダリウスの優しげな榛色の瞳が近付いてきて——私の唇に彼の唇がソッと重ねられた。それはほんの一瞬のことだったけれど、私には数時間くらいの出来事に感じられて……。

「ベラは、不用心だよ」

そう、何のことだか分からないことを口にしたダリウスが、拗《す》ねたような表情を浮かべて私の鼻の頭をキュッと摘んだ。その後どこをどう通って寮の前まで帰って来たのか全く記憶のない私に向かって、ダリウスは「それじゃあ、イザベラ。また冬期休暇にね」と微笑むと、何食わぬ顔で領地へと帰って行った。

呆然《ぼうぜん》とその背中を見送る私に残されたのは——ダリウスが私を待つ間に舐《な》めていたらしいミ

ントキャンディーの微かな香りと、その夜、急に出た幸せな知恵熱だったわ。

□□□

柔らかで透き通るピンク色の花弁を持つ、大輪のツリーダリア。

子供が描いたような花らしい花の形をした遅咲きの赤いガーベラ。

黄色の元気な花色で周囲を明るく照らすユリオプスデイジー。

濡《ぬ》れたような紫色が輝くばかりのダイヤモンドリリー。

暗くなり始めた庭で妖しく浮かび上がる早咲きの深紅色をしたカメリア。

一週間に一本ずつ。僕は突発的な王都訪問から戻ってからも、黙々とイザベラに花を献上している。

最終日にイザベラに対してとんでもない行動を取った自分へのショックで、領地に戻ってから三日ほど知恵熱を出して寝込むという失態を晒して家族に迷惑と心配をかけた。

幼い頃からお世話になっている老医者に心当たりを訊かれても、言えるはずもないので黙っているしかないしなぁ。

イザベラの両親であるハンナ様とルアーノ様のお屋敷を訪ねて〝彼女は元気でした〟と報告をする間も、ちょっとだけ後ろめたい気分になった。

二人で歩いた大通りで、イザベラにぶつかった男性が惚《ほう》けたように彼女を凝視した時に湧き上がった、独占欲とも焦燥感ともつかない感情に振り回された直後のあの行動。

良識のあるイザベラにとって往来でのあんな行為は、きっと耐え難い屈辱だっただろうと今さらながらに気付いて、嫌われたのではないかと悶々《もんもん》と手紙を待つことになったんだけど――。

実際にあの後最初の手紙が届いた時はかなり怯《おび》えながら封を切った。

しかしそこに書いてあったのはいつものように贈った花への感想とお礼の言葉だけで、文句どころか、あの行為自体がなかったことのように扱われていた。

その後も届く手紙の内容は十二月の二週から始まる今年最後のテストの話や、新しく挑戦し始めた魔法のこと、メリッサ嬢とアリス嬢がしつこくお茶に誘うからお茶菓子で少し太ったこと――……。

どれも本当に微笑ましくて、友人を得たことでイザベラの生活が充実しているのだと思えば、素直に嬉しい。そしていつも必ず僕が贈った花の出来を褒めてくれる一文を忘れずに添えてくれている。

彼女は今までどこか少し僕以外の他人を寄せ付けることを嫌がっていた。それが嬉しくなかったかと問われれば、絶対にそんなことはなくて。

けれど――そんな僕の考え方が彼女の交友関係を狭めていたのではないかと、王都の学園でのイザベラを見て思った。

「こんな風に考えたくはないけど、もしかしてイザベラの中で僕達の関係がマンネリ化してる？　いや、でも前にメリッサ様と何を話してたか気にしていたし、イザベラに限ってそんなことは……」

こうなると今度は違った意味で新たな不安にかられるのだから、人間とは難しいものだとつくづく思う。

僕はふと視線を寝転んだベッドの天井から、机の上に置いた卓上カレンダーへと移す。そこには三週目の日曜日に大きく赤い丸が描きこんである。数えてみたところ冬期休暇まであと二週間。

イザベラが帰ってくるのが待ち遠しい反面、前回のこともあるので少し怖くもある。嫌われてたりしませんように……。

とはいえ、あまり一人であれこれ思い悩んでも仕方がない。手許には今週分の手紙が届いている。さて、今回の手紙の内容はどんなものだろう？

不安と期待を半分ずつ抱えながら、僕は一枚目の便せんに視線を落とした。

〝この間のカメリア、とても妖しい美しさがあって素敵だわ。学園から暗い部屋に帰っても、花の気配がするの。香らなくても感じるだなんて、何だかあなたと似ている気がするわ〟

……あぁ……うん。

イザベラらしいというか、本当、前回注意したのに自覚のないところが全く治っていないんだものなぁ。僕はいつになったら婚約者のこういう不意打ちに慣れるんだろうか？

取り敢えずイザベラが冬期休暇に帰ってきたら、彼女の口から直接手紙に書ききれなかった色々な出来事を聞かせてもらおうと決めて、続きに視線を戻す。

〝冬期休暇は楽しみなのだけれど、その前にある学園主催の〝聖火祭〟パーティーに出なければならないのは憂鬱だわ。十五歳だった去年までは出ずに済んだのだけれど、今年は〝十六歳以上の生徒は全員参加〟とあるから、そうもいかないみたいね〟

〝聖火祭〟といえば本来は冬期休暇に家族と過ごす四週目にある。古い年に見立てたランプの明かりを消して、新しく用意したランプに新年の明かりを迎え入れて新しい年を祝うものだ。

全員参加の強制力に不満が見て取れるけど、学園側にしてみれば良かれと思っての計らいだろうな。卒業後は生徒のほぼ全員が本格的に貴族社会に放り出されるわけだから、どこに出しても恥をかかないように実践を積ませるのだろう。

〝ドレスは一応お母様の若い頃のものを持たせてもらったけど……。どうせ当日嫌々出たところで田舎者の私に居場所なんてないでしょうし、こうなったら仮病を使って欠席しようかしら？〟

便せんから視線を上げて、一度目蓋《まぶた》を閉じる。それからうっすらと、この間イザベラの近況報告のために屋敷にお邪魔した時のハンナ様のドレスを思い出してみるけれど——。

イザベラの出席を渋るもう一つの理由に思い当たる節はあったものの、今さらそれをどうこうする時間はない。

仮に時間があっても僕はこの間の王都行きで貯蓄を使い果たしてしまったから、どうにかしてあげられる元手もない。……要するに、ドレスのデザインがとても古いのだ。

勿論ハンナ様に悪気はない。

キビキビとした性格のイザベラとは違い、おっとりとした性格のハンナ様は、可愛い末娘のためにとっておきのドレスを出してくれたのだと思う。

イザベラの両親であるお二人も、今の僕達と同じように幼い頃に婚約したと言っていたから社交界デビューの時にルアーノ様から贈られたものだろう。

婚約者が贈ったドレスでデビューするというのは一種女性の夢だと、幼い頃に母から聞かされた僕達三兄弟のうちで、これに成功したのは長兄であるリカルド兄上だけだ。

残念ながら次兄のオズワルト兄上と三男の僕にはそんな甲斐性はない。

「うーん……物がない以上どうしようもないけど、かといってこのままだとイザベラは当日欠席するだろうな……」

別に無理強いして彼女をパーティーに送り出したいわけではないけれど、こちらに戻ってきたら、恐らくはもう二度とそこまで華やかな世界を見てみることは出来ないだろう。

本来貴族の娘は十五歳で社交界デビューをするものだけど、生憎と僕の記憶の限りではイザベラが両親と一緒に社交界デビューを果たしたとは耳にしたことがない。

これは貴族の社会ではそれなりに致命的で、特にイザベラは傍目《はため》にはあの性格だから……。僕にとってのイザベラはスパイスの入ったボンボンのような女の子。一口目はスパイスが効いてるけれど、二口目はとても甘い、そんな婚約者殿だ。

その良さを知っているのは僕だけで良いと思う反面、それではいつかどこかでイザベラが恥をかいてしまうかもしれないという心配もある。

例えば僕との結婚後、いざ付き合いで急にどこかに出席することになっても、ずっと僕と一緒にいたのではパーティーの参加者はイザベラを馬鹿にするだろう。それにそういった場所で僕が彼女から離れなければいけない場面があるかもしれない。

結局のところイザベラは〝作法の知識〟は完璧でも〝実践〟をしたことがないのだけれど、そんなことで彼女を知らない人間に彼女を嗤《わら》われるのは絶対に嫌だ。

とはいいつつも、田舎の貴族というものは領地の収穫祭には出かけても、都会の貴族達が集うような夜会に出席することはほとんどないからなぁ。

それでも年に何度かは一応招待状は届くこともあるものの、大抵が〝情けをかけて出してやった。常識があるなら出席はするな〟という暗黙のルールが存在する。いわば良い格好をしたいがための形だけのものだ。

聞かされた話だと、そんな毒に気付かず若い頃に出かけて行って恥をかいた我が家の両親と、イザベラの両親の友情はそんなところで育まれたらしい。

「せっかく学園でそんな催しがあるなら、これからの練習場として丁度良さそうだし……この間の二人と参加したら、卒業して疎遠になっても将来良い思い出話になるんじゃないのかなぁ？」

――うちの両親とイザベラの両親のような関係の友人。それは彼女にとって悪い存在ではない気がする。

むしろ大歓迎だ。

問題は会場でドレスが浮いてしまうことだけれど、それなら少し何とかなりそうな策を思いついた。

「周囲のご令嬢のドレスに負けないような、鮮やかで大きな花、か――……」

しかもドレスの色が書かれていない以上、鮮やかな中にもやや万人受けするような要素を含んでいるものでなければならない。けれど今の季節の花は切り花に向かない上に華やかさも少ないから、だいぶ候補が限られてしまう。

それでも――……。

〝どうせこういった催しでファーストダンスをするなら、あなたくらいに垢抜けない方が丁度良いわ。ドレスとの釣り合いが取れますもの。……ダリウスも一緒なら出席を躊躇《ためら》ったりしなかったのに。エスコートしてくれる相手がいないパーティーは惨めだわ〟

そんな不安の見え隠れする可愛い婚約者のために僕が出来ることは、いつもたったの一つだけ。〝大切な君へ〟今回はそれに〝心だけは君のエスコートに向かわせるから〟と書き添える。

そうして結局ギリギリまでこれを花と言っても良いものか悩んだ結果。

一番〝聖火祭〟の前にある学園のパーティーに良さそうな、見事に真っ赤に染まった葉をピンと張り、その中心に僅かな黄色の玉を散らしたようなポインセチアを一本。

今年最後の花として贈ることにした。

□□□

冬期休暇の前に催される学園のパーティー。

所詮田舎者の私はこういった類の煌《きら》びやかで無駄の多い行事が二年経った今でも大嫌いだわ。

きっと来年の今頃もそう言っているのでしょうけれど、来年はもうそれどころじゃないからどうだって良いわね。

私は誰に気が早いと言われようと、もう来年の年末へと意識を飛ばして胸を高鳴らせる。もっと詳しく言うのなら再来年の春に卒業したら――だけれど。その足でダリウスのところへ駆けていけるのだから。

あぁ、今が来年の今頃なら良いのに――。

この一月《ひとつき》と数週間。あの日のダリウスの顔が脳裏に浮かんでは、一人で身悶《みもだ》えてしまう日々が続いている。ちょっと強引だったけれど格好良かっただなんて手紙に書けっこないわよ……。

そんなことを考えながら、賑《にぎ》やかになり始めたホールのエントランスを無感動にぐるりと眺める。興奮した面持ちの男女、反響するざわめき、美しく着飾った令嬢達が動く度にサテンやシルクのドレスが煌めいた。

毎年このパーティーに合わせてドレスや燕尾《えんび》服を新調する上級貴族の令嬢や子息がいると言うけれど、その気持ちが知れない。領民の税を費やしての見栄《みえ》の張り合いなど、みっともないことこの上ないわ。

今夜の私の装いは淡いクリーム色の、肩口をほんの僅かに露出しただけのロングドレス。肩から流れるふんわりとした袖以外にポイントらしいものがないのは、シンプルなデザインが当時の流行《はや》りだったからでしょうね。

当然かなり古臭いデザインなのは知っているけれど、お母様がこのドレスの話をする時の表情を思い出せば全く気にならない。普段口数の少ないお父様が宥《なだ》めるほど長々と惚気《のろけ》て下さったものね……。

会場の入口に立ち、扇で口許を隠しながらアリスとメリッサ様と待ち合わせをしている私を、物珍しそうに振り返りながら会場へと入って行く学生達からの視線を無視しつつ、胸元を飾る真っ赤なポインセチアのコサージュに触れる。

今回の花はいつもと趣向が異なり、〝祝福〟と〝硬度強化〟の魔法が施されていた。その茎にはほんの僅かにシルクが混合されたリボンが巻かれ、小さな金色のヒイラギの葉を象《かたど》った留め具がつけられている。

今夜のためにダリウスが張り切ってくれた〝証《あかし》〟は、私のシンプルなドレスの胸元で燦然《さんぜん》と輝く太陽のようだわ。

どんなに美しいドレスも大振りな宝石も、今夜このポインセチアに敵《かな》うものはないのじゃないかしら？

私がそう扇の陰でこっそりと微笑んでいると、向こうの方からアリスとメリッサ様がやって来た。その対照的な二人の装いに思わず目を細める。

アリスは瞳に合わせた紫色のドレス。甘めのデザインで小柄な彼女が着るとクロッカスの妖精のようだわ。

対するメリッサ様は大きな胸を押し上げる形の最新ファッションドレス。

シャンパン色を基調とした大人の女性らしさを押し出しているドレスは、胸元と背中がそれなりに開いているのにいやらしくはなく、むしろ洗練された印象ね。それでも細い腰をさらに絞る必要はどこにあるのかしら？

メリッサ様の方は当然アルバート様を連れているかと思って身構えていたのに、どうやらそれらしい姿は見当たらない。

近付いてきたメリッサ様に小首を傾げて見せると、メリッサ様は口許を隠していた扇をたたんで後ろを指す。

その呆れたような表情で察しがつくというものだけれど……。扇で指し示された方向を向くと、そこには例によってメリッサ様以外のご令嬢を侍《はべ》らせて入口に近付いてくるアルバート様とその取り巻き二人を発見した。

メリッサ様には申し訳ないけれど、私からすればご令嬢達の群れの真ん中には嫌味なくらい整っているにも関わらず、その存在を生理的に受け付けられないアルバート様。

その右隣には鍛えれば良いという問題でもないと言いたくなる、野趣溢れる浅黒い肌に真っ黒の短髪を後ろに撫でつけた騎士団長のご子息ハロルド・クライスラー。

聞いた話では、アリスの恋の遊戯に陥落しかかっているそうだ。以前の会話もあながち間違いではなかったのじゃない。

気を許した人間にはとことん甘く、面倒見も良いのだとか。反面声が大きく、がさつで、乱暴、なのに潔癖——と、場合によっては恐ろしくいいように扱われやすい人でしょうね。

ちらりとメリッサ様の隣にいたアリスを見やると、彼女は肩をすくめてニヤリと笑った。その男爵令嬢らしからぬ笑みに少しだけ気分が軽くなる。

アルバート様の左側にいるのはハロルド様とは全く真逆の風貌をしたクリス・ダングドール。ガラス細工のような繊細な美しさの中に、油断ならないものを感じさせる現・宰相家のご子息だ。

アイスブルーの一見優しそうな瞳は微笑みのまま動くことはなく、薄い唇にも淡い笑みを貼り付ける様は以前のアリスのようではあるけど、全く違う気がする。そういえば以前、プラチナブロンドの肩までの髪を耳にかける仕草に、一部のご令嬢達が〝尊い！〟と騒いでいるのを見かけたわね。

「お二人共、パートナーは良いのかしら？」

一応そう訊いてみるも、

「良いのかと訊かれても、あれですから。それにファーストダンスとラストダンスは大嫌いなわたくしと踊るほかないのですもの。それまでは放任で構いませんわよ」

「そうだよ。別に今ここでパートナーなんていなくても、会場の中で適当に見繕えば良いんじゃない？」

二人からはにべもない答えが返ってきたので、それもそうかと三人で笑い合って会場内に入る。壁際に移動しながら二人が口々に今夜の私の装いを褒めてくれて誇らしい気分になった。

すでに中は生徒達でいっぱいでかなりな賑わいを見せていたけれど、そんな中で入場して真っ先に壁際に陣取った変わり者は私達だけだったわ。

けれどアリスはさっきの宣言通り、壁際に寄ってからすぐに声をかけてきた男子生徒に「まぁ、わたしなどでよろしいのですか？」などと猫を被り、頬を染めてホールの真ん中に行ってしまった。

エスコートされる彼女は振り向きざまに残された私達に向かって〝ほらね？〟とばかりにウ

インクを投げかけてダンスホールの人混《ひとご》みに消えた。

それからすぐ後に、周りにご令嬢達の垣根を作ったアルバート様が酷く不機嫌な様子でメリッサ様に近付いてきて、義務的に仕方なくといった様子でファーストダンスに誘う。

当然この失礼な男に対して義務的に応えるものだと思っていたら、メリッサ様は蕩《とろ》けるような微笑みを浮かべてその手を取った。

壁際を離れるメリッサ様が私に向かって「すぐに戻るから待っていらして」と言い残してエスコートされていくのを見送っていたら、アルバート様の視線とぶつかってしまう。とんでもなく不愉快な事故だわ。

あからさまに視線を無視したら、メリッサ様の「女性受けのよろしいお顔が台無しですわよ？」という声が耳に届いた。

二人が去った後、私は壁の花になってダンス会場を眺めていた。一曲目のファーストダンスが終わっても、二人は戻って来ない。

アリスはすでにさっきとは違う生徒と踊っている——って、あれはハロルド様かしらね？　嬉しそうにアリスをリードするハロルド様に、彼女も可愛らしく微笑みかけている。

猫被りの男爵令嬢は数いるご令嬢達の中で、他にはない一等奔放な美しさを伸び伸びと見せつけていた。あの分だと今夜だけでもかなりの犠牲者が出そうね。

一方のメリッサ様もアルバート様ではなく、クリス様と踊っている？　宰相の息子から申し込まれては断りきれなかったのでしょうけれど……これは意外な組み合わせだわ。

でもだとしたらあの人物は……？　すぐさまアルバート様の姿を探すけれど、当然のようにダンスホールにその姿はなかった。

――このままここにいては拙い。そう確信した私は壁際を離れようとした。

「どこに行くつもりだ？　パーティーはまだ始まったばかりだぞ？」

身体を出入口の方角へと反転させた直後――そう声をかけてきた人物に手首を摑まれた。いつの間にここまで接近を許してしまったのかと悔やんだところで、もう遅い。自分の迂闊《うかつ》さに歯噛みする。

「……ええ、そうですわね。ですが私、こういった場所は気後れしてしまう質《たち》ですの。ですからもうお暇《いとま》しようと思っていたところですわ」

手首を摑むアルバート様の手に冷ややかな視線を落としてそう言った私の言葉を、残念ながらその顔の両側にくっついているだけの耳は拾わなかったようだわ。

「ほぅ、そうか。確かにそんな流行から外れた格好であれば気後れもするだろう。その胸の植物も気が知れんな。大方お前にドレスも買い与えられん婚約者の苦し紛れだろう？　俺がもう少しまともな衣装を用意させる」

どれだけ整った顔であっても、言っていることが気持ち悪い上に腹立たしい。私はその顔に扇で一撃加えようと自由な右手を振りかぶった。

けれど、

「二度も大人しく叩かれてやるはずがないだろう」

「な、キャアッ……⁉」

ぐるりと身体の向きを変えられて強引に抱き寄せられた。制服の時とは違って露出した肩にアルバート様の唇が触れた瞬間、体内の血が凍り付きそうになって、不覚にも泣きそうに――、

「――う、ぐっ‼」

なっていたはずの私の肩から唇を離したアルバート様が、胸の辺りを押さえたまま急に後退《あとずさ》った。私はわけも分からないまま距離をとる。

「クソ、田舎者が手の込んだ真似を……！」

そう言ったアルバート様の憎々しげな視線が、私の胸元に飾られたポインセチアのコサージュに注がれる。〝硬度強化〟されたポインセチアが潰れていないことにホッとしつつ、ある違和感に気付いて触れてみたところ――。

「放電、してるの？」

一瞬チリッと指先に走った刺激はすぐに失われ、そこには何事もなかったように真っ赤なポインセチアが咲いている。そういえば、教会の祝福の中に〝貞淑〟というものがあった。

だとしたらこれは……ダリウスが、私の身に何かあるかもしれないと考えて加えてくれたのだわ。この一晩のためだけに枯れないように〝状態維持〟を、潰されないように〝硬度強化〟

を、そして、護身のために〝貞淑〟の三種の効果を付け加えるだなんて。

それに〝もしかしたら〟程度のことに発動しないかもしれない祝福を……と考えたら、今度はさっきとは違った意味で泣きそうになる。どれだけ手間をかけてくれたのかしら？

微笑む私の前でゆらりと体勢を立て直したアルバート様が、忌々しそうに私からポインセチアを奪おうと手を伸ばしたその時――。

「あらアルバート様、こんな会場の隅で婚約者のわたくしを差し置いて、そのような田舎娘に手を伸ばすだなんて……陛下のお耳に入れたらどうなることでしょうね？」

シャンパン色のドレスを身に纏った声の主が、私とアルバート様の間に滑り込む。

「ハッ、家の言いなりなお前にそんなことが出来るわけが――」

「結婚までどこのご令嬢と何をなさろうが構いませんけれど、この子はわたくしのお気に入りですの。彼女に何かしたら……お分かりでして？」

「――出しゃばる女は好かん」

「ふふ、おかしなことを。貞淑なだけの女もお嫌いでしょうに」

私からは背中しか見えないメリッサ様の肩は小刻みに上下して、彼女が慌てて駆けつけてくれたのだと分かる。

すると今度はホールの方からぞろぞろと煌びやかな一団が近付いて来て、その先頭には「アルバート様がいらっしゃいましたわ」と棒読みの台詞を口にするアリスが立っていた。私と目

が合うと、唇の端を持ち上げて笑う。

「あぁ、ほら、アルバート様と遊びたい女性があんなにいらしておりますわ……。選びたい放題でよろしかったですわね？」

ほんの一瞬、そのたおやかな声に異様な圧力を感じて彼女の陰からアルバート様を盗み見れば、何とも形容しがたい表情をしていたけれど、自業自得だわ。

その後——アルバート様がご令嬢の群れに連れ去られて静かになった壁際で、私達は今度こそ壁の花として、会場内に溢れるご令嬢達のドレスの品定めを楽しんだ。

そして余程ご立腹だったのか、メリッサ様はアルバート様からのラストダンスを断り、アリスは自分を足留めしようとしていたハロルド様のお誘いに、表面上は淑《しと》やかな表情をしたまま「違う方と踊りますわ」と止《とど》めを刺していた。

——……とても面倒で騒がしい夜だったけれど、私は多分いつかこの夜を懐かしむ日が来ると思うわ。

＊幕間＊わたくしの婚約者。　＊メリッサ＊

わたくしの婚約者は、学園内で誰もが認めるどうしようもない方だわ。

出逢ったばかりの頃はああではなかったけれど、いつの間にか婚約者であるわたくしの言葉にすら耳を傾けて下さらなくなった。

わたくしという婚約者がありながら、全く気にせず色々なご令嬢達と恋の逢瀬《おうせ》を楽しむ方。

加えてわたくしを毛嫌いしている。

わたくしへの当て付けのように花から花へと飛び回られるせいで、家からは〝お前が不甲斐ないからだ〟と叱責される日々。けれどそれでも構わずにいられるのは、偏に彼がどんな女性にも本当の意味で心を奪われないから。

――……昔は、こうではなかったわ。

アルバート様は陛下の最愛の王妃様の忘れ形見として生を受け、陛下や国を支える臣下、実兄であられる第一王子の愛情を一心に受けて育てられた。

王家の血を二代前に取り入れたカルデア家に、わたくしを婚約者として迎えたいと打診があった時、両親はとても光栄なことだと幼いわたくしを抱き上げてそれは喜んだのを憶えている。

『お初にお目にかかります。わたくしはカルデア家の――』

『あぁ、知っているから堅苦しいのは止めろ。俺はアルバート。これからは家名を名乗らずに、ただのメリッサとアルバートで構わないぞ。お前は俺の未来の妻だからな！』

『は、はい、アルバートさ』

『様はいらない』

少なくともあの頃のわたくしはアルバート様に嫌われていなかったし、わたくしも自身の身にこれから起こる出来事を露ほども知らずに笑っていられたわ。

でも、今となってはそれも泡沫《うたかた》。

変わってしまったのは、そう――……十二歳の魔力測定の時だった。王家の者やその婚約者に選ばれた者は、十四歳で魔力測定をする平民よりも早く測定する決まり事がある。

〝王族の血には魔力が溶け込んでいる〟というその典型が王とその子供達。王家に代々多く現れるのは風の属性だとされ、事実、ここ百年以上王家の持つ魔力属性は風だ。

当然陛下も第一王子もそうなのだからアルバート様もそうだと、誰も疑いもしていなかった。

けれど――。

『何で、俺だけ……火属性なんだ……？』

教会のステンドグラスから降り注ぐ光の下で、呆然と言い渡された結果を受け入れられない様子で立ち尽くしていたアルバート様。周囲の人間も固唾を飲んで見守る中、測定式は終わった。

その後、陰で王妃様の不貞を疑う声が密《ひそ》やかに流れ、陛下も第一王子もその噂の火消しに奔走され〝根も葉もないことだから気にするな〟と度々アルバート様にお声をかけられたわ。

しかし口さがない噂好きは多く、人の口に戸は立てられずにその嘘とも誠とも計り知れない噂は国の中枢に蔓延《まんえん》し、それまで闊達《かったつ》だったアルバート様は一人静かに心を病んでいったのだ。

勿論わたくしもアルバート様を必死に励ました。何があっても傍にいると誓いを交わせば、アルバート様は少しだけでも微笑んで下さったのに……。

悪夢に限りはないと言うけれど、わたくしは後にアルバート様があの時受けた絶望を我が身で感じることになる。

あれから五年が過ぎ、今のアルバート様はわたくしを愛して下さらない代わりに、誰かを愛することもない。そんな歪んだ安堵感に縋るしかない形ばかりの〝婚約者〟がわたくしメリッサ・カルデア。

だからかしら——初めてあの子を見た時、尋常ではないくらいに心がざわついた。意志の強そうな紫紺の瞳に、媚《こ》びる姿勢を全く感じさせないその視線。いつもクッと少しだけ上げられた顎は、周囲からの陰口に視線を落とそうとしない彼女の気位の高さを表していたわ。

この子の存在はわたくしを脅かす。今までもどれだけ他のご令嬢と遊んだところで、最終的にはわたくしの元へと戻ってきたアルバート様を夢中にさせてしまいそうな女性。イザベラ・エッフェンヒルド。

家名を聞いたこともないような辺境領の出身者が、はるばるその能力の高さを買われて王都までやって来ただなんて、あの方の面白がりそうな子だと思い不安になっていたら……案の定。

——アルバート様はすぐに彼女の持つ魅力の虜《とりこ》になった。

昔のわたくし達のように他者の言葉に振り回されて変質していかない、ダイヤモンドのように固い意志を持つ彼女に。

魔力の保有量は王族の直系ほどもあり、居丈高ではあるけれどよくよく聞いてみると筋の通った発言。魔力発動の調整も、魔法についての閃《ひらめ》きも知識欲も、わたくしが今まで出会った中で一番の才能を持っていたわ。

授業でもその才能は時に教師を上回るほどで、わたくしも含め出自くらいしか勝ち目のないクラスメイト達は彼女を妬んだり、身分が低いと見下すことしか出来なかった。

アルバート様はそんな風にクラスメイトや取り巻きのご令嬢達と一緒になって、他者を妬むことしか出来ないわたくしを軽蔑するでしょうね？　ご自分の行いがどれほどわたくしを傷つけているか、気付きもしないで。

田舎の領地に幼い頃から将来を誓い合った婚約者がいて、オマケに同性から見ても見惚《みほ》れてしまう美しさ。ただ全てを持っている彼女は、地位と権力だけを持っていなかった。

逆を言えばそれ以外の何もかもを彼女は持っているわ。

貴族階級に身を置く者らしくなく明け透けに物事を話し、美辞麗句で媚びる姿勢を全く見せないところから、家族からの愛情もきちんと受けているのだろう。家の者に探らせて得た情報によれば、毎週必ず花を領地から贈ってくれる婚約者からの愛情も。

そうして、彼女は心得ている。ここが自分の居場所ではないことを。

この学園で得た知識と技能を全部抱えて、彼女は彼女を待つ人間達の元へ帰る。その日を心待ちにするからこそ、いつだって真剣に授業を受け、何一つ取り零さないように吸収しようとする姿はわたくしには眩しすぎたのよ。

だからいつもご一緒しているご令嬢達と〝マナー〟を教え込みに行った時も、本当は勝ち目がない自分を痛めつけてやりたかっただけなのかもしれない。

そんな半ば投げやりな気分で周囲の求めるままに休み時間に彼女の元へ出向いては、記憶にも残らないような稚拙な嫌味を投げかけた。

その日もいつも通り取り巻きのご令嬢達と共に、その姿を探して何か余計な嫌味を投げかけたのだけど……普段の彼女なら鼻で嗤って扇を鳴らすだけなのに、その時はジッとわたくしの目を見てこう言ったのだ。

『お一人で出歩くのが怖いようでしたら、私がそちらまで出向いて差し上げましょうか？』

——……と。

わたくしの周囲にいた取り巻きのご令嬢達が口々に、

〝あなた無礼よ！〟

〝何様のつもりでいらっしゃるの?〟

〝メリッサ様に向かって……!〟

などと批判の声を上げていたけれど、わたくしは彼女達の言葉の方が何倍も、何十倍も嫌だった。

──だって、それはわたくしの言葉ではないもの。

彼女達の誰もがわたくしの名を使って、我が家名を後ろ盾に、目の前の田舎貴族の才女を妬《ねた》んで罵ったとしても……その責任を彼女達は誰一人負わないのだと、目の前のイザベラ・エッフェンヒルドは気付かせてしまった。

大勢で群れていれば心強いだなんて、馬鹿げた発想をしたものだとあの言葉で初めて分かったわ。わたくしの言葉がその中には一つもないことに、わたくし自身が気付かなかったのに。

それからしばらく経って……わたくしはそれまで上辺だけで付き合っていたご令嬢達との付き合いを止め、同じような経緯で彼女と知り合った男爵令嬢のアリス・ダントンと行動を共にすることが増えた。

彼女が落ち込むのはいつも田舎にいる婚約者のことで、わたくしとアリスさんはずっとどんな人物なのか教えて欲しいとせがんでいたのに、彼女は決して教えてくれなかったわ。

そんな彼女の初めて見せる強い独占欲と愛情に、わたくしとアリスさんは俄然《がぜん》興味をかき立てられ、先日ついにその婚約者と会える機会に恵まれた。

わたくしとアリスさんが思い描いていたような姿をしていない地味な彼女の婚約者からは、少し話しただけでもとても人当たりが柔らかく誠実な印象を受けた。

この彼女の誠実な婚約者にならわたくしの秘密を教えて、彼の口からわたくしと同じような悩みが聞けるかもしれないと期待したの。

わたくしが……いいえ、カルデア家が必死になって隠したがっている秘密、それは――。

「ふふふ、宜しくてよ。ではちょっとお訊ねしたいのだけれど――……」

当たり障りのない会話の流れをソッと誘導して、わたくしは痛いほど脈打つ心臓を抑えながら言葉を続けた。

「わたくし、十三歳の頃からどんどん魔力の保有量が落ちていて……今ではほとんど平民と変わりありませんの。何故こんなことになったのか、その理由も分かりませんわ。そこであの、失礼だとは思うのですけれど……アナタは魔力がイザベラさんよりかなり少ないのだと聞き及びましたの……一緒にいてお辛くはなくて？」

扇で口許を隠して声を潜める。もしも彼女に聞かれては友人でいさせてもらえなくなりそうだもの。

わたくしの無礼な質問に一瞬考える素振りを見せた彼女の婚約者は、すぐにまた柔らかく微笑んで口を開いた。

「あぁ、そういったお話でしたら多少は僕にも憶えがありますね。辛いかそうではないかと問われれば、正直辛いです。……彼女の力になれない自分の不甲斐なさが。けれどお互いに補える部分は必ずあります。だったら僕は諦めてしまう前に、より彼女を理解して支えあえれば良いと思っています」

ふわりと優しく細められた眼鏡の奥の榛色の瞳に、わたくしはいつかのアルバート様を思い出す。あれは、魔力がなければ王家に嫁がせる機会をなくすと恐れた両親によって、秘密にするように口止めされていた十五歳の時……。

わたくしはこれ以上偽っていることが堪《こら》えきれずに、アルバート様に魔力が枯渇しかかっていることを告げた。あの時は自分が重圧から楽になりたいばかりで、アルバート様のことなど何一つ考えていなかったわね。

だけど――……婚約破棄を言い渡されるかと思っていたわたくしの耳に届いたのは、とても意外な言葉だった。

『メリッサ、俺は、お前の魔力目当てでお前と幼い頃を過ごしたわけでは……』

あの言葉をどう受け取れば正解だったのか、今となっては分からない。

ただ確実に言えるのはあの時まで、わたくしは正しくアルバート様の婚約者ではなかったのかもしれないわ。

――そうしてあの日、わたくしは本当の意味でアルバート様に恋をした。

家では魔力なしの家名汚しと叱責されて、肩身の狭かったわたくしに……あの言葉は天恵のように降り注いだわ。

「――メリッサ様？」

ふと意識が記憶の波にさらわれていたわたくしの耳に、彼女の婚約者の労《いたわ》りに満ちた声がかけられる。

「……わたくしの無礼な質問に答えて下さって感謝致しますわ」

「いいえ、とんでもない。……お心にかかった靄《もや》は晴れましたか？」

「えぇ、お陰様でとてもスッキリと」

「それは良かった」

そう言ってフッと、さっきまでよりも少しだけ力の抜けた微笑みを彼女の婚約者が浮かべた直後、背後でアリスさんにからかわれた彼女が大声を上げるものだから、この話はそこで終わってしまったけれど。

今なら、はっきりとわたくしの言葉でアルバート様にお伝え出来ますわ。

たとえアルバート様がこの先どれだけの過ちを犯して、そのたびに答え合わせを間違えようとも〝婚約者〟である、わたくしだけは――。

〝アナタのことを心から、お慕い申し上げております〟と。

第二章

「うぅ……あ痛……」

一瞬、何も考えずに伸びをした自分の愚かさに悶絶《もんぜつ》する。

今朝はこの季節でも特別冷え込みがキツかったせいか、ここ数日間で一番全身の軋《きし》みが酷い。

全身の軋みの原因は件《くだん》のポインセチアにかけた祝福分の労働のせいなんだけど……何も今朝こんなに身体がバキバキにならなくても良いのに。しかもまだ返済の半分にも満たしていないので当分は肉体労働の刑だ。

あの三重に重ねた祝福は思っていたよりも高度なものだったらしく、後日教会から分厚い領収書が届いた時は開封する手が震えた。最初からあの見積もりを教えてくれていたら心の準備も出来たのになぁ……。

それとも教えたら止めるとでも言い出すと思ったのだろうか？　そんなことはイザベラの危機を回避出来るなら構わないし、多少仕事が厳しくても分割を許してくれるのなら全部返済するのに。

ドレスを買うのにも間に合わず、当日彼女の傍にもいてあげられなかったのだから、それくらいは当然だ。

昨日は雪の下に貯蔵してある人参《にんじん》を掘り出したいというので、シャベル片手に教会裏の畑に行ったのだけれど、管理している修道士が肝心の人参を貯蔵している箇所に目印を忘れていたせいで、長い畝《うね》の端から端まで掘り返す羽目になってしまった。

お陰で昨日の晩から背中と腕が痛くて堪らない。おまけに掘り返し作業が終わると、教会の人が待ちかまえていたように疲労回復の祝福はどうかと申し出てくれた。無論有償でだ。

教会のくせにマッチポンプをしてくるのかと戦慄しつつも、さらにこれ以上の労働の上乗せをされては堪らない。

それにその日のうちに筋肉痛になるなら、回復も早いとお医者が言っていたのを憶えていたので、丁重に断って自然治癒にまかせることにした。

とはいえ教会側も貧乏貴族の僕からそこまでの回収は酷だと思ってくれたのか、何とか労働を対価にすることで現金の方は少しだけお安くしてくれたのは助かったなぁ。

何といってもこの季節《きふ》だ。僕程度の少ない魔力では大したことなど出来ない。そこで交渉の結果来年度の農地への〝お願い〟を教会裏手にある畑を一番手にするとの約束で、どうにか許してもらえた。

うちみたいに自然環境が厳しい領地だ。修道士達は飢饉に備えて結構な広さを耕しているから骨が折れるけれど、そうするように父に提案したのは僕だから自分の責任とも言える。

「先日届いたイザベラの手紙には、保険でかけておいたあの祝福が役に立ったとしかなかったけど……それ以上何も書かれていなかったから大事にはならなかったのかな？」

そう声に出して呟《つぶや》いてはみたものの、不安だ。彼女の性格からして、トラウマになるような怖くて危険な目にあっていても、絶対に手紙には書かなさそうだし。

僕がイザベラの手紙にあった帰還予定時刻を、暖炉の灯《とも》った応接室でソワソワと待っていると、雪で真っ白に閉ざされた世界の中を屋敷に向かって一台の馬車が走って来るのが窓から見えた。

質素ながら、こんな季節にこの辺境領へとやってくる物好きはそうはいないことから、あれは間違いなくイザベラの乗った馬車だろう。

ここ数日領地の親しい人達が手伝ってくれたこともあって、馬車道だけは確保されていたから、イザベラを乗せた馬車はすぐに屋敷の門をくぐって停車する。

僕は執事のアルターが玄関先で出迎えの準備を整えるよりも先に、筋肉痛であることも忘れて屋敷の外へ飛び出した。マフラーも上着も忘れて飛び出した十二月も末に近付いた辺境領の空気は、容赦なく僕の皮膚に突き刺さる。

さっきまで暖炉で暖めた談話室にいたものだから特に堪えるけれど、毎回のことだからあまり気にしない。それというのも――。

「ダリウス！　あなたまたそんな格好で出てきて……馬鹿なんですの!?」

そう血相を変えたイザベラが馬車から飛び出して来て、自分をくるんでいた毛布ごと抱きついてくれるからなんだけど……言ったら怒られそうなので言わないことにしている。

「誰よりも先に君にお帰りって言いたくて」

「も、もう……そんなこと毎年言っているではありませんの！」

「うん、だけど今年の〝お帰り〟はこれっきりじゃないか」

毎年繰り返されるこのやり取りが早く終われば良いのにとは、王都で真面目に学んでくれているイザベラには言えないけど。毛布ごと抱き締め返したイザベラの頬が、見る見る赤く染まって行くのを目の当たりにすると、今年も無事に終わったのだと実感するなぁ。

「早く中に入って、料理長に温かい飲み物と甘い焼き菓子でも用意してもらおうか？」

額を合わせてそう囁くと、イザベラはまだ赤い頬でコクリと頷く。本当なら真っ先に実家に帰るべきなんだろうけど、イザベラは毎年真っ直《す》ぐにこちらの屋敷に来てくれる。

ルアーノ様とハンナ様のお二人には申し訳ないなと思いつつも、僕から彼女に先に実家に戻るべきだとは言い出せなかった。だって一番最初に王都から戻った彼女に会うのは僕であって欲しいから。

この真っ白な景色の中で、イザベラの艶やかに波打つ黒髪は一等映える。その肩口に頭を預けると、イザベラが一瞬身体を緊張させた。

……ポインセチアが役に立ったのは間違いないな……。

こんなことならもっと威力を上乗せしてもらえばよかった。

「あぁ、ごめんねベラ。こんな寒い場所に長々いたら二人揃って風邪をひいてしまう。談話室を暖めてあるから早く行こう？」

なるべくゆっくりと抱き締めていた身体を離して、安心させるために愛称で呼べば、イザベラはホッとしたように淡く微笑んだ。

二人で手を繋いで談話室に向かう間の短い廊下でも、僕達のお喋りが止まないのはいつものことで。使用人と呼べる人達がほとんどいないうちの屋敷の中は、その気安さから彼女にとって第二の邸宅みたいになっている。

談話室に入ってしばらくすると、アルターがお茶とお菓子をワゴンに載せて運んで来てくれた。揃えたのは王都では見ないような素朴な形と味のものばかりだけれど、この領地で採《と》れたものだけで作ってある。

イザベラのために暖炉の傍に寄せておいた小さなテーブルの上に、アルターが持ってきてくれたお菓子とお茶をセッティングして、イザベラの座る椅子を引く――と。

「あぁ、そうだわダリウス、お茶の前にちょっとこちらにいらして？」

そう可愛らしく小首を傾げたイザベラが、扇を持った右手をクイッと自分の方に寄せる。そのこちらに来いとの合図に、今度は僕が首を傾げながら近付く。

「――両手を上に向けてお出しになって下さる？」

あれ……おかしいな……やや険しい表情のイザベラからは怒りの気配がする。僕はその意図がよく分からない指示に、それでも逆らわない方が賢明だろうと言われた通りに掌《てのひら》を上にして両手を差し出す。

「全く……こんなことだろうと思いましてよ。何ですの？　いくらここが辺境領とはいえ、一貴族がこのようなみっともない掌をして」

　眉根を思い切り寄せて不機嫌さを滲ませたイザベラの声に「……仰る通りです」と返すことしか出来ない僕の掌に、不意に彼女が手に持っていた扇を床に落としてその両手を重ねてくる。

　てっきりこの後お小言が続くと思っていた僕がキョトンとしていると、イザベラは急にふにゃりと泣き出しそうな顔をしながら言った。

「こんなにあなたの手をボロボロにさせて……ごめんなさいダリウス」

　伏した紫紺の瞳が涙で潤んでいるのを見た僕は慌ててしまう。

「そんな――違うよイザベラ！　大体僕の手はいつもこんなだし、学園の剣術の授業なんかこっちにはないから知らないけど、あっちにいる人は皆もっと酷《ひど》い掌をしてると思うよ？　剣を握ったこともない僕が言っても説得力がないけど……」

「まぁ、馬鹿ね……。ダリウスに剣術の稽古なんて似合いませんわよ」

　良かった！　捨て身の冗談が受けたのかイザベラに少しだけ笑みが戻る。

　――が、やはりすぐにしょんぼりとしてしまった。

「それに掌だけじゃなくて、さっき抱きついた時のあなたの背中……板みたいに硬かったわ。

凄く身体に無理をかけているのでしょう？」

「いや、あのねイザベラ……」

「だから私、魔法の授業であなたみたいに無茶をする婚約者がいても平気なように、微力だけれど癒やしの魔法を憶えて参りましたのよ！」

「……へ？」

急に顔を上げたイザベラの瞳には、すでにさっきまでの翳《かげ》りは微塵《みじん》もなくて、代わりに使命感に燃えていた。あまりの急変ぶりにオロオロとしている僕を無視して「今から私が言う通りにして下さる？」と指示を出される。

「まず目を瞑《つぶ》って両手で水を掬《すく》うイメージをして。そうしたらその手を口許に持って行って掬った水を飲むイメージを……そうですわ。その水が身体中を巡るイメージをして――そう、もう手を下げて下さって結構でしてよ。ただし、目はまだ閉じていて頂戴」

向かい合った気配を感じながら、イザベラに言われるままに指示された動きをなぞる。

「――……い、いきますわよ？　目はしっかり閉じていて？」

やや緊張気味なイザベラの声。もしやこの魔法が彼女の身体に何かしら害を与えるものなのか？

心配になった僕が〝大丈夫？〟と口を開く前に、イザベラがグッと僕の身体を支えにして背伸びをするような気配がした。

直後に、僕の唇に何か柔らかいものが触れる。

すぐ近くから感じる鼻に抜ける爽やかなミントの香りと、痛みが和らいでいく感覚に驚いて少しだけ目を開けると、何故だか目蓋を閉じたイザベラの顔がすぐそこに――……？

「――!?」

今度こそ本当に驚いたけれど、今ここで目を開けたと気付かれたら……少し、勿体な――いや、これは治療なんだし、彼女に恥をかかせるから……とか何とか、自分に言い訳をしてもう一度目蓋を閉じた。

手紙で触れられなかったことで、ほんの少しだけ心配になった自分の狭量さを情けなく感じると同時に、今度は彼女がどんどん新しい能力を開花させていくことに対する焦りを感じる。

――時間にしたらほんの数分、いや、数秒？

どちらにしても照れくさい治癒魔法を終えたイザベラに「もう目を開けてもよろしくてよ」と言われて目蓋を開く。

するとそこには若干頬を染めたイザベラが、僕を見上げたままモジモジとしている。瞬間、その頬の熱が僕にまで伝播《でんぱ》して顔が熱くなった。

そんな僕を見たイザベラは、怒ったような、してやったりといったような表情を浮かべて「約束を破って途中で目を開けましたわね？」と、さっきまで重ねていた唇を尖《とが》らせる。

僕が「ごめん……」と小さく謝れば、彼女は今度こそふにゃりとした微笑みを浮かべて「これでおあいこですわね？」と勝ち気に宣言した。

そうしてようやく大人しく僕が引いた椅子に腰を下ろしたイザベラは、まだドギマギしたまま向かいに座った僕を見て、

「どれも美味《おい》しそうですわね？」

と、ほんのり頬を赤らめたまま悪戯《いたずら》っぽく、どこか蠱惑《こわく》的に微笑んだ。

□□□

――先日ついに実践してしまいましたわ。

王都からこちらに戻る前に放課後の教室でメリッサ様と一緒に受けた、アリス直伝【意中の男性をドギマギさせる入門編】を！

あれを入門編と言うには少々難易度が高すぎる気もしますけれど、彼女からすれば入門なのよね……？

メリッサ様と私の攻略対象を分析して個別指導までして下さったことには感謝しているけれど、絶対面白がっていたわねあれは。

まぁ、けれどお陰で結果としてはなかなか上々で、これでもう一方的にダリウスにドキドキさせられることなんてないはず！　と、思っていたのですけれど……私が馬鹿でしたわね。

肩が触れ合う距離にいればドキドキするし、少し身動《みじろ》ぎしただけでも意識がそちらに向いてしまう。下手をすれば以前よりも意識してしまいそうだわ。

今夜は一年の最後を大切な人達と過ごす〝聖火祭〟。毎年のことだけれど、私だけお父様達よりも早くダリウスのお屋敷にお邪魔している。

だから今は毎年のように応接室で二人きり。暖炉の火がはぜる音を聞きながらゆったりとした時間を過ごしているのだけれど……。

「ん、イザベラ？　何だか静かだけど、どうかしたの？」

人の気も知らないで暢気にソファーの隣に腰掛けて本を読んでいたダリウスが、こちらを向いて柔らかく微笑む。その笑顔に不覚にも勝手にときめいてしまう自分に腹が立つわね。

「あら、まるでいつもは騒がしいような言い方ですのね？　あなたがさっきから本ばかり読んでいらっしゃるから、静かにしてさしあげた気遣いの感想がそれですの？」

悔しくてわざと棘《とげ》のある言い方をすれば、ダリウスは苦笑しながら読んでいた本を閉じた。あぁ、違うのよ――閉じなくても良いの。

本当はお土産に持って帰ってきた本を喜んでもらえて嬉しいのに、私は素直になれない自分の可愛げのなさを呪った。するとダリウスは私の顔をマジマジと見つめて、それからまた少しだけフッと笑ったわ。

「あぁ、それもそうだよね。何だかもうイザベラが年が明けてもいてくれるような気になってた。まだ一年先のことなのに気が早かったよ、ごめん。今こうして隣にいてくれる君と過ごすことが大切なのに」

いつもと変わらない優しい微笑みと、穏やかな声。本当なら誰よりも傍にいて寛《くつろ》げる人のはずなのに、私の心臓は忙《せわ》しなくて。せっかくダリウスの隣にいるのに前のように寛げないわ。

「――狡いですわね」

思わずポツリと漏らした言葉に、ダリウスが苦笑する。それから膝の上に閉じていた本を、近くのサイドテーブルに載せて私に向き直った。

「僕はベラの方が狡いと思うよ」

「まぁ、どうしてですの？　私は別に――、」

〝狡い〟と言い返されてムッとした私の右頰に、ダリウスが触れるようなキスを落としてすぐに離れる。眼鏡の縁が頰に当たって、そこだけがヒヤリと冷たかった。

「……そういう反応が、かなぁ？」

照れくさそうな顔でそう笑うダリウスが覗き込んでくるけれど、頰がこんなに熱くては誤魔化すために〝どういう反応ですの？〟とも訊けないじゃない。

私が右頰を押さえてぼうっとしていたら、ダリウスは急に苦いものでも食べた時みたいに「ベラをこれ以上退屈にさせるのは色々と危ないなぁ」と呟いて、何事か考え込む。

〝危ない〟って、ここは室内なのに何のことかしら？　窓の外は暖かなこの室内と違って一面の銀世界なのに。危ないと言うなら格段に凍死の危険性のある外だと思うわ。

そんな私の心情を感じ取ったのか、ダリウスは「そういう意味じゃないよ」とまた笑った。

それから一瞬だけ視線を窓の外にやって、再び私に戻してからこう言ったわ。

「うーん……本当はルアーノ様達がいらっしゃってから、イザベラを置いて一人で出かけようと思ってたんだけど。イザベラが退屈みたいだし、丁度雪も止んでるみたいだから——ちょっと早いけど、今から一緒に行くかい？」

ダリウスの表情の変化に慣れている私は、他の人なら見分けられないような僅かな笑顔の違いも見分けられる。だから、この笑顔は何かを残念がっている時のものだとすぐに分かったのだけれど——。

「そ、そうね。ダリウスがどうしてもと仰るなら、一緒に行ってあげてもよろしくてよ？」

自分の婚約者が大切な行事の日に、わざわざ一人でどこかに出かけるつもりだったなどと聞いて気にならない人がいるとしたら、婚約解消なさるべきだわ。結婚しても上手くいくはずがないもの。

まぁ、それでももう少し可愛らしく素直に言えないものかとは、自分でも思っているのだけれど……。案の定、ダリウスは少しおかしそうに笑って、今度は左頬にキスをしてくれる。

そんな幼い頃のようなキスにも昔とは違ったものを感じてしまうのは私だけなのかしら？

ふわりと微笑むダリウスからは読み取れなかった。

それから十五分ほどかけて防寒着を着込んだ私達は、今日の〝聖火祭〟の準備で忙しくしている町の方へと出かける。勿論徒歩で。

ダリウスと領内にいる時は大抵余程遠くでもない限り、徒歩での移動を心がけている。特に今日のような年の暮れには馬車が少ないし、常より慌ただしい中を煩わせることになるものね。

……それに、滑りやすい雪道を「イザベラ、大丈夫？」と少し歩くごとに心配してくれるダリウスの手をずっと握っていられるから、たまには良いわ。

目的地まではダリウスの正面を向いた横顔を見るよりも、私を気遣ってこちらを見てくれることの方が多かったくらいね。

「はい、到着。ここにちょっと用事があったんだ。どう？　イザベラが心配するようなおかしなところじゃなかっただろ？」

「——えぇ、その……そうね？」

ダリウスが少し彼にしては意地の悪い言い方をして案内してくれたのは、素朴な木彫りの看板を掲げた木工工房だった。

王都とは違い冬は雪深いこの土地で、雪に押し潰された窓が割れないように極力小さな窓があるだけなので、パッと外から見て業種を当てるには上の看板しかなさそうね。

「よし、それじゃあ中に入ろうか？」

分厚い手袋をしたまま重ねた手に物足りなさを感じつつも、私は大人しくダリウスに誘われるまま店内へと入った。

店内に入るとすぐに「あれ？　坊ちゃん、約束の時間より随分早いじゃねぇか」と顔のほとんどを髭《ひげ》で覆われた熊のような男性が声をかけてくる。

私が思わず驚いてダリウスの背後に隠れると、ダリウスは「大丈夫。彼は見た目より良い人だから」と微笑む。それはそれでフォローになるのかしらと思ったけれど、ダリウスが大丈夫というのなら平気よね？

おずおずとダリウスの背後から熊のような男性の前に姿を現すと、男性は顎が外れるくらい口をあんぐりとさせて私を見る。

そんな顔をされるほどおかしな格好をしていたつもりはなかったので、心配になってダリウスを見上げれば、彼は珍しくムスッとした表情になって熊のような男性を見ていた。

「早く来すぎたのは謝るよ、ごめん。でもガルの腕なら、約束の時間より早いけれど、注文していた〝アレ〟は出来てるだろう？」

ダリウスはそう言うと、手袋をしている手をガルと呼ばれた熊のような男性に差し出す。

ガルと呼ばれた男性も「あたりめぇだろ。しかしまぁ、こんな綺麗なお嬢ちゃんにあげるならもっと凝ったデザインのにすりゃ良かったな！」と残念そうに言いながら、ダリウスの手に小さな箱を載せた。

一瞬ダリウスは私から隠すように箱の中身を確認して、ガルに向かって頷くと、私が昔贈った財布の中から代金を支払う。

視界の端に映ったくたくたになった財布。まだ使ってくれていたことに嬉しくなって、思わず笑みが浮かんだわ。

それからダリウスはガルの方をチラチラと気にしながらこちらへ向き直ると、私に手袋を外すように言って、自分の手袋も外した。

向き合ってみて驚いたのは、ダリウスが滅多に見せない緊張した表情をしていたから。一体これから何が起こるのかと私まで不安になるわ。

何故かギャラリー気分でニヤニヤしているガルが「口笛いるか？」と軽口を叩くのに対してダリウスも「気持ちだけで良いよ。というか、ちょっと黙ってて」と軽口の応酬をする。

何かよく分からない状況に私が戸惑っていると、ダリウスが苦笑しながら「……ベラ、その、右手を出してくれないかな？」と言うので、私は素直に右手を差し出した。

するとダリウスは緊張した表情のまま、ガルから受け取った小箱の蓋を開けて中から何かを取り出すと、私の右手を取って薬指に滑らせたの、だけれど……直後に眉根に深いシワを刻む。

「――……サイズが、合わない」

「え？」

「ごめん、イザベラ。何だかもう、本当に情け……」

「破棄ですわよ？」

「ちょっと今それは冗談にならないかも……！」

後ろではガルがお腹《なか》を抱えて笑い転げているし、目の前ではダリウスが沈痛な面持ちを浮かべているし……だから一体何ですのよ⁉

事態が呑み込めない私が、ダリウスの左手に重ねられるように隠れていた右手を引き抜くと、そこにはモザイク柄をした少し大振りな木の指輪がはめられていた。

だけれど指輪は私の薬指には少し大きすぎてクルクルと回る。ダリウスはそれを目にして悲しそうな溜息を吐く。

「ダリウス、これは……あの……こ、婚約指輪というものかしら？」

震える左手の指先で少し大振りな指輪の表面をなぞると、ひんやりとした中に、木が持つ独特の温かみがあるわね？

私の上擦った問いかけに、うなだれたダリウスが小さく頷いてくれる。

「君が、婚約している最中だと知っていても……声をかけてくる人が出てくるだろ？　――というかもう、その、いるみたいだし。うちは家名も全然大したものじゃないけれど、そんなのは嫌だなぁって」

いつの間にか後ろで笑っていたガルの姿は見えなくなっていて、二階から椅子を引く音が聞こえる。

「イザベラは……僕の婚約者だから、婚約中だって分かるようにと思ったんだけど。まさか肝心のサイズを間違うなんて……」

そこでダリウスはまた大きく溜息を吐く。

「ねぇ、ダリウス。中指なら少し緩いけど回りませんわよ？」

「うん、慰めてくれてありがとうイザベラ……でも、」

「でも、何ですの？　私が気に入ったものにあなたが文句を言うのは筋違いではなくて？」

そこまで言って初めて顔を上げてこちらを見てくれるダリウスに、私は込み上げる幸せを隠しきれずに囁くの。

「結婚式では、ちゃんとこれを左手の薬指にはめてくれますわよね？」

キョトンとした榛色の瞳が愛《いと》おしくて。

私はダリウスを支えに爪先立ちになり、その両頬に口付けた。

あなたも私と同じように、幼い頃とは違う気持ちを味わって？

□□□

朝の仕事と食事を終え、さっき廊下でアルターから受け取ったイザベラの今年初の手紙を自室のベッドの上で開く。

〝無事に他の生徒達より一日早く寮に到着して、新学期が始まってからまだ一週間目なのに、

何だか随分疲れたわ。それもこれもあなたのくれた婚約指輪のせいよ?〟

スズランの香りがする便せんの文字に視線を走らせながら、彼女らしい書き出しに頰が緩む。それにしても毎年思うことながら、王都の学園側は辺境地から来る生徒に便宜をはかってくれても良いのになぁ……。

僕達の辺境領から王都の学園の新学期に間に合わせようとすると、王都近郊の生徒達よりも夏場の時期でも三日、冬場だと五日は日数に余裕を持って出発しなければならない。そのせいで実質の休暇日数が大幅に減ってしまう。夏期はまだ六週間あるから、行きの三日と帰りの三日で計・六日でいいけれど問題は冬期休暇だ。

冬期だと三週間しか休みがない上に、さらに雪の影響を考えなければならないから、行きで五日帰りで五日の計・十日が無駄になってしまう。

例に漏れず今回の辺境領《ホーム》滞在期間も、他の生徒達より五日間も短く切り上げるため、毎年その日が近付くと二人とも無口になる。けれど今年はお互いの気持ちを伝えあう機会も多かったからか、それほど塞ぎ込むこともなかった。

例の人騒がせな第二王子の影が僕の不安を掻《か》き立てたことが、結果として互いの〝伝えなくても慣れていた部分〟を見直すきっかけに一枚嚙んだことは確かな気がする。

ただそれ以前にイザベラにトラウマを植え付けたのは——……話が別。逆らうには不利な相手だけど、教会の祝福が持ち主を護《まも》るのは当然のことだから不可抗力だ。うん、きっとそうに違いない。

〝会話中に扇で顔を隠すと、右手の中指につけた指輪に気付いた目敏《めざと》い方達がヒソヒソ言っている姿を見ましたわ。お喋り好きなご令嬢方のことだから、きっとすぐに周囲に広まるわね。ただ、一番警戒していたアルバート様は冬期休暇の間に何があったのか、すっかり大人しくなっておりますわ〟

僕はご令嬢方のそのヒソヒソ声が、華奢なイザベラに不釣り合いな指輪の見窄《みすぼ》らしさを嗤ったものでなければいいと願うことしか出来ない。

あと、第二王子が大人しいというのは朗報だ。もしかすると以前会ったことのある婚約者殿のメリッサ嬢が上手く手綱を握ってくれたのだろうか？　だったら是非ともこのまま僕達の平和のためにも乗りこなして欲しいものだ。

少し話しただけだけど、有能そうなのに感情表現が苦手そうなところがイザベラにちょっと似ていた。

この先、向こうは大貴族様だから頼まれることはないだろうけど、もし頼まれたら助力は惜しまないつもりではある。一応僕の婚約者の初めての友人でもあるし。

それにしても――あの後イザベラにも伝えたけれど、あの指輪には求婚者除《よ》けの意味合いと、冬期休暇が終わる三日前のイザベラの誕生日祝いを兼ねている。

誕生日当日に渡したいのは山々なんだけど、五日前に王都に出立しないと間に合わないから仕方がないか……。それにもっと欲を言えば、〝聖火祭〟のプレゼントと別口で用意したかったんだよなぁ。

三月生まれの僕より一足先に十七歳になってしまうイザベラに、何か婚約者として特別に贈りたかった。

だから本当は少し領地から足を延ばしたところにある、ちょっと大きな町の彫金師に指輪を頼みたかったのだが……元手が全く足りなかったのだ。

現状の〝祝福の借金〟という相反しそうな言葉がそれをさせてくれなかった。

イザベラはあの婚約指輪を結婚式でもはめると言ってくれたけど、そこは流石に彫金師に頼んだきちんとしたものの方が良いだろうし、何にしても今年は来年のイザベラの卒業までにもう少し貯蓄しないと！　と、心を引き締める。

そのまま二枚目の便せんをめくって続きに目を通す。

〝それと私、王国主催の新しい魔法の活用法を編み出す【フューリエ賞】の学生部門を受賞しましたわ。だいぶ前に専攻の授業中に実験してみたものが『まだ荒削りではあるが、この後の躍進を期待させる』と評を頂きましたの。今年中に仕上げて特許が取れないものかしらね？〟

……相変わらず惚れ惚れする婚約者殿の有能さに、思わず溜息を吐く。

「あーもー……何それイザベラ、格好良すぎるだろ」

王国側も何でこんな花の少ない時期にそんな賞やってるんだ。もっと受賞者を祝う側のことを考えてくれないものかなぁ!?

受賞したとなると見栄えの良いものをあげたい。かといって今の時期に咲いてるのはカメリアぐらいだし、あの花は前にあげてしまったから目新しくはないだろう。

一瞬何の花を贈るかということで頭を悩ませていた僕は、手紙がまだ続いていることに気付いて三枚目の便せんをめくった。

〝そのことで私の師事している専攻の先生が気を良くなさって、今回の魔法の活用法を確立させるために、他の学科で魔力保有量と技術の高い生徒と合同研究チームを立ち上げるようですわ。けれど問題は……そのメンバーに名前が挙がっているのがアルバート様の片腕である、宰相ご子息のクリス・ダングドール様なんですの〟

――ちょっと待ってイザベラさん。また知らない名前が出て来たんだけど。それにあの王子様の片腕って……大丈夫なのだろうか。

〝私あの方とはほとんど接点がないから――……で、でも別に不安なわけではありませんわよ！　きっちり王国認可魔法として仕上げて、来年必ず私が我が辺境領に特許権と一緒に持ち帰ってみせますわ！〟

凄い決意と並々ならない熱意を感じるんだけど、ごめん。出来ればもう少しその新しい名前の人物について情報が欲しいんだよ。

でもこの流れで行くと、どうせいつものオチが待っているんだろうなと思いつつ便せんの最

後まで視線を走らせてみるけれど――、

〝それではまた新しい動きが出たら教えますわね。あなたも無理をしないで、それなりに頑張るとよろしくてよ？〟

「うん、だろうと思ったよ、本当に君はもう……」

イザベラらしいと言えばらしい手紙の終わり方に苦笑を漏らしながら、僕はお祝いの花を何にしようかと頭を悩ませる。

「取り敢えずは……そろそろ祝福の支払いの方法を分割払いに出来ないか、教会に相談してみようかなぁ」

婚約者の悩みとはスケールと次元が違いすぎる悩みに再び苦笑しながら、まだ雪深い故郷の自室で王都の学園にいるイザベラを想った。

□□□

他の生徒達よりも五日も早く切り上げた冬期休暇が終わり、学園の日常が始まって一週間と二日。

今、私とアリスとメリッサ様の三人はカフェテリアの一角で、アリスが焼いてきたクッキーを摘みながら、反省会という名のお喋りに興じているのだけれど――お題がいまいち良くないと言わざるをえないわ。

ちなみにこのクッキー作りは男性の心を摑むための大切な技能らしいけれど、貴族のご令嬢が台所に立ち入るのは本来あまり褒められたことではない。

でもアリスは元々平民の出だし、辺境領に住む私も雪深い季節は料理人が通えないこともあるので、一通り簡単な料理は出来る。このあたりは私とアリスはとても似ているわね。

――とはいえ……。

「いや、本当にわたしは出来の良い生徒を持ったよ。まさかイザベラが他意なくわたしも一緒のメンバーに入ってるって、婚約者宛の手紙に書き忘れるとは……。教えてもないのに無自覚に【意中の男性をドギマギさせる応用編】を取り入れるだなんて、イザベラには悪女の素質がある！」

ビシッと人差し指と中指でクッキーを摘んだアリスが、人目も考えずに馬鹿なことを口にして私を指さすのは阻止しなければいけませんわ！　こんなことなら猫を被る余地を残しておくべきでしたわね。

「ちょっと、アリス、あなたねぇ――私は本当にそんなつもりじゃ……というか、そんな素質はいりませんわよ！　それに、ゆ、指輪まで用意してくれたダリウスならきっと分かって下さいますわ」

思わず扇を口許にあてがうのも忘れて感情的になる私の袖を、軽く引いたメリッサ様は苦笑

しながら、

「はぁ、もうお二人とも、はしたないですわよ？　人目のある場所なのだから、もう少し淑女らしく恥じらいを持たなければね……」

——と、優雅な仕草で仲裁に入って下さる。

お昼休みにこうして騒がしくテーブルを囲むようになってから、もう結構な時間を一緒に過ごすようになった私達のような三人を、世間一般では〝親友〟と呼ぶそうですけど。

ああでもない、こうでもないと言いながらクッキーに手を伸ばしているうちに、いつの間にか最後の一枚になってしまった。せめて二人ならば半分に割ることも出来たでしょうけど、残念ながら私達は三人。

「「あら、割り切れない場合は製作者のものですわね」」

何となく口をついて出た言葉はメリッサ様の声と重なってしまった。それを聞いたアリスが「双子みたい」と笑ったわ。そこで私とメリッサ様が顔を見合わせると、アリスはさらに笑みを深くした。

そこでアリスが「じゃあ遠慮なく」と手を伸ばした最後の一枚を、横からサッと攫《さら》って行く不粋な……というには些《いささ》か整いすぎた手が現れる。私達が最後のクッキーの行く末を確認しようと視線で辿れば、そこには胡散《うさん》臭い笑みを浮かべた美女と見紛う青年が立っていた。

「——声もかけずに、いきなり人の背後から食べ物を奪うだなんて……人間の、まして宰相のご子息のなさることとは思えませんわね？　クリス・ダングドール様」

私が不愉快さも露《あら》わにそう声をかければ、クリス様は少しも気にした風もなく、肩まであるご自慢の銀糸のような髪を耳にかけて微笑んだ。この人の計算されつくした唇の角度と目尻の下げ方が嫌いだわ。

国の次期中枢部を担うのにこの軽さはどうなのかと思うものの、成績だけで言えば常にトップクラスだからより腹立たしい。

チラリとメリッサ様とアリスを振り返ると、アリスは直前まで脱ぎ捨てていた猫をすっかり被り直し、メリッサ様は全然違うところへ視線を向けて微笑まれている。

メリッサ様の視線の先にはやや落ち着かない様子のアルバート様が立っていて、こちらには目もくれずにメリッサ様と見つめ合っていた。

アリス曰《いわ》く『メリッサ様はイザベラより進んだよ～？』と休みが明けて開口一番に、ニヤリと人の悪い笑みを浮かべていたのを思い出す。何でもアリスは長期休暇の間はずっと学校に居続ける生徒側に入るらしく、メリッサ様はそんなアリスを休みの間に度々訪ねていたそうだわ。

アリスのそんな情報を私は知らなかったけれど、メリッサ様はまたあの独自の諜報部《いえのもの》で入手したのかしらね？

だけど、あそこまで険悪化していた二人の関係がここまで急速に進展するだなんて……どうやったのかしら。少しだけその手法が気になりますわ。

別に私とダリウスは順調ですし、そんな手法が必要なわけでは……ただ後学のために知りたいと……って、何を考えているのかしら。

パタパタと扇で沸き上がってきた邪《よこしま》な考えを払うと、あろうことかクリス様は断りもなく私達の囲むテーブルについてしまった。

「やぁ、可愛らしい女性方の声が聞こえると思ったら貴女達でしたか。今日も麗しいですね？　三妖精のお姫様方。おっと、残念。お一人はすでに王子様をお持ちかな？」

私の右手の中指に視線を落としたクリス様が、思わず頭部を開いて中身を確認したくなるような、軽薄な発言をする。

そんなクリス様から距離を取ろうと、私はアリスの方へと席をずらした。

アリスは席を寄せた私に猫被りな微笑みを見せてから、さり気なく「グラスが空になってしまったので、新しいものを取りについていらして下さいませんか？」とクリス様に聖母の微笑みを向ける。これは男性とのかけひきの何編なのかしら？

するとクリス様も「おや、麗しい人。貴女のお相手にボクを選んでくれるだなんて光栄です」と再び立ち上がってドリンクを取りに行ってしまう。

その二人に紛れてメリッサ様まで「では、その、わたくしも少しだけ失礼しますわね？」と席を立ってアルバート様の元へと自ら歩いて行かれる。以前からは想像もつかない現象にアリスの敏腕さを見たわ……。

アルバート様に甘えるような仕草を見せるメリッサ様は、以前の冷たい才女の印象から、普通に想いを寄せる恋人に甘える女性の姿になっている。

アルバート様も以前までの下半身のだらしない遊び人の印象から一転、初恋をこじらせた身体ばかり大きくなった少年のようね？　あれなら、前よりは印象を改めてあげても良さそうですわ。

受けた無礼の数々は全く許しませんけれど。

カフェテリアの中でもその変化に驚いているのは私だけではなかったようで、数人の生徒達が呆然と立ち止まって見ているにもかかわらず、本人達は二人だけの世界に旅立ってしまった。

冬期休暇が終わったばかりなのに何ともいえない寂しさを感じていたら、ドリンクコーナーの方から遅れて登場したハロルド様が、アリスを挟んでクリス様と少し揉めている姿が見える。

――あれが〝恋の嵐〟とアリスが前に言っていたやつかしら？

けれど一瞬だけ――賑やかな二人の間に挟まれて楽しそうに笑っていたアリスが、ふと二人から視線を外して哀しげに目を伏せたように見えた。

私は見てはいけないものを見た気がして、すぐにドリンクコーナーの三人から視線を逸《そ》らす。

あの姿を見られることは、アリスの誇りに傷をつけそうだもの。

――ダリウスは、今頃何をしているのかしら？

知らず知らずに溜息が零れて、そんな自分を慰めるために中指にはめた指輪をくるりと撫でる。きっと花の到着が少し遅れているから気弱になるのだと、自分に言い聞かせる間に席を離れていた面々が戻ってきた。

席を立った時よりも増えた人数でテーブルを囲んだ昼休みは賑やかに過ぎ去った。

午後の授業も全て終え、これから私達の知らない相手とデートだと笑っていたアリスが帰ると、メリッサ様もアルバート様と約束があるからと教室で別れる。

けれど一人寂しく戻った寮の入口で、寮母さんが私を見て「ちょっとそこで待っててねぇ。あなた宛に良い物が届いてるよ」と笑った。しかしそう言い残した寮母さんは何故か一度、雪の残る寮の外へ出て行ってしまう。

その場に残された私が首を傾げていると、両手いっぱいの花束？　を抱えた寮母さんが戻ってきて「ロマンチストな婚約者さんねぇ？　受取人への注意書きに、花が弱ったら霧吹きで水をかけて外に出してってあったわよ」と悪戯っぽく微笑んで手渡してくれた。

私に花束？　とカードを受け取るとそこには、ダリウスの文字で――、

〝授賞おめでとう!!　今回はどうしても花束を届けたくて。こちらで満開の花を贈るよ。――大切な君へ〟

とカード一杯に書かれていて……また無理をして贈ってくれたのだと思うと素直には喜びにくかった。

けれどともかく花の種類を確認しようとブーケの包みを覗き込んだ私は、意外性と驚きで小

さく歓声を上げてしまう。

中に包まれていたのは——確かに、今の季節は領地内で満開になっている霧氷で出来た儚げな氷の花だった。

「ふふ……これならいつもの花よりも、ずっと長く楽しめそうね？」

冷たく儚い花弁に唇を寄せて、私はソッと魔力を注ぎ込む。

触れると溶けてしまう儚い氷の花は、私の魔力を込めた口付けに、パキリと小さく花開いた。

＊幕間＊恋がしたいな。＊アリス＊

昼休みの学生で賑わうカフェテリアの一角。そこでいつものように食事を終えた二人の前に、わたしお手製のクッキーの包みを持ち出す。

袋の口を縛っていたリボンを解けば、周囲にふんわりと魅惑的なバターの香りが広がる。たった今お腹いっぱいになったばかりなのにこの香りをかぐと、不思議とまだ食べられそうな気分になっちゃうのはなんでかな？

香りの前には理性なんて無駄。少しだけ悩む素振りを見せて……でも堪えきれずに降伏してしまった二人が長い指で一つ、また一つとクッキーを口に運ぶ。

「こちらの紅茶入りもですけれど、レーズンクッキーも美味しいですわね」

「あら、わたくしも好きな味だわ。これ全部本当にアナタが作られたの？」

目の前の本物のお嬢様なメリッサ様と、見た目だけならお嬢様だけど、その実わたしと生活水準が見合ってるイザベラの評価に、思わずニンマリしてしまう。だってこれって両方の階級の人間の評価でしょう？

「うふふ……そうでしょう、そうでしょうとも。冬期休暇の間に粉の配分を散々研究したんだから！　恋は食欲と同じようなものだから、相手の胃袋を摑むのも大切なの」

ビシリと二人に向かって人差し指を突き出したら、やんわりと指を握り込まされた。二人してそんな顔しなくてもお行儀が良くないのは分かってる。分かってるってば。

仕方がないから大人しく座り直して、わたしも自信作のクッキーに手を伸ばす。そこから始まる女の子だけの話題なんて決まっているよね？

こうしていると、まるで入学したての頃からの親友みたい。お互いがお互いに最悪な印象を持ち合っていた頃から考えると、信じられないくらい和やかな関係性になった。

恋愛相談を受けて面白半分に乗れば、二人ともすごく真剣に聞き入るものだから途中からこっちまで熱が入っちゃったじゃない。特に一見冷え切っていたように見えたメリッサ様とアルバート様の追い上げが尋常じゃなかった。

退屈しない長期休暇なんて、この学園に入学して以来初めてだったかもしれない。それくらい毎日通い詰めて来るからわたしも個別指導に勤しんで、あのアルバート様とメリッサ様の進展に一緒になって胸を躍らせた。

要はこじらせた恋愛感情のすれ違いだっただけで、どちらかが素直に折れていたら良かったの。こういう案件は恋愛初心者にありがちだよね。

かえってイザベラのところみたいに順調なところの方が珍しい。今だって冬期休暇中に婚約者からもらった木製の指輪を、会話中ずっと無意識に撫でている。

伝授した作戦も半分はやり返されたらしいけど、少しは効果があったみたい。恋愛指南役としては面目躍如……って言いたいけど、イザベラの婚約者みたいに無意識な天然は厄介な相手なのよね。

そんな二人の涙ぐましい努力と成長を見ながら、わたしはこんな風に誰かに一生懸命になったことがあったか考えてみるけど……なかったな。

目の前で繰り広げられる微笑ましい恋愛談義に花を咲かせていたら、結構たくさん焼いたはずのクッキーも残り一枚になっていた。どちらが先に手を伸ばすかと思っていたら、二人は至極当然のように、

「「あら、割り切れない場合は製作者のものですわね」」

と言うものだから、笑ってしまう。二人とも口調が似ているから、まるで双子みたいなんだもん。わたしが笑うのを見た二人が顔を見合わせるのすらおかしくて、さらに笑みを深くしてしまう。

二人からそう勧められれば断るのも変だし、そういうことなら食べちゃおうかと手を伸ばした矢先——急にどこからか伸びてきた綺麗な手が、最後の一枚をかっさらってしまった。

わたしが視線を上げると、胡散臭い……二人と一緒でない時のわたしといい勝負な笑顔を貼り付けたクリス様がそこに立って、モグモグと口を動かしている。最後の一枚は彼の口の中に消えたらしいわね。

わたしよりも先にそちらを向いていたイザベラなんかは、如何にも不愉快な表情になる。ク

リス様はこれでも女子生徒の人気がかなり高いんだけど、残念ながら婚約者に一途《いちず》なイザベラには通じないみたい。

イザベラがこっちに席を寄せてきて、わたしに〝助けて〟の視線を投げかけてくるので、少し微笑んで〝了解〟の意志を見せる。

頼ってくれる友人を前に、すぐに脱ぎ散らかしていた猫を着込んでクリス様に微笑みかけると、敵もさること。一切隙のない微笑みを歯の浮くような台詞と共に向けてくるクリス様。うーん、油断ならない。

わたしはホッとした様子のイザベラと、こっちの騒ぎなんてまるで聞こえていない様子でアルバート様と見つめ合っているメリッサ様の二人を残して席を離れた。

ドリンクコーナーに着いた途端、クリス様がわたしとの距離をグッと縮めてお綺麗な顔を近付けて来る。流石遊び慣れてるクリス様。これがもしイザベラだったら、こういうやり取りに慣れっこなわたしと違って、扇で思いっきり叩かれるところだよ？

そう親しくもない間柄なのに何のつもりだろう？　クリス様の真意をはかりかねていると、彼は傾国の美女のように妖しく微笑んで思ってもいないことをわたしの耳許で囁いた。

「ねぇ、アリス嬢？　少しだけイザベラ嬢のことで貴女に頼みたいことがあるんだ。聞いてくれるかな？」

「イザベラのことで……ですか？　わたしは彼女の友人ですから、そこまで親しくないクリス様のお願いごとをお聞きするのは少し……」

頬に指先を当て困った表情を作り出し、こてんと小首を傾げる。そうすると大抵の男子生徒は諦めるか、慌てるかという反応を取ってくれるのに、流石にクリス様は煙《けむ》に巻かせてくれなかった。

「ふふ、大丈夫……何も彼女にとって悪いことではないですよ。ただ、ほら……ボクは将来的に父上の跡を継いで、国の中枢部で働くことになるでしょう？　その時までに有能な人材の確保をしておきたいんですよ」

「――それと、イザベラのことに何の関係があるのです？　中枢部に必要なのは出自の尊い上級貴族のご子息だけでしょう。あの子はただの田舎貴族の娘。確かに学業は出来ますけれど彼女くらいの人材なら、その辺の貴族のご子息にもいらっしゃるのでは？」

〝あぁー！　ごめんイザベラ！〟と心の中で謝りながら、わざと少しイザベラの評価を下げてクリス様の顔色を窺う。するとクリス様はうっすらといつもとは違う、少し冷たい微笑みを見せた。

「貴女が友人を庇おうとする姿は実に素敵です。この話が済んだらデートに誘わせてくれませんか？　けれどそんな下手な嘘程度で彼女を諦めるか……と問われたら答えは否、です。それに貴女も気付いているはずだ。彼女の持つ魅力に」

そう言われてドキリとする。クリス様の言うその魅力に、わたしも思い当たる節があるから。

でも――だとしたら、やっぱりこの話がイザベラにとって悪い話じゃないなんて嘘だ。

「……すみませんが、わたしには思い当たりません」

「おや、そうですか？　さっきはいつも随分気を張って被っている、その可愛らしい猫を脱いで楽しそうにしていたじゃないですか。彼女の存在はこじれきり、険悪だった人間関係の改善にとても役立っている。勿論その他の分野の才能でも申し分ない。彼女はこのまま田舎に帰すには惜しい人材だ」

　普通の女子生徒が見たら蕩けるようなその微笑みに、けれどわたしは心底苛立った。それは、言いたいことは分かるよ？

　アルバート様とメリッサ様の破局寸前だったカップルが復活したり、このままだったら被ってる猫で窒息しそうになってたわたしを助けてくれたのはイザベラだもの。だけどそれを期待してあの子を王都《ここ》に留めておく理由にはならない。

「でも……あの子には故郷で待っている婚約者がいるわ。彼女の大好きな、彼女を大好きな婚約者が。あの子が必死に勉強しているのだって故郷に帰って婚約者の役に立ちたいからよ」

　いつの間にかわたしは猫を脱ぎ捨ててクリス様を睨みつけていた。

「ふぅん……ですが、彼女が帰ってしまったら貴女は一人になるでしょう？」

「そんなことない、メリッサ様だっている――」

「はは、お馬鹿ですねアリス嬢。メリッサ嬢は第二王子であるアルバートの婚約者で、メリッサ嬢の生家の家格も高い。学生時代はいいけれど、いざ結婚してしまったら、男爵令嬢の貴女とそう簡単に顔を合わせる機会も――、」

――止めて、聞きたくない！　そうわたしが耳を塞ぐ直前……。

「あー、やっぱここにいたのかクリス！　何アルバートと二人してオレを置いて学食に来てんだよ！　あとお前みたいな歩く十八禁が勝手にアリスに近付くな。アリスが穢《けが》れるだろうが！　シッシッ」

大きな声と、大きな身体がわたし達の方に大股で歩いて来た。いつも賑やかなハロルド様の登場に、わたしは知らないうちに強ばっていた身体から力が抜けて、思わずポロッと涙が一筋零れてしまう。

普段は出し入れ自由な涙が、今日は勝手に零れたことに自分でも驚いていたら、ギョッとした表情を浮かべたハロルド様が手を伸ばして自分の方にわたしを引き寄せる。

「クリス、お前、何アリスを泣かしてんだコラ。返答によっちゃいくら幼なじみでも容赦しねぇぞ？」

頭上から落ちてくる低くて迫力のある声にビクリと肩を震わせると、それを見たクリス様が「いえいえ、むしろ今アリス嬢を怖がらせてるのはハロルドですよ」と苦笑混じりの声が落ちてきた。

その声にさっきまでの冷たい宰相の息子としての陰は感じられず、幼なじみとしての親しみを感じる。

わたしは思わずソッと、いつも〝恋愛ごっこ〟に付き合ってあげている熱血漢のお坊ちゃんを見上げた。わたしの視線に気付いたハロルド様が「もう大丈夫だからな？」とニッと笑いかけてくれる。

〝恋〟は一人でするもの。

〝愛〟は二人で育むもの。

わたしは母さんみたいには絶対にならない。振り向かれることのない、想いを返されるあてもない〝恋〟に溺れるなんて真っ平。

一度〝あの男〟に母さんが食べさせた手作りのクッキー。

たった一度褒められただけのそのクッキーをせっせと焼いていた母さんの姿は、幼い頃のわたしにも哀れに見えた。

もしも好きになれる人が現れたら……メリッサ様みたいに〝恋〟をして、イザベラみたいに〝愛〟するの。

だから、この際――誰でも良いわ。

あの二人みたいに、わたしが壊れてしまうような〝愛〟を頂戴よ。

そんならしくもなくロマンチストなことを考えていたら、思わず真剣にハロルド様を見つめてしまい、それに気付いたハロルド様と視線が絡む。

するとわたしの唇は獲物を見つけた猫のように、自然と笑みの形に持ち上がって相手《えもの》の頬を赤く染めるの。

〝恋〟をしたいの。

〝愛〟が欲しいの。

――ねぇ、あなたがそれをくれるなら〝恋愛ごっこ〟を止めても良いよ？

第三章

――この間の手紙から十八日目。

久しぶりの封筒の感触にカレンダーを見る。前回あの手紙を受け取ったのが確か一月二十六日くらいで、今日はもう二月十四日だ。

大雪の影響でこちらから花を送ることも出来ず、王都からの手紙も途中の町で止まっていたのか、今日の朝、二週間分の手紙が届いた。

まぁ、これ自体は毎年冬場に起こる事例なので、そう驚くようなことでもないけど。心配はその間のイザベラの体調くらいのもの……と、言いたいところだけど、前回の手紙も気になる部分で終わっていたからなぁ。

それでも二週間の――たぶん天気の安定している今なら二、三日中にでも三週間目分が届きそうだ。こうなるとその間にイザベラに何があったのか、一気に読めるという楽しみもある。

何となくだけれど、連載物の小説の続きを待たずに読む感覚に近いかもしれない。それに今回は連載形式なので余程のことでもない限り、途中で気になる終わり方もしないだろう。

とはいえ――冬季の郵便配達は多少余分に日にちがかかるし、もう二月も半分と少し過ぎているから、この手紙を読み終えて返事が向こうに着く頃にはそろそろ三月も間近だ。

今年に限ってだけ例年より時間の流れが速ければ良いのに、などと思いながらカレンダーを見つめていた自分に思わず苦笑が漏れる。そんなことになったらなったで、未熟者のままイザベラと結婚してしまうことになるのに。

「まだ、もう少しだけ僕が頑張れる時間をくれると嬉しいなぁ……」

そうでないとイザベラを幸せに出来ない。彼女にはずっと隣で笑っていて欲しいから、それに足る僕でないと！

カレンダーを眺めながら、暖かくならないと役に立たない自分の能力を嘆くよりも、コツコツとでも僕がこの領地を去ってイザベラの領地に婿入りするまでに、ここの土にいっぱい〝お願い〟しておかないといけないな。

僕がこの領地を離れても、僕達の領民《かぞく》が飢えたりしないように。

うん、と一つ自分の決意に頷き、二週間分の手紙を手にベッドに座って消印の古い方の手紙から封を切る。

さて今回はどんなことが書いてあるのだろう？　期待を胸に少し薄れたスズランの香りがする便せんの一枚目に視線を落とす。

〝この間の花束は意外性に富んでいたわ。それにあれならこの季節確かに教会の祝福も必要ありませんもの。あなたにしては考えましたわね？　これで普通の花束を贈ってきていたりしたら許しませんでしたわよ？〟

開始早々、素直でないイザベラの心配の仕方に小さく笑ってしまう。頭を精一杯悩ませておいて正解だったな。やっぱりここ一番の贈り物で心配させるのは良くないし。

〝部屋の窓辺に置いたら、目覚めて一番に領地の外を感じられるの。でもこれは良い点でもあるけれど、悪い点でもあるわ。何故だかお分かり？〟

喜びから一変、不穏な文面にドキリとする。

何だろう……やっぱり霧氷の花束だと寒々しいとかだろうか？　でもそれなら室内に置かないでおけば良いだけだし——そう困惑しながら先を読むと、

〝無意識に隣にあなたを探してしまうのよ。お陰で冬期休暇が終わったばかりなのに、もう夏期休暇のことを考えてしまうじゃないの。だから授賞式でも何が欲しいか訊ねられた時に、思わず長期休暇と口走りそうになって先生に怒られたのよ？〟

……何その可愛らしい失敗談。昔から完璧主義者のイザベラが怒られているところはあまり記憶にないから、ちょっと当日その式典を近くで見学してみたかったなぁ。

二枚目に続く内容はまだ式典の失敗談を引きずるイザベラの視点で、それこそ隣に僕がいたら抱き締めたくなるような内容だった。今までイザベラから送られて来た手紙は全部大切に取ってある。

密かに婿入り道具にしようとため込んでいるんだけど……イザベラと結婚したら隣に座らせて音読してみようと企《たくら》んでいる。そしてその時に今までの自分の無自覚さを悔いてもらおうかなぁ、と。

――幸い今回のこの手紙も良い感じの仕上がりだ。

「まったくイザベラは……このまま卒業までにどれだけ自分の弱味になる手紙を送ってくるんだろうなぁ？」

その時には〝自分だけが逢いたいと思っていたの？〟と言ってやるつもり。でも、それにはイザベラが僕の手に届く場所にいてくれないと駄目だ。寂しかったと伝える時にはやっぱり顔が見たいから。

そうこう読み進めるうちに、ついに一通目の手紙も最後の一枚になった。

〝合同研究チームに所属しているのだから仕方がないことですけれど、最近クリス様がよく話しかけてこられるようになったわ。私はあの方の距離感と無駄に装飾過多な言葉に辟易しているのだけれど、相手は少しも理解してくれなくて。もしこれで一緒のチームにアリスがいてくれなかったらきっと扇で頰を叩いていたわね？〟

最初の一行で眉間に入った力が最後の一行で緩む。

うん、そうだよ、そうなんだイザベラ――！

この最後の一行みたいな情報が、手紙を書く上では大切なのではないかと僕は常々思っているんだよ。この部分を毎回忘れないでいてくれたら僕の胃も少し落ち着くと思うんだ……。

「もー……アリス嬢が同じチームにいてくれるなら、前回そう書いておいてくれたらよかったのに」

ホッとしすぎて一気に肺から息を吐き出してしまう。イザベラの無自覚さは、もしかしてわざと僕をヤキモキさせるのが目的なんじゃないだろうかと疑ってしまうほど秀逸だ。

二通目の封筒を触ると妙にデコボコしている。不思議に思って開けてみると、中から形の様々な、けれどどれも粒としては小さな宝石？　が小分けにされて出てきた。

石の色は赤、青、緑、黄と四色あり、触れてみるとそれぞれほんのり温かかったり冷たかった。そんなに数がないので封筒にも入ったみたいだ。

「これは魔法石の欠片……かな？　へぇ、王都ではこういうお土産が流行っているのか」

あまり魔力の高くない僕にはそれくらいしか分からないので、一旦その魔法石の欠片は元のように小分けしてある袋へと戻した。

さっきの一通目の手紙で心配事の一つに片がついたから、というわけではないのだけれど、二通目の手紙の内容は楽しそうな学園生活が中心でほのぼのとした気持ちで読み進んでいただけに――……何故なんだ、イザベラ……。

〝クリス様が私達の研究している内容を夕食の席でお話しになったところ、クリス様のお父様……現・宰相様ですわね。その宰相様が研究の代表者である私に興味を持たれただなどと仰るの。下手な嘘だと思わなくて？　でも心配しないでダリウス。〝私はちゃんと女性の気を引きたいのでしたら婚約者のいない方になさったら？〟とあなたからもらった……こ、婚約指輪を

見せつけて言っておきましたわ！〟

うん……ありがとう、イザベラ。婚約指輪と書くのに動揺してインクを垂らすとか、君のそういう可愛いところが好きだよ。

だけど――……何だか話がおかしな規模になり始めていそうなことに、何で僕よりも賢い君が気付いていないのか。もしかしてそんなところだけ辺境領のお気楽設定なのかなぁ？

そういうところは可愛い、いや、そういうところも含めて可愛いんだけど。

何とも言えない不安な気持ちが膨らみ始める胸を押さえて、まだ読みかけだった最後の一枚に視線を戻す。

〝同封しておいた魔法石の欠片があったと思うのだけど、使い方を簡単に説明しておくわね？本当はまだ持ち出し厳禁なんですけれど、ダリウスに贈ると言ったら先生も許して下さったの。〝この研究は彼のお陰で始まったから〟ですって。光栄に思ってよろしくてよ？〟

そこで僕はさっきの小分けしてある袋を手に、イザベラの説明書と照らし合わせて使用方法を確認していくけれど……。

「へぇぇぇ、これは画期的だなぁ！　魔法を使える人材が多い都会ではあまり必要ないだろうけど、ここでは凄く便利だよイザベラ」

確かにこの研究は都会ではあまり必要とされないかもしれないけれど、自然環境に左右される田舎ではとても喜ばれるだろう。僕は離れていても薄れないイザベラの領地愛を知れて嬉しくなってしまう。

魔力のない人間でも、生活の中で魔法の恩恵を少しでも得られるようにという、彼女のそんな気持ちが嬉しかった。

〝赤の魔法石には火、青には水、緑には風、黄には土の魔力をそれぞれ封じてあります。使い方は簡単で、ようは使用条件に合わせた組み合わせですわね。火と風で温風、水と土で保水、火と水でお湯……といった風に使えますわ。使用する際は魔法石を若干量の魔力保有者に触れてもらうか、教会の修道士の方に触れてもらえば中に封じた魔力が動くから〟

なるほど、これなら余程小さな村でもない限り使える場所を選ばなさそうだな。祝福の代金もいらないし。でも魔力保有者の修道士に触れてもらわないといけないから、教会にはこれまで通り一定の寄付が集まる。

教会も蔑《ないがし》ろにされないように、よく考えられていると感心してしまう。

〝こちらでは魔法石の欠片を屑石《くずいし》だなんて言って捨てるのよ？　領地では手に入らない貴重品が捨てられるのが勿体なくて――私、貧乏性かしらね？〟

有能な婚約者からの手紙を最後の一行まで読み終えて、僕は手許の手紙と掌で熱を持つ魔法石に視線を戻した。

「そんなことはないよイザベラ。ただ……僕の心配事と課題が増えただけだ」

幸せにしたい。

幸せになろう。

どちらも君が隣にいてくれないと実現出来ないことばかりだから。

「――よし！　それじゃあイザベラに贈る花を考えるのと並行して、僕もこれを使って少しだけ例年より早く使い物になる三男坊になろうかなぁ、と」

パンッ!!　と景気づけに両頬を力いっぱい叩いた僕は、思っていたよりも強かった自分の手の力に少しだけ涙目になりながら部屋を出た。

□□□

地方部の雪の影響のせいで、約三週間ぶりとなったダリウスからの花は、まだ時期的には少し早い、スラリとしなやかな茎と葉を伸ばした赤いチューリップが二輪。

少しだけ蕾が開いた中に見える蕊《しべ》の黒が、艶のある赤い花弁に対して一際印象的で美しい。

添えられたカードには、いつもより長めの文面で、

〝あの魔法石で、季節を少し先取りした花を作ることが出来たから送るよ。僕の、大切な君へ〟

と綴られていたわ。あの魔法石と簡単な説明だけで、こうして新しいことを考え出してしまう柔軟さはダリウスらしいわね？

それに最後の部分に添えられた一言は、直前まで書き込む予定がなかったのが見え見えの小

さな文字で、それが一層私を嬉しくさせる。

「もう何なんですの？　急に〝僕の〟だなんて……そんなの、当然じゃない」

今朝届いたばかりのチューリップを愛おしい気分で眺める。二輪あるのはきっと、三週間止まっていた花の遅れを気にしてくれてのことだと思うと尚《なお》さらだわ。

「こんなことでせっかく頑張って得た収入を無駄遣いして……領地に戻ったらお説教ですわね？」

そう言いながらもダリウスからの花が届くたびに色んな種類の花に似合いそうな花瓶を、ちょっとずつ買い足してしまう私に彼のことは言えないのかしら。

現在十二個もある花瓶は部屋の中でそのまま置いておくには結構場所をとるから、隙間という隙間に収納してあるけれど、これもそろそろ限界だから最近は買い足していない。

私はそんな花瓶コレクションの中から、早速このチューリップに似合いそうな花瓶を探すことにする。

いつもの登校時刻まであと十五分ほどしかないけれど、すでに身支度も整えてあるし、朝の授業に間に合えば問題ないわ。

最終的な候補を二つ選び出して一輪ずつ生けてみるけれど――。

「あら、どっちも甲乙つけがたいですわね……」

淡いクリーム色の水滴型《ドロップ》をした花瓶と、新雪に月光が滑り落ちたような真珠色で細かな襞《ひだ》のあるほっそりとした花瓶。

どちらも赤いチューリップの蕾を大切そうに捧げ持つ姿が良いわね。

「そうね……一種類の花を二通りの生け方をしてはいけない決まりなんてないのだし、良いわ。あなた達は一輪ずつ生けてあげる。その代わり、長く私の傍にいるのよ？」

花瓶に抱かれたチューリップ達に微笑み混じりにそう告げ、開きかけた蕾に口付けてから部屋を出た。

□□□

いつも午前中の授業を終えて昼休みになると、約束したわけでもないのに自然とカフェテリアに集まる私と他二名。

そのはずなのだけれど……今日は午前中最後の授業が移動教室の選択制だったので、まだいつもの窓際の席にメリッサ様とアリスの姿はなかった。

確かメリッサ様は行儀作法と典礼作法の授業で、アリスが歴史音楽の授業だったかしら？

真面目なメリッサ様はともかく、アリスはいつも夢見心地で来るから、いつ授業担当の先生につまみ出されるか心配になるのよね。

そんなことを考えながら何気なくカフェテリアを見渡していたら、柱の陰に見覚えのある赤い巻き髪がチラリと覗いた。

メリッサ様だろうという確信があったので、私がここで待っていることが分かりやすいように柱の方に視線を固定させる。

すると髪だけしか見えなかった柱の陰から覗いたのは案の定メリッサ様で、最近では意外でもないことにアルバート様とご一緒のようだった。

もしアルバート様がご一緒にいらっしゃるなら席を増やす必要があるわね、などと考えながら二人を見つめていたら——。

アルバート様がメリッサ様の背を柱に押し付けるように固定している。アルバート様の表情は少し距離があるから見えづらいけれど、何だか余裕がなさそうに見えるかしら？

対するメリッサ様は抵抗する様子もなく、手にした扇でアルバート様の頬を一撫でして何かを言っているようだけれど……その表情はこちらから見えないわね——と、いうかまさかあの二人こんなところで？

その先が予想出来た私は一瞬目を逸らすべきだと分かっていたのに、思わず〝でもまさかよね？〟という気持ちが先行して目を逸らす時を逸《いっ》した。

メリッサ様の扇に頬を撫でられたアルバート様は切なげな表情で何事か口にすると、一瞬扇に口付けたと思った時には……ここが昼休み中のカフェテリアの傍だというのに——！

「都会の方々は、は、破廉恥ですわ……っ！」

とても熱心で執拗《しつよう》な口付けを交わす二人から視線を外せずに、一人プルプルと羞恥に震えていると、

「ね〜？　メリッサ様ってば本当に優秀な教え子だよねぇ。あれが小悪魔的にキスを焦《じ》らして、相手に懇願《まて》をさせてからご褒美をあげる、アリス印の【意中の男性をドギマギさせる上級者編】だよ。あの技は人目があるところでスリルを交えて実践するのが正しいの。あとは他の女生徒への牽制《けんせい》ね？」

突然後ろからかけられた声と言葉の内容に、驚きすぎて思わず席から少しだけ身体が浮く。私が振り向いて〝アリス！　あなたねぇ！〟と声を上げるより早く、口にマカロンを放り込まれた。

「ふふふ、駄目だよ叫んじゃや。メリッサ様が気付いちゃうじゃないの。それに何だかんだ言って、イザベラってば見入っちゃってたでしょう？　真面目な田舎の子だっていやらしいんじゃないの〜？」

マカロンをサクサクと咀嚼《そしゃく》している私の頬を、アリスがそう意地悪な表情で指摘しながらついてくる。

「ふぉんなんじゃ、んんっ、そんなんじゃありませんわよっ」

「まぁまぁイザベラちゃん、流石にあの二人もここで最後まではいかないから大丈夫だって。わたし達で先にご飯食べようよ。ね？」

隣の椅子を引いて腰を下ろしたアリスがそう言うけれど――、

「ちょっと……あなた手ぶらじゃない。何か取りに行くならあの柱の近くを通るから、メリッサ様が気付くかもしれないわよ？」

メリッサ様の性格からして知り合いに見られていたと知ったら羞恥で悶絶しそうだわ。

私が逡巡していると、それを見ていたアリスは「大丈夫大丈夫。そろそろ届くから」とわけの分からないことを言ってくる。でもそれだとアリスの分は届いても、結局のところ私は取りに行かないといけないのでは？

けれどアリスはそれも考えてくれていたようで「そんな心配そうな顔しないでも、イザベラの分も届くから」と屈託なく笑う。私もそうまで言われてしまっては信じて待つしかないけれど……問題は誰が持ってきてくれるかよね？

食事が届くのを待っている間、アリスがデザート用に焼いてきてくれたマカロンを少しだけ先に二人で齧《かじ》る。

途中でチラチラと柱の方を気にする私を相手に、アリスが「イザベラにはまだあれは早いかな～？」と同じ歳のくせに年上ぶるものだからちょっぴり癪ですわね。

そんな私を隣でニヤニヤしながら見ていたアリスが、不意に立ち上がって誰かを手招きをするから一瞬柱に視線を戻してすぐに慌てて逸らした。こちらに来るのはメリッサ様達ではないようだわ。

「おぅ、悪《わり》ぃ待たせたな。それにしたって、こんな端の席じゃなくてもっと真ん中に座りゃ良いのに。アリスは奥ゆかしいな」

目が節穴な発言をして現れたのは、最近アリスのお気に入りの玩具《おもちゃ》であるハロルド様だった。ダリウスと違ってかなり野性味のある男性なのでほんのちょっとだけ苦手なのだけれど、友人のお気に入りなのだから怖がってはいけないわね。

ハロルド様はアリスが言っていたように、果たしてこれで何人前あるのかしら？　と考えてしまう量の食事を、手にした木製のトレイに山盛り持ってきて下さった。

そんなハロルド様を邪険に〝ではこちらは頂きますわ。さようなら〟などと追い返すわけにもいかず、意を決してアリスの隣の席を引いて「どうぞ？」と声をかける。

すると一瞬目を丸くしたハロルド様は、豪快な笑顔を見せて「お、何だオレも一緒に食っていっても良いのか？　ありがとよ」と私に礼を言う。

しばらく三人で談笑しながら（アリスは猫を着込んだまま）食事を楽しんでいると、途中で「ハロルドの両手に花があるなんて珍しいなぁ。ボクも交ぜてくれないかい？」と、クリス様まで席に加わられた。

勿論クリス様の席はハロルド様の隣ですけれど。ハロルド様もアリスの隣にクリス様を入れる気はないようで、何故だか少しだけホッとしたわ。

メリッサ様とアルバート様が賑やかなテーブルに気付いてこちらにやって来たので、席を増やそうと隣のテーブルとくっつけようとしたその時――。

「あ、おいアルバート。お前メリッサ嬢との仲が修復出来て嬉しいのは分かるけどよぉ――あ
あいうのは場所は考えてやらねぇと拙いんじゃねぇの？」

その無神経で常識的なハロルド様の発言にアルバート様は当然のこと、メリッサ様の顔が見る見るうちに羞恥で真っ赤に染まるのを眺めながら、私はふと今朝部屋に生けてきたあの二輪のチューリップを思い出す。

ハロルド様の「やっぱムードとか大事だろ？」という明後日《あさって》の方向にある気遣いに笑ったのは、アリスとクリス様だけだったわ。

□□□

結局、前回の三週間目の手紙は、二週間目の手紙が到着してから二日後に届いた。うちの領地の一つ前にある村から犬ぞりを使って届けられたので、郵便馬車より早かったのだろう。

寒冷地では道が雪で覆われると、郵便馬車が使えなくなるので村や町の郵便配達所では犬ぞり便も併用されている。

今の時期にうちの屋敷に郵便物を届けてくれる大型でモフモフの郵便配達犬を、幼い頃はイザベラと一緒によく撫でさせてもらったなぁ。

当時を懐かしみながら開けた封筒の中には、二週間目の手紙に入りきらなかった魔法石の追加分が少しと、研究が楽しいという趣旨の内容がびっしり書き綴られたスズランの香りの便せんが入っていた。

うちの領地やイザベラの実家であるエッフェンヒルド家の領地でも、王都のような高等魔法の授業などはなかったから楽しいみたいだ。

便せんに躍るイザベラの文字。魔法に関しての専門的な知識がまるでない僕には、イザベラがはしゃぐ授業内容の半分も分からないけれど、それでも良かった。

アリス嬢とメリッサ嬢との日常が楽しげに綴られ、時折あの第二王子や宰相の子息、騎士団長の子息などとのやり取りも活《い》き活きとした学生生活の一頁として輝いている。

……そのことが少しだけ僕を羨ましいような、寂しいような気分にさせた。モヤモヤとした何かが重苦しく胸の内に広がるようだ。

「――イザベラの世界がせっかく広がったのにちょっとだけ寂しく感じるだなんて、心が狭いにも程があるよなぁ」

苦笑混じりにそう誤魔化してから、今回の手紙はどんな内容だろうかという思いで胸を満たして封筒を開けた。

この冬場で一番強くスズランの香りが残る便せんに笑みが零れる。まるでさっきまでほんのちょっとだけ遠くに感じたイザベラを、また近くに感じるみたいだ。

〝この間は赤いチューリップの花を二輪も贈ってくれたけれど……無駄遣いしてはいけませんわよ？　あなたが頑張って手にしたお金なのですから、たまには自分のことに使うと良いわ。いつもあんな草臥《くたび》れた服装ではみっともなく思う人もいるでしょうし。でも……もしもそんなことをダリウスに言う輩《やから》がいたら私に教えて下さると良いわ。優しいダリウスに代わって叩いて差し上げます〟

相も変わらずな書き出しと、ようやく僕の知っているイザベラらしい内容に胸に湧いたモヤモヤが僅かに薄れる。

あのチューリップはイザベラが送ってくれた魔法石を、まだ雪で覆われていた花壇の土ごと球根を植木鉢に移して、その中に数粒埋め込んで春らしい土中温度に調節しながら一つずつ魔法石を取り出してみた実験作だ。

一気に底に敷き込んだ鉢は途中で根腐れを起こしたし、上に置いただけでは雪を僅かに溶かすだけに留まってしまった。

最終的に細い試薬用のアンプルに石を入れて、それを差し込む形が一番回収もしやすくて理に適《かな》うという結果を得られたから、今は屋敷の敷地内で検証中。

この実験が成功したら魔法石の力がどのくらいの使用回数で失われるかを纏《まと》めて、王都のイザベラに送ってみようと思っている。僕は婚約者であるのだから、たとえ微力でもイザベラの研究の力になりたいし。

もっとも、この研究がもっと広がれば助けられるのは僕の方だけれど。今回の魔法石実験が上手くいけば、領地内の冬場の農産物獲得への大きな一歩を踏み出せそうだ。

この領地で冬場に領民の食卓に上がるものと言えば、ジャガイモと干し肉、硬い黒パンばかり。これでは栄養価が偏るし、年配の人には食べづらく、若い人には味気なさすぎる。それに春の雪解けに合わせての意欲向上にも繋がらないしなぁ。

それは僕達領主の屋敷だってあまり代わり映えはしない。貧しい土地で領主家だけ贅沢《ぜいたく》をするなど言語道断だ。

それに――まだ考え中の魔法石の利用方法の一つに、大きな通りの舗装に使用するのはどうだろうか？　というのがある。例えば大通りに残った轍跡《わだちあと》から通行する馬車幅を予測すれば、効率的に火属性の魔法石を土中に混ぜ込んで、雪をその部分だけ溶かせるかもしれない。

これがもしも上手くいけば冬場でも主要な大通りの通行が確保出来るし、そうなれば馬車も行商人も行き来が可能になり、冬場の劣悪な領民の食卓も潤うだろう。

〝ダリウスの考え出した魔法石の利用方法を、専攻の先生やメリッサ様達にも話したのですけれど、皆さんとても感心していらっしゃったわ！　でもあなたは〝私の〟こ、婚約者なんですもの。本来ならあれくらい褒められて当然ですわね〟

この前付け足したカードの一文を引用してくれたイザベラの気持ちが嬉しくて、不覚にもちょっと泣きそうになった。いくら何でもマリッジブルーには早すぎるし、そもそもあれは結婚前の女性がなるものだと聞いていたんだけどなぁ……。

〝――私のダリウス。大好きよ〟

便せんの最後、本当に、本当に分かりづらい場所にその一文はあった。

一瞬自分でも何で今日に限ってそんなことをしたのか分からな――……いや、違うか。多分まだ読み終えてしまったと閉じるのが勿体なくて、イザベラの手紙の余韻をもっとしっかり感じていたかったのかもしれない。

「――っふ、ははっ！　こんな殺し文句、もっと大きく本文に書いてくれたら良いのに。三枚ある便せんの二枚目裏の角とか……僕じゃなきゃ気付かないところだよイザベラ」

それでも目の悪い僕が見つけられたのは、きっとこれがイザベラの本心からの言葉だったからだと思いたい。

「だけどイザベラ……僕は自分で思っていたよりも、ずっと欲張りだったみたいだよ」

スズランの香りの便せんに綴られた小さくか細いその一文に、僕は冬期休暇中に何度も彼女の頬に交わしたようにソッと口付けてみる。

好きじゃ足りない、大好きでもまだ物足りない。僕は彼女を〝愛してる〟みたいだ。

「……結婚式まで暇がある間に、何か気の利いた台詞を考えてみよう」

自分の今とっている行動がかなり端から見たら危ない奴《やつ》なのでは、と正気に戻って居住まいを正す。まぁ同じ行動でも、イザベラみたいに綺麗な女の子がやっていたら違うのかもしれないけどね？

それでもまだ手紙を封筒に仕舞う気にはなれなくて、締まらない顔のまま二枚目の裏を眺めてベッドに仰向《あおむ》けに寝転んだ——と。

控えめに部屋のドアをノックする音が室内に響く。僕は慌ててベッドに座り直し、ドアに向かって「誰？」と訊ねる。

考えてみれば家族である兄上や父上はこういうことに頓着しないで勝手に入ってくるので、アルター以外にはまずありえないんだけど。

するとやはりすぐに、

『ダリウス様、教会の方がお会いしたいとおいでになられておりますが、いかが致しましょうか？』

と、いつもの落ち着いた老執事の声がそう答えてくれる。

この季節に来客は少ないし、あったとしても父上か兄上のお客人なので僕が呼ばれるのは最初の挨拶ぐらいなんだけれど……名指しで、しかも相手が教会の人間だとなれば、それだけで緊張が走った。

「ん、教会が僕に用事だなんて……まさか祝福代金の取り立てかなぁ」

というか、それ以外に考え付かない。最近の分は少しずつだけど返しているのに……催促に来たのなら教会側でもお金が入り用なのだろうか？

正直今はどこを叩いてもお金は出てこないし、我が家の教えは【ご利用は計画的に。借りた金は一年以内に清算。自分の出費は自分で賄え】だから誰も助けてはくれない。

教会かぁ……絶望的にお会いしたくない現状ではあるけれど……。

「――分かった、すぐに向かうから応接室で待たせてくれるかな？」

僕の気弱なお願いにも『御意に』と返して去っていくアルター。彼のあの重々しさというか、仕事に対してのブレなさを見習いたい。

直前までのふわふわとした心地を脱ぎ捨てて、僕は全く気乗りしないままクローゼットから少しでも見た目のマシなお仕着せを漁《あさ》ることにした。

□□□

〝やぁイザベラ、まだまだ寒い日が続いているけど、君は元気にしているかな？　こうして君にカードではなく、手紙を書くのは初めてだから緊張するよ。イザベラはいつもこんな気分で僕に手紙を書いてくれているのか。
それであの――今回に限ってどうして手紙なんだと思うかもしれないけど、ちょっと面白いというか、嬉しいというか、まだ僕自身よく理解が追い付かない出来事が起こってしまって。手紙だと上手く伝えられそうにないから、そっちで直接話したいんだ〟

そんな書き出しで始まったダリウスからの初めての手紙には、彼の喜びと戸惑いが入り混じっていて——私にとってとても嬉しい内容だった。

詳しいことはまだ決まっていないと手紙にはあったけれど、この手紙を出してからこちらに来るまでの間に決まることでしょうね。

今はこっちにダリウスが来てくれる。ただそれだけで私の心はどうしようもないくらい浮き足立ってしまい、約束までの一週間は毎日ソワソワしながら一日が終わるのを待った。

——そうして目まぐるしくも待ち遠しい一週間が経った。

浮き足立った気分で向かった校門に彼の姿を見つけた私は、下校していく学園の生徒達の中に、幼い頃から見慣れたクシャクシャとした枯れ草色の頭を見つけてその名を呼んだ。

「——ダリウス!!」

生徒達の何人かが驚いた様子で私の方を振り向いたけれど、そんなこと構うものですか。私の学園《ここ》での姿しか知らない生徒達に取り繕う顔なんて持っていないのよ。

声に気付いたダリウスの頭が、私を探してキョロキョロと落ち着きなく動いた。その動きが幼い頃かくれんぼの最中に私を探していた時と全く同じで、何だかとても幸せな気分になる。

だから私も当時と同じように駆け出して、油断しきったダリウスの背中に抱きついた。

「もう、私の婚約者なのに見つけるのが遅いわ。鈍《にぶ》いわね」

文句を言いながらしがみつく手に力を込めれば、困ったような優しい微笑みを浮かべて振り向いたダリウスが腰に回した私の手をソッと握る。

「ごめん、ベラ。この間より綺麗になってたから気付かなかったよ」

完全な不意打ちにカッと頬に熱が集中した私を見つめて、ダリウスは目許をさらに和らげた。

〝そういうあなたの方が何倍も素敵になったわ〟と素直に言えたら良いのに。

太陽と土と草の匂いが染み着いたダリウスの肌。前よりも厚くなった身体にドキドキしてしまう。

ダリウスが素直さが息をしていない私の言葉にも、柔らかく返してくれる人柄の良い婚約者で良かったわ。むしろそこが初めて逢った時から大好きなのだけれど。

ジッとダリウスの柔らかい微笑みに魅入《みい》っていると、ダリウスは急に落ち着かなさそうに視線を彷徨《さまよ》わせる。私が小首を傾げて見上げると、重ねられていたダリウスの手が離れた。

「ごめん、ベラ……嬉しいんだけど……僕達ちょっと、いや、だいぶ目立ってるみたいだ」

そう言うダリウスの耳が赤く染まる。目許も少し赤いかしら？

まだじっくり観察していたいところだったけれど、誰かがダリウスに一目惚れしないとも限らないものね。

「良いわ、場所を移しましょう。この時間帯だったら学園のカフェテリアが空《す》いているから、先に受付であなたが預かってきた手紙を渡して、臨時学生証の交付をしてもらいましょう？」

私の言葉にダリウスが頷いたのを確認して、手を差し出す。するとさっきまで周囲の視線を気にしていたダリウスは、何の躊躇いもなく条件反射の要領で私の手を握った。

農作業でゴツゴツとした手は、私にとって剣を握る手よりもずっと心強くて誇らしいものだわ。農具を握る指の節々に出来た肉刺《まめ》の痕も、土に触れてガサガサになった掌も、とてもとても好きよ。

すり合わせるように指先を掌に滑らせれば、ちょっとだけビクリとしたダリウスの指先が、私の指先に絡められる。右手の中指の婚約指輪を一撫でした指先が、今度は私の手を握り込んだ。そのこそばゆい心地と感触に、自然と頬が緩む。

私に手を引かれて後ろを素直について来るダリウスを振り返れば、彼もまた眼鏡の奥にある榛色の瞳で優しく見つめ返してくれる。

そうして一時間ほどかけて無事に受付で手紙の内容を受理してもらい、臨時学生証の交付をしてもらったダリウスは、私と同じ一般学生の肩書きを得て、ようやく学生のまばらになったカフェテリアに腰を落ち着けることが出来た。

「思っていたよりも手続きに時間がかかったから、あまり長くここにはいられませんけれど、そうなったらまた街に出てどこかでお茶でもしましょう？」

何だか声が怒っているように聞こえるのは、嬉しくて興奮しているのがダリウスに知られてしまうのが恥ずかしかったからなのだけれど……ダリウスには隠し事が出来ないわね。

向かい合わせで座っているダリウスは、ずっとニコニコと素直でない私を見つめて微笑んでいるんだもの。

「えっと……そ、それで？　今日はもうあなたの手紙にあったように、こちらの大聖堂で魔力測定のやり直しをさせて頂けたのかしら？」

口にしながら胸の中で二十はダリウスに言いたい賞賛の言葉が過《よ》ぎったけれど、絶対にまだ言っちゃ駄目よ。もしもやっぱり田舎教会にいる責任者の勘違いでした——ってこともあるかもしれな……、

「うん、もう受けさせて頂いたよ。でもまぁ、やっぱりそこまで大幅に魔力の保有量が上がったわけじゃなくて、この年齢になって——というか、最初に測定を受けた後に伸びることが至極稀な症例だって。教会の人達からも一体どうやったのかって散々聞かれたんだけど、申し訳ないことにそれが僕自身にもよく分から——」

「あぁぁ、もうっ！　あなた馬鹿ではないの？　そんなのあなたが領地でどれだけ頑張っていたか知っていたら何も不思議じゃないのよ！　むしろそれで増えない方がきっとおかしいのよ！」

ダリウスの自己評価の低さについ堪えきれなくなった私は、淑女にあるまじき行為ではあるけど、バァン!!　とテーブルを叩いてそう力説してしまった。目の前ではダリウスが目を丸くしているし、カフェテリアに残っていた数人の学生達も驚いてこちらを振り向いているけれど、知らないわ。

「あなたが頑張ったからよ。誰よりも私がそれを知っているんだから……たとえあなた自身のことでも否定させたりしないわ。いいこと？」

ビシッとそのちょっとズレた眼鏡の鼻先に扇を突きつけてそう言うと、ダリウスはコクコクと小さく頷いた。頷いたせいでまた少しズレた眼鏡を、突きつけていた扇の先で少しだけ上げてあげる。

いつの間にか立ち上がって力説していたらしく、私はそのことが急に恥ずかしくなって椅子に腰を下ろし、突きつけていた扇を開いて口許を隠したけれど……やっぱり思い直して扇を持っていない方の手でダリウスを手招く。

一瞬私の扇を持つ右手の中指に視線を集中させていたダリウスは、こちらの合図に気付くのが遅れたわ。私はそれが面白くなくて、少しアリス直伝の男性とのかけひきの何編になるのかは分からないけど、ちょっとだけ席から腰を浮かせてダリウスの方へと身を乗り出して、彼の額に口付けた。驚いたダリウスが顔を上げたところを、扇で私達の顔が他人から見えないように遮る。

今度は少しはしたないけど――……メリッサ様の技をアレンジして、その日焼けしてカサついた唇に触れる程度の口付けを落とす。そうして呆然としたまま私を映す大好きな榛色の瞳に向かって、今度こそ素直に囁くの。

「……おめでとうダリウス。あなたの努力が実って、私もとても幸せだわ。これから一ヶ月間

だけでも、あなたと同級生になれて嬉しいのよ？」

そう告げるとダリウスの瞳が揺れて、水の膜をはるけれど……。

「水は私の魔力で思いのままだけど……勿体ないから止めてあげないわ」

扇で隔てた世界の〝あわい〟で、私はもう一度ダリウスに口付けた。

□□□

朝起きて真っ先に見るのは見慣れた天井か、そうでなければ塗装の剝げた古いチェストと物書き机と本棚、それでもないとすると色の褪《あ》せた壁紙と、毛の少なくなったタッセルと揃いの色をしたごわついたカーテン。

それらが僕が起き出す前に有能な老執事によって用意された、骨董品のようなランプの明かりに照らし出されている。

いつもならそのはずなんだけど——。

「……あぁ、うん、そっか……昨日王都に来たんだっけ……」

目蓋を開けて真っ暗な闇の中にいることにほんの一瞬驚いて、けれどすぐに現状を把握した僕は自分に言い聞かせるように呟く。

普段通りに五時起床をしたってやることの一つもないのに、習慣とは怖いものだなぁ。二度寝をしようかとベッドの上で寝返りを打つけれど……一度目覚めてしまっては、そうそう二度寝が出来る質《たち》でもない。

「あ～……僕のベッドより寝心地が良いなんて流石王都の学園寮。でも悲しいかなやっぱり二度寝は無理だな、と」

跳ね起きても軋まないベッドのスプリングに感心しつつ、まだこの季節は真っ暗な窓の外に目を凝らす。けれど外には白い塊のような雪はほとんど見当たらない。王都は辺境領よりもだいぶ雪が少ない印象だ。

積もっている雪にしてもあまり硬そうではないし、辺境領でもこれくらいなら雪かきが楽そうでいいのに、などと明後日な現実逃避をしつつも、いま僕の頭の中を占めるのは――。

「昨日は到着早々にイザベラに格好の悪いところを見せちゃったなぁ……」

冷たい窓ガラスに額を押し付けて溜息と共にそう零せば、昨日のイザベラの大胆な行動が頭の中で大写しにされる。

「――いやいやいや、可愛すぎるから。というか、その男前さは何なのさ……」

イザベラのことは幼い頃から何だって知っていた。僕達の間に隠し事はなかったし、どちらかが隠そうとしてもすぐバレてしまったくらいだ。

何をしてあげたら喜んでくれるのか、何をしたら嫌がるのか。僕達はお互いのことなら家族以上に知っていた。だからイザベラはずっと僕にとって可愛いたった一人の〝女の子〟だったのに……。

それなのに、昨日のイザベラは僕の知っている彼女とは随分違っていて、まるで知らない〝女性〟のようだった。

「――いいか、落ち着けダリウス。いくらイザベラが可愛くても……一ヶ月の間は勉強に集中するんだ。辺境領の三男が王都の学園で一月だけでも学べるこんな好機は、もうこの先二度とないぞ。イザベラの婚約者ならもっと相応しい男にならないと、将来彼女に苦労をかけてしまうだろ？」

けれどいくら口でそうもっともらしいことを言ったところで、窓ガラスに映った僕の顔は情けないままだ。

「うぅ……今日イザベラに会ったら、一体どんな顔したらいいんだ……！」

昨日の彼女を思い出して火照る顔を冷やすために押し付けたはずの額は、窓ガラスから冷気を奪うばかりで一向に冷めることがなかった。

□□□

午前中は昨日手続きをしてくれた受付の人から、今後の学園での過ごし方の説明を受けたのだが、それによると僕の身柄は〝聴講生〟扱いということらしい。

気になる講義をしていそうな講堂があれば、どこでも後ろの方の席に自由に座り、学生に交じって講義を受けられるのだとか。

ただし残念なことに途中で会った魔法学の先生によれば、今さら長年我流で扱ってきた魔力の操作方法を矯正するのは無理とのことだった。

その先生が言うには精々が今まで使ってきた使用法で魔力の送り方を微調整出来るようにしたり、一度に影響を与える範囲を広げたりすることしか教えられないとのことだったけれど、僕にとってはそれで充分だ。

これで一点に無駄な力を送り込みすぎたり、小分けにして狭い範囲に〝お願い〟する必要がなくなる。そうなれば領地に帰ってから、イザベラに送る花の本数を増やせる資金を効率的に稼げそうだ。

その後は取り敢えず案内された先の講堂で、僕と同じように学生ではなさそうな人達との顔合わせをしたり、図書館の利用法や自習室の見学をしたりして午前中の授業が終わるのを待つ。

午前の授業が終わったことを報《しら》せる鐘が鳴ったのを聴き終えたところで、前日別れ際にイザベラに来るように言われていた、あのカフェテリアに足を運んだ。

カフェテリアには当然のことながら、お揃いの学生服に身を包んだ生徒達が大勢いて、僕の着ている古いデザインのスリーピースは少しだけ浮いている。

方々から好奇と不審の視線を向けられつつ、何とかそれらをかいくぐって指定されていた席に向かうと、そこにはすでにイザベラの姿があった。

そのことに心底ホッとしてしまう情けない僕が声をかける前にこちらに気付いたイザベラは、駆け寄って来るとそのままの勢いで抱きついて来る。

「もう、ダリウスが遅いから、私あなたがどこかで迷ったのかと思って心配していたのよ？」

人目があるのでやんわりとその腕を引き剝がした僕に向かって、イザベラは輝くような微笑みでそう言ってくれるんだけど……。何だろうか、さっきから周囲の視線が痛いような気がするなぁ。

「あぁ、ごめんイザベラ。ここに来るまでに興味深いものがいくつもあったから、つい気を取られちゃって。だけどこれでも鐘が鳴ってからすぐにここに向かったんだよ？」

苦笑混じりにそう言うと、イザベラは「私は待ちきれなかったから、講義が終わる直前に隙を見て講堂を出たのよ？」と笑った。

シッカリシロ——ボクハベンキョウノタメニココヘキタンダ。

駄目だ……思わず頭の中で片言になるくらい可愛い……。

そんな僕の心の葛藤を全く知りもしないイザベラは「ほら、早くなさい」と僕の手を引っ張って席に向かう。そうして向かった先の席が……また何だろうか——この煌びやかな集団はと思わせる神々しさだった。

「えぇと……そこのお二人は前回無理やり顔合わせを済ませたかと思いますけれど、一応改めてご紹介致しますわね？　こちらが私の、こ、こん、婚約者のダリウス・エスパーダですわ」

そう嚙み嚙みで可愛らしい紹介をするや否や、引っ張っていた手を解いたイザベラが僕の横に立って腕を絡めてくる。

すると、以前顔を合わせたメリッサ嬢とアリス嬢以外の――……やたらと家格と顔面偏差値の高そうな男子生徒三人の視線が一斉に僕を見た。そのうちの一人、あの第二王子には見覚えがあったものの、他の二人は全く知らない。

一人はアイスブルーの瞳に肩までのプラチナブロンドという、一見すれば美女と見紛《みまご》う綺麗な男子生徒。片やもう一方は浅黒い肌に真っ黒な短髪を撫でつけた野性味溢れる男子生徒。

どちらもタイプは違えど気圧《けお》される美男子っぷりだなぁ……。

この席での関係性を鑑みるに、恐らくあの第二王子の幼なじみか何かだろうか？

思わず派手な三人に視線を集中させていたら、隣で腕を絡めているイザベラがグッと腕を引っ張ってきた。たぶん〝早く挨拶して〟との催促だろうと感じた僕が頷き返して、三人の方へ挨拶のために手を伸ばしたのだけれど……。

「――オイ、あんた。そいつの婚約者らしいが、オレは最初っから女に頼りきりの野郎と握手を交わしてやる趣味はねぇぞ」

いきなり浅黒い肌の男子生徒がそう言って威圧的に睨みつけてくる。

「ボクも可愛い彼女が頑張って作った交友関係に、最初から楽して加わろうとする婚約者殿と交わす挨拶は持っていないですね？」

今度はプラチナブロンドの男子生徒から笑顔だけは親しげに、けれどとんでもなく辛辣な発言をされたなぁ。第二王子は驚きに目を見開いて両者を眺めているから、この人の指示ということではないのだろう。

席についているメリッサ嬢とアリス嬢も顔色を失っているし、うーん……家格が違いすぎて握手を拒否された経験はあるものの、これはまた新しい拒否の仕方だなぁ。

――などと暢気に考えながら三人に差し出していた手を引っ込めた僕の横で、イザベラが怒りに肩を震わせていた。

そのまま飛び出して手にした扇で二人を打擲《ちょうちゃく》しかねないイザベラの腕を、しっかりと絡めて動けないように拘束したら、イザベラは〝何故ですの!?〟と言わんばかりに僕を見上げて唇を噛みしめている。

それでも叫ばないのは、周囲の視線がこの席に注がれているのを理解しているからだろう。だったら僕はそんな意地らしい婚約者の前で醜態を晒すわけにはいかない。

それは要するに、

「……そうですね、それは丁度良かった。僕もお目付役でありながら本来の役目も果たさずに、婚約者のいる彼女に対して、粉をかける将来の主《あるじ》を諫《いさ》めないような無能と交わす手は持っていませんから」

僕を信じて怒ってくれるイザベラの前で、僕が他人に舐められるわけにはいかない――ということだ。

「なんだとっ⁉」

「……おやおや、これは手厳しい」

両者の反応に違いはあれど、結構怒らせたみたいだ。でもそれでも――隣で嬉しそうに微笑んでくれるイザベラがいれば、僕は何も怖くない。

メリッサ嬢には少し悪いことをしたけれど、本来婚約者である彼女のせいも少しだけあるだろうから許してもらおう。

「ただ、確かにお二人の言い分にも頷けることがありますので、僕はこれで失礼します。イザベラ、君はご友人方との昼食を楽しんでね？」

言い含めるようにそう言ったら、今度こそ「何故ですの！」と返ってきたので思わず笑ってしまった。ギュウっと僕の服を握る姿が可愛くて、直後に言葉を翻してしまいそうになるのを何とか堪える。

「これは彼が言うように君が頑張って作った交友関係だから、僕は入れない。でもその代わりに放課後を僕にくれないかな、ベラ？」

僕の言葉に反論出来ない雰囲気を感じ取ったイザベラが、不承不承頷いてくれるのを見届けてからその場を立ち去る。

背中にイザベラの視線を感じながら、僕は午前中に案内された場所のどこでなら静かに昼食をとれるか頭を悩ませた。

□□□

「本当に、何なんですの!? あの方達は!!」

放課後のカフェテリアで、ダリウスに向かって声を荒らげたって仕方がないのは分かっているのに、そうせずにはいられなかった。けれど当のダリウスは「偉い人はああいうものだよ。慣れっこだから、ね？」と困ったように私を宥めて微笑むばかり。

「それに……私も私ですわ。何故あの場で、貶められたあなたを庇わせて下さらなかったの？　私では頼りないから？」

自分の言葉に自分で傷つくようで情けないけれど、私はそう訊ねずにはいられなかった。

「まさか……違うよ、ベラ。君がいるから、あの場で僕は格好を付けられたんだから。いつだって僕に勇気をくれるのはベラだけだよ。だけど、それで君がせっかく頑張って作った友人達を嫌うのは、僕は嫌だなぁ？」

眼鏡の奥でへにゃりと垂れた目に見つめられると、今までの怒りが嘘みたいに引いていくのだから……私はダリウスに弱すぎるわね。

「それに僕が席を離れた後、あの二人に真っ正面からホットカフェオレを浴びせかけたんだって？　直後に冷却魔法を使ったから、大事には至らなかったみたいだけど……権力者の子息相手にベラは無茶をするなぁ」

あの時カフェテリアにいた生徒達の口から、あっという間に広がった情報をダリウスが知っているのは不思議ではないけれど、噂好きの生徒達を頭の中で三回は氷漬けにする。

「だってあの二人はあなたを大衆の前で貶めたのよ？　それも、私の目の前で、私の、せいで」

グッと唇を噛みしめて、涙で視界が滲むのを食い止めようとする私の両手を包み込むように握り込んだダリウスの瞳が、少しだけ無謀な私の行動を責めているみたいで、つい俯きかける。

「馬鹿だなぁ、それは違うよ。ベラのせいであるはずなんてないだろう？　あんなのは領地にいる時だってたまにあるし、ベラのせいじゃないよ。だけどそうだなぁ……口では君を窘《たしな》めるようなことを言っておきながら、実はそういう格好良いところも含めて、ベラの行動が嬉しかった僕も同罪だ」

そう言って、握り込んだ私の指先に口付けを落としたダリウスに、私は一瞬見惚れてしまって――……続く言葉に目の前が真っ暗になったわ。

「今日は初日で目立ってしまったし、明日からはこうして放課後に会う以外はあまり顔を合わせないようにしよう。なるべく講義もベラと被らないものを選ぶから」

「そんな、でも、あなたこの学園には一ヶ月しかいられないのでしょう？」

「うん、だからだよ。僕はここに一ヶ月しかいないのに、ベラが僕と一緒に行動してばかりいたら、せっかく出来た友達が離れていってしまうかもしれないだろう？　そうしたら僕が領地に帰れば、ベラはまた一人になってしまうじゃないか」

「私はダリウスがいればそれで構わ、」

〝ないわ！〟と言おうとした私の唇にダリウスの唇が重なって、続く言葉を封じてしまう。

「――僕もだよ。でもベラは、来年には領地に戻って僕のお嫁さんになってくれるんだろう？だったら、あと少しくらい君の友達に時間を貸してあげてもいいかなぁって」

悪戯っぽく微笑んだその顔が憎らしくて。私は少しずれた眼鏡をかけ直すダリウスの鼻先を力一杯摘んでやったわ。

□□□

……私はダリウスの婚約者を今日までずっと自負しているわ。

だから彼の性格もしっかり理解しているし、一度自分で決めたことをやり抜こうとする芯の強さも知っているのよ？　言い出した言葉をなかったことにするより余程良いし、素敵だわ。

けれど……けれどよ――？

「何もあそこまで徹底しなくてもいいと思いませんこと？」

昼食のカフェテリアにあるいつもの一角で、私は気を抜けば今にもテーブルに突っ伏してしまいそうになる身体を、何とか気力だけで保つ。

ちなみにあの一件以来、私達は再び三人だけでの昼食形態に戻った。理由は言わずもがな、ダリウスに対しての非礼に腹を立てた私に、二人が同調してくれたから。

そんなこともあって——この席に向かって何か訴えたそうにしている男子生徒二人の視線と、それを面白がって観察している悪趣味な一名が遠巻きにこちらを窺っている視線など無視ですわ。

「ま、まぁまぁ！　婚約者君もイザベラのことを思ってのことだし、放課後は約束通りちゃんと一緒にいてくれるんでしょ？」

「そ、そうですわよ。それにあそこまで有言実行を体現なさる男性は貴重ですわ。軽い口先だけの言葉に踊らされるよりもずっと良いのではないかしら？」

目の前でアワアワとメリッサ様とアリスがそう取りなしてくれるけれど、今の私はそんな言葉に耳を貸す気には毛頭なれませんわよ……。

「でもさっきのは本当に偶然講堂を覗いただけでしたのに、ダリウスったら私の顔を見るなり出て行ってしまったんですのよ？　今回は本当の本当に先生を探して覗いただけの偶然でしたのに」

三月十日にダリウスの一時入学が認められてから、初日の忌まわしい事件以来今日で一週間が経つというのに、私がダリウスと放課後以外の時間を共有出来たことはただの一度もない。

鋼の精神とでも評せそうな婚約者に惚れ直すと同時に、余裕のない私と違って涼しい顔をして日常生活を送っているのが許せませんわ。

「それに聴講生同士ですでに友人を作っているだなんて……ダリウスのくせに生意気ですわ。今日だって親しげにその友人達の中の女性と話していたし。誰なんですのよあの女性は！」

「あ、あ、ちょっと待ってイザベラ！　マフィンは握り潰すものじゃなくて食べるものだよぉ！」

慌てた様子のアリスの声が耳に届いた時には、すでに彼女の作ってきてくれたマフィンが手の中で無残な姿に変わり果てていた。

指の隙間からボロボロと零れるマフィンの欠片が、直前まで私の動揺していた心を少しだけ和らげてくれたわ。

「あぁ、そんな悲愴な顔をしなくても大丈夫よアリス。見た目は多少変わってしまったけれど、味の方は問題なく美味しいままなのだから……こうして、お皿に盛ってスプーンで掬って食べれば、ね？　ちゃんと美味しいですわ」

クランブルみたいになってしまったマフィンを一口食べてそう感想を述べたのに、アリスとメリッサ様が酷く痛々しいものを見る目で見つめてくるのは何故かしらね？

「え、えぇ、そうですわね。アリスさんの作ってき下さるお菓子はどれも美味しいですもの。

多少形が変わったところで……そう、多少……」

「ちょっと違うでしょメリッサ様！　無理にイザベラの暴論に納得しようとしちゃ駄目！　お菓子は可愛らしい見た目も楽しむものなの！」

せっかく納得してくれそうだったメリッサ様を横から押し留めるアリスを横目に、私は澄ました顔のまま水でハンカチを濡らしてマフィンで汚れた左手を拭う。右手で持っていなくて不幸中の幸いだったわ。

「もー……大体ねぇ、イザベラが偶然を装って何度も婚約者君のいそうな講堂に出没するから、向こうも意地になってるんじゃないの？　あと、聴講生同士の友人達って言ってたよね？　だったら女性の聴講生は少ないし、どんな感じの子だったか教えてくれたら分かるかもだよ～」

そう言って立ち直りの早いアリスが、お皿の上に新しくまともな姿のままのマフィンを置いてくれる。今度のはアイシングを施してあるから握り潰したらベタベタになるわね……。

そんなことをチラリと考えつつ、私はアリスの申し出にすぐさま情報提供をして相手の素性を聞き出した。情報の全てを脳に刻みつける気概で意気込む私に、メリッサ様とアリスがやや引いている様子だったけれどサラッと流しますわよ？

アリスの広い情報網に引っかかったお相手は、どうやらここ王都にある粉屋の娘さんでビオラさんというらしい。遠目からだから詳しい人物像は分からないけれど、私よりほんの少し低い背丈の黒目黒髪の女の子。

目も髪も黒というのは珍しいので、聴講生の中でも目立つのだとか。何でもセミロングの髪を実家の仕事の邪魔だからという理由で、いつもキツく束ねているところは好印象が持てますわね。

「わたしも趣味で焼くお菓子用の粉はあの子の実家の店から買うけど、リスみたいな小動物っぽさが可愛いって街では結構人気なんだよ～？」

さっきのマフィンの仕返しのつもりか、ニヤリと意地悪く笑うアリスを睨みつけていたら、近くの席に座るご令嬢方から、

「はぁ、みっともありませんわね」

「本当、これだから下級の者は」

「婚約者の心移り程度に目くじらを立てるだなんて」

「所詮婚約者なんて家同士の繋がりのためのものですのに」

というさざめきのような悪言と嘲笑が聞こえてきた。一つの席から発されたそれは、飛び火の如く近隣のテーブルへと広がって行く。

アリスとメリッサ様が明らかに気分を害した様子になるのを、手にした扇で制してから、私は一番最初にさざめきが起こったテーブルを振り返ってにこやかに応じてあげることにした。

「あら、皆様は最初から愛されない道をお選びになるつもりですのね？　家名のために素晴らしい自己犠牲の精神ですわ。そうして結婚した暁には愛のない家庭を築いて、老いて死ぬまで

家のためだからと納得されるのね？　確かにそういった未来もご立派ですわ。けれど私はそんなものは御免被《こうむ》りたいの」

扇を広げて歪《いびつ》に笑んだ口許を隠すけれど、目は口ほどに物を言うというやつかしら。私が視線を向けたテーブルのご令嬢方の顔が、何だか怒りに引きつっているわね？

――でも、そんなことは私も一緒だから我慢なさい。

「私は幸せな未来が欲しくて得た婚約者を、今さらどなたかに差し上げるつもりはないの。それに仰るように我がエッフェンヒルドは下級も下級の辺境貴族ですから、みっともなく嫉妬して見せましてよ。羨ましくて？」

私が尊大に見えるように胸を反らすと、辺りはシンと静まり返った。ここにいるご令嬢方は皆どこかで分かっているわ。

諦めなければならない愛も、この世の中にはきっとあるの。私だってそれくらい勿論分かっているわ。

「諦観《ていかん》する前に将来を話し合う時間くらい、惜しまず作ればいいのですわ」

――だから、覚悟しなさいダリウス。

私から一ヶ月間逃げるつもりなら……捕まえるまで追うだけよ？

＊幕間＊これから、ここから。＊アルバート＊

昼時のカフェテリアは当たり前だが、学生達でいっぱいだった。けれど俺はそんな中でも一際目を惹く燃えるような赤毛の婚約者と、その個性の強い友人達の座る席にジッと視線を注いだ。

すると俺の視線に気付いたメリッサが、ほんの少しだけ扇をずらして微笑みかけてくれる——が、すぐに友人の一人を気遣って視線を逸らされる。

幼い頃はそのキツめの顔立ちが俺を見て緩む瞬間を見るのが好きだった。

大人に対しての警戒心とは無縁の笑顔。親の重圧を感じていたのは、俺だけではなかったと当時は知ろうともしなかった。

あの頃は幼さの中にある虚栄心が〝誇らしい〟と思わせたが、今だと〝愛おしい〟の方が勝るのだがな……。

一度は完全に俺の愚かさのせいで失いかけたメリッサの心を、今あの席で荒ぶっている辺境領から来た変わり種令嬢、イザベラ・エッフェンヒルドのお陰で取り零さずに済んだ。

最初に彼女を目にした時、俺は身勝手にも〝理想のメリッサ〟だと彼女を認識した。自らは歯止めなく堕落して行くばかりの現実から逃げ、全てを自分を追って来ないメリッサのせいにした愚か者。

そんな腐りきった性根の俺の前に現れた彼女は、歪みきった性格を矯正するために兄によって編入させられたばかりの俺の目から見ても、明らかに周囲の学生達から浮いていた。

身分の壁と出身地の辺境ぶり。

一個人を貶めようとするには充分な材料だ。

けれどそれを何ら気にした様子もなく、むしろそういった有象無象《うぞうむぞう》の悪意をばらまく者達を冷笑を交えて叩きのめしていく様は、いっそ王族の俺よりも王族らしかった。

そして……そんな彼女を強くあらせているのが、あの冴えない例の婚約者だということも意外ではあったが、なかなか見かけ通りの人格でなさそうな食えないところを見せつけられてからは、妙に納得したものだ。

俺は自分の持たないその強さに惹かれ、一度は彼女を求めた。

婚約者に一途で気高い彼女を手に入れることが叶《かな》ったなら、この歪みと渇きが治まる気がして……醜く、最悪の方法で。

あの一件以来、ポインセチアに若干のトラウマが出来てしまったと言ったら、メリッサは「それはようございましたわ」と背筋の凍り付きそうな笑みを向けてくるしな――。

あれは間違いなく婚約者に非道を働いた輩を殺す気だったに違いないと、強く感じる威力だった。しばらく半身に痺《しび》れが残ったくらいだ。

――――そして一週間前。

満を持して再び俺の前に現れた彼女の婚約者に、今までの非礼を詫びて、今あるこの幸福の礼を述べ、無論これまでの処罰を受けるつもりで当日あの場に同席したというのに――――！

……馬鹿な幼なじみ二人による突然の横槍で台無しになってしまった。

「くそっ、一週間前にお前達が考えもなくあの婚約者を怒らせるから、俺までメリッサと一緒にいられなくなったではないか。そもそもあの場に無関係なお前達がいる必要はなかっただろう？」

もうメリッサがこちらを向くことがないだろうと判断した俺は、何故だかまた同じ席に陣取った幼なじみ二人に恨みがましい視線を投げてそう言ったのだが……。

「おぉ、何だよオレ達だけのせいだって言うのか？　お前だって今まで散々メリッサ嬢に手酷く当たってただろうが。ちょーっと誤解が解けたからって都合が良すぎんだよ、都合がよぉ」

「そうそう、ハロルドも偶《たま》には頭を使って物を言うじゃないですか。ボクもその発言に賛成ですよ。それにそれを言うなら、あの場でボク以上に国の将来を視野に入れて同席した人間はいないんじゃないでしょうか？」

こちらが一つ文句を口にしようものなら、それまでお互いにいがみ合っていたとしても途端に強力な連携を見せる。厄介な奴等《やつら》だ。

片や騎士団長の息子というよりは、その粗暴な物言いと王族を王族とも思わない街のならず者。片や宰相の息子でありながら、その表面上は穏やかで常識的に見える皮を被った詐欺師。

メリッサとの婚約が成された時と同じくして学友にとつけられた、この全く方向性の違った二人の幼なじみには助けられた記憶が……あまりない。

基本的に面倒ごとは腕力にものをいわせるハロルドと、少しでも自分を虚仮《こけ》にしたと思った相手には裏からどんな汚い手を用いても潰すクリス。

当時持て余し気味だった重鎮の息子達を、スペアの第二王子である俺にあてがった――いわば寄せ集めだったはずが、蓋を開けてみればこの歳までの腐れ縁になったわけだな。

「あぁ……全く、俺は良い幼なじみをつけられたものだな」

ふてくされた気分の中にも、メリッサを遠ざけ始めた頃でも傍で余計な遊びに連れ回し続けてくれた二人には、口には絶対出さないが感謝の気持ちもある。

卒業後は次期国王となる兄上のスペアとして国政に関わり支える、その時に俺の両脇に立つのはこの二人をおいていないだろう。

――――が、

「何だよ急に気色悪《わり》ぃ。第一俺はアリスの友人だって言うから、あの気の強い女に肩入れしたんだぜ？　アリスの話じゃ当初は随分口のきき方や態度で孤立して大変そうだったたって聞かされたからよ。それを……あの婚約者と一緒になって急にキレやがって、何だってんだよ」

「フフフ、それはアリス嬢にしてやられたのでは？　ボクが見ていた分には当初はアリス嬢も加害者側でしたけれどね。きっと第三者の口からハロルドに伝えられるのが怖くなって、先にまだ聞かれてもいない情報を漏らしたんでしょう」

「――……あぁ？　お前アリスが俺に嘘ついてるってのかよ？」

「おや、嘘ではないでしょう。恐らくアリス嬢は素直に、完全でない情報を、都合良く解釈してくれるようにハロルドに教えたんです。良かったですね？　どうやらアリス嬢の中でハロルドの順位は、他の男子生徒よりは一歩リードと言ったところですよ？」

人がせっかく珍しく礼とも取れるような言葉で場を和ませようとした瞬間これだ。

ちなみに信じられないことに、クリスはこれで悪気が全くないのだから手に負えん。おまけに血の気の多いハロルドは、すでに拳を握って臨戦態勢に入ろうとしている。

毎度これだから、この二人に助けられた記憶があまりないと思ってしまうのだろうな……。

突然不穏な空気に包まれたこのテーブルの周辺に座っていたうち、勘の良い生徒達がソッと席を移動する。

俺もそれを合図にいつもの如く仲裁のために口を挟もうと……いや、そもそも毎回のことながらこれは第二王子の仕事ではないのではないか？　ふとそう思い直して椅子から浮かせかけた腰を、再び下ろそうかとしたその時。

「やれやれ本当にハロルドもアルバートも、いつまでたっても女性の心の機微に疎いですね」

――カチン、と来た。

「ほう？　そう言うクリスは遊びの女の機微には敏《さと》いが、いざ婚約者殿の前だと相変わらず苦虫を噛みつぶしたようになると聞くが？」

「あー、そうだったなぁ。十代後半の女の相手は得意でも、七歳の純粋にお前を慕う婚約者の相手からは逃げ回ってるんだったか？」

　すぐさまハロルドが俺の言葉に続く。すると旗色が悪くなったと悟ったクリスが整った顔を歪めて「あれは、歳が離れすぎて意志の疎通が……、そもそも家の取り決めで仕方なく……ですね」と言葉を濁したところでハロルドとの共同戦線を展開する。

　俺達がそんな風にみっともなく足の引っ張り合いを繰り広げる視界の端で、メリッサ達の席からあのイザベラ・エッフェンヒルドの高らかな宣言が、周辺の席にいた上級貴族の令嬢達を凍り付かせているところだった。

　あぁ――どこまでいっても、俺はあの辺境領から出て来た二人に敵いそうにないなと苦笑を漏らしていると、不意にこちらを向いたメリッサと視線が絡んだ。

　かつて向けられたのと変わらぬ優しい微笑みに、俺は今この幸福を噛み締めた。

第四章

放課後のカフェテリアでイザベラを待つ間に、ザッとテーブルの上に今日聴講させてもらった講義の内容を書いたノートを広げて内容を読み込む。

一つ一つの法則だとか魔法の構成、その成り立ちなどは書き込んでみたところで僕には全く分からないけれど、イザベラの見ている世界のほんの少しでも知ることが出来たらいいと思って書き記してある。

とはいえ目が悪いので、後ろからでは講堂の前にあるボードに書かれる文字を追うのは難しい。けれど喉に拡声魔法をかけてくれているお陰で、何とか耳で講義内容を拾い集めてノートに纏めることが出来ている。

今日取った講義は【食と土～魔法でなせる開墾と、その代償～】。

要するに都市部で不足している農業従事者の手を借りずに、大規模農園や農場を造るという試みと成果と優位性、そしてそのことで新たに生まれる雇用の危険性……といった実にうちの領地経営にとってお誂《あつら》え向きの内容だ。

王都の学園ともなれば色々な分野がある上に、この一週間はかなり有意義な情報を聴講生という立場から、学生と違って好きなように取捨選択が可能だというのも良い。

ただまぁ、一つ問題があるとすればイザベラがいつもと違って手の届く場所にいるということだけかなぁ……。ついイザベラに構いたくなって、勉強に来ていることを忘れそうになってしまう。

兄上と父上に〝お前は勉強するために領地を離れるんだ。分かってるな？〟という露骨すぎる釘《くぎ》の刺し方をされたから、しっかり学ばないと。

でもイザベラが隣にいる時にノートを開いたって、隣が気になって内容が頭に入ってくるはずもないから、仕方なくこうして待ち合わせの時間に復習をしてしまうことにしているわけだ。

それにイザベラの到着より早めにノートを片付けておかないと、内容を見たイザベラに次に受ける講義の傾向を知られてしまう危険性がある。チラッと覗いただけで分かるとかどれだけ有能なんだ。

そして週に三回くらいある、自由選択講義を一緒に受けようとして偶然を装ってついて来るのがまた可愛いんだけど——……あれは本当に困る。

万が一隣の席に座られでもしたら集中出来ないだけじゃなくて、僕程度の男でも婚約者に選んでもらえるなら自分達も——！　となる男子生徒達が初日の時点でかなりいたんだよなぁ。

婚約者の僕が隣にいてはイザベラの価値が下がる。この学園の男子生徒達より財力でも能力でも、勿論顔でも劣っている僕だから、イザベラが僕を選んでくれた理由が未だによく分からない。

基準が人よりもだいぶ特殊なんだろうなとは思うけど、僕はイザベラが初めて婚約者として目の前に現れたあの日、子供心に〝あ、これは絶対断りに来たんだ〟と思った。

正直当時は今の僕よりどこか冷めた部分のある子供だったから、貧乏貴族の三男である自分のところに来るお嫁さんは可哀想だと感じていたし、結婚が無理なら屋敷を出て、領地内にある空き家をもらって移り住もうと考えていたくらいだ。

だから断られると分かっていても心は穏やかで、むしろこんな綺麗な子がいるのかと見惚れる余裕があった。

まるで辛い冬から解放された春が一斉に芽吹かせた花が、これでもかと咲き競う季節に負けないほど鮮烈に。イザベラという女の子は、今まで見た花の中でも一番綺麗な花だった。

一瞬あの日の出来事をぼんやりと思い出していたら、不意に開いたノートの上に影が落ちる。咄嗟にイザベラが来たのだと思って勢い込んでノートを閉じようとしたら――、

「わわわっ!?　ご、ごめんね、エスパーダ君！　まさかそんなに驚くとは思ってなくて――」

そうかけられた、イザベラの声とは違う女性の声にノートを閉じかけていた手を止める。

「……あぁ、なんだ……ビオラさんだったんですか」

取り乱した姿が恥ずかしくて苦笑混じりに聴講生仲間の名を呼べば、彼女は「あの……本当にごめんね？」と元々小柄な身体をさらに縮こませて謝ってくれた。

僕と同じ聴講生のビオラさんは、王都の中に店を構える粉屋の五代目で、この学園では主に

農業系の講義によく顔を出している。

というのも彼女の家の仕事柄、仕入先の土地の状況や天候不順の際に小麦が不作になった際、その仕入先からの入荷が滞るから他に土質が似た土地を探しておいたり、お世話になっている農家の土壌回復を手伝わなければならないからだ。

両者共に家でやる仕事の内容が似ていたこともあり、こちらで聴講生として講義を受け始めた二日後くらいには打ち解けた。ちなみに他の聴講生仲間も大工や養蜂などを家業にしている気の良い人が多い。

「いえ、僕が勝手にイザ――あ、と、知り合いと間違えただけですから。そんなに謝らないで下さい」

危うくイザベラの名前を出しそうになって言い直す。ビオラさんは僕とイザベラのことを知らないから、わざわざ関係を説明しなくてもいいだろう。

特に知られて拙いとかではないけれど、イザベラと僕を関連づけて憶えて欲しくない。イザベラの婚約者がこんなに冴えない男だと知られたくないからね！

イザベラの経歴の傷になる。あともう三週間しかないけれど、それだけは絶対に避けなければ。内心でそう決意を固めていたら、ビオラさんが何か言いたそうにチラチラと僕とノートを見比べていることに気付く。

そこでふと、そういえば今日のこの講義にビオラさんの姿がなかったことを思い出す。

「あの、違ったら別にいいんですけど……もしかしてビオラさん、今日この講義に出られなかったから、誰か校内にまだ残ってる聴講生でこの講義に出てそうな人を探してました？」

僕がそう訊ねると、ビオラさんは顔を赤くして「う……そ、そうなんですぅ」と小さな声で白状した。

「はは、やっぱり。それならもっと普通に声をかけてくれたらいいのに」

「あ、うん、だけど……仕事で抜けられなかったとはいえ、講義に出てもないのにノートを貸してだなんて、都合良すぎるから……」

そう言ってしょんぼりとうなだれた真面目なビオラさんを見て、思わず〝そんなことはない〟と口を開きかけた。

――――その時。

「えぇ、そうですわね。普通に考えたら都合が良すぎると思いますわよ？」

今度こそ馴染《なじ》んだ声が僕とビオラさんの間に割って入った。しかし当然イザベラを全く知らないビオラさんにしてみれば、突然バッサリと自分の非を切り捨てられたのだから困惑している。

しかも何故だか現れた瞬間から不機嫌さ全開だし……。

「えぇ、と。イザベラ、その、今日の講義はもう全部終わったの？」

不機嫌になるとその魔力の特性上一気に周辺の温度を下げるイザベラのせいで、適温を保たれているはずのカフェテリアは、たったの一瞬で小春日和から冬の朝と変わらなくなってしまった。

「あら、おかしなことを訊くのねダリウス？　勿論全部終わったからここにいるのですわ。それに——何をそんなに慌てていらっしゃるの？」

絶対零度の怒りを湛《たた》えた凄絶な婚約者の微笑みに、こんな時だというのに見惚れそうだ。意外な自分の心臓の強さに軽く驚く僕と違い、ビオラさんは蒼白《そうはく》になっている。

まぁ、普通はこうなるのか。顔立ちの整ってる人間の怒りに慣れている僕と違い、ビオラさんは普通の感覚の持ち主のはずだし。

そこで取り敢えず何か嫌なことがあった様子のイザベラに話を聞こうと席を立ち、まだ呆然としているビオラさんには「そのノートお貸ししますから、次の講義の時にでも返して下さい」と言いおいて、怒りの氷結オーラを纏っているイザベラをカフェテリアの端まで連れて行くことにする。

けれど不思議なことに席から離れれば離れる分だけ、イザベラが纏っていたオーラは薄まって、カフェテリアの端に連れて行く頃にはすっかり僕達を取り巻く空気は普通の温度に戻っていた。

さらにカフェテリアにいる生徒達から隠れるように壁際に移動した僕は、さっきから扇を握りしめたまま無言で俯いているイザベラの様子を窺う。昔から一度こうなったイザベラは絶対に自分から口を開かない。

僕が不機嫌な理由を言い当てるまでは絶対にだんまりを貫き通す。そこがまたちょっと猫っぽくて可愛いんだけど、言ったらさらに怒るから余計なことはしない。

まず初めに熱の有無を確認するためにイザベラの形の良い額に掌を当てるけれど、伝わってくる体温は至って平熱。次に頬に触れて涙で濡れていないかを確認。これも違う。

少し離れて頭の上から爪先まで汚れていないかの確認。そういえば昔はたまに僕が知らない間に転んで怪我をしたりしてたなぁ。

外部から確認出来る範囲では、別にこれといって体調不良になりそうな予兆はない。僕がまだ他に何かないかと首を傾げていると、それまで俯いてだんまりを続けていたイザベラが、本当にギリギリ聞こえるくらいの小さな声で呟いた。

「……どうしてあの人には、あんなに簡単にノートを見せるの?」

僅かに震える声にようやくハッとした僕がその華奢な肩に手を伸ばすより早く、イザベラの夜色の髪が横をすり抜けていく。

慌てて追いかけようと——そう思ったものの、このまま追いかけてイザベラを連れ戻せば、また講義に一緒に出たいと言い出しかねないかも……?

そんな風に——ほんの一瞬まともに働きかけた心の天秤《てんびん》は、けれど。

あっという間に傾いてしまったので、僕は無駄な抵抗を諦めてイザベラの駆けていった方向へと飛び出した。

□□□

ついさっきまで額に、頬に、ダリウスの掌の体温を感じていたはずなのに……気がつけば私は涙で歪んだ視界に酷く動揺しながら廊下を走っていた。

本当に今さら自分でも驚くけれど、私は……ダリウスが他の女性と親しげにしている姿に全く耐性がなかった。彼の隣にはいつも私しかいないものだと、勝手にずっと思いこんでいたの。

でもいくら何でも嘘でしょう？

何なのこれは、お話にならないくらいに駄目駄目だわ！

昼食時にあんなに堂々と切った啖呵《たんか》も虚《むな》しく、私はダリウスの前でみっともなく取り乱してしまった。

あのままあそこで女の武器《なみだ》を見せてダリウスを呆れさせるくらいなら、いっそ再戦の時を窺って一時戦略的撤退をするべきだと——……言い方を格好良く取り繕ったところで要は結局逃げたのよね？

ダリウスの性格からして追いかけて来てくれそうだから必死で走ったわ。昔は私の方が彼より断然足が速かったんだもの。きっと逃げ切れますわ！

ただ運のない時というは本当に運のないことが続くもの。私は勢い良く曲がった廊下の角で最悪な人物とぶつかり、思いきり顔をしかめていたら、逃げてきた方角からダリウスが私を呼ぶ声が――。

予定より追い付かれるのが早いわ。ダリウスったらいつの間にそんなに足が速くなったの？　こんな時でもなかったら惚れ直してしまいそうよ。

慌てる私の様子に最悪な人物は溜息を一つ、すぐ傍にある柱の陰を指差してそこに隠れるように指示した。

「おや、どうしました？　何かお急ぎのようですが」

……結果的に言って、弱っていたからという理由だけで素直に指示に従った私が馬鹿でしたわね。

ここからでは顔が見えないけれど、どうせいつもの胡散臭い微笑みを浮かべているであろう、冷たい声音でそうダリウスに告げるクリス様。

突然頼んでおいて何ですけれど、せめてもう少し心を込めて言いなさいよと柱の陰で息を殺してそう詰《なじ》った。

僅かに乱れた息を整えるダリウスが、一度眼鏡を外して額にかかった前髪を煩わしそうにかき上げる。珍しく見せた男性的な表情に、もう少し近くに寄って見たいという欲求が沸き起こった。

昔は丸みを帯びていた子供の額は、スッと角ばった大人の男性の額になっている。そういえばキスをする時に余程のナルシストでもなければ、わざわざ前髪を上げたりしないものね？

今なら長兄のリカルド様みたいにオールバックにしたら、意外と似合うのではないかしら。骨格が似ているから割といけそうだわ。

「……そうですか……お見苦しいところを見せてしまって、すみませんでした」

私が現実逃避をしている間に、クリス様とダリウスの間で簡単なやり取りは済んでしまったのか、ダリウスは上位の相手に対する礼を取ってあっさり引き下がってしまうところだった。

あまりに素直に引き下がってしまう彼を見て、自業自得とはいえほんのちょっとだけ寂しいけれど、これでもう隠れていなくてもいいわね。私がダリウスが立ち去る靴音を頼りに柱の陰から出ようと気配を探っていると――ふと何を思ったのか、クリス様が喉の奥で笑って、言った。

「いいえ。後から貴男《あなた》が追いかけて来ると知っていたら、ボクも泣いている彼女を呼び止めておけばよかったですね。彼女には嫌われているので、一瞬声をかけるのを躊躇ってしまった」

その言葉にせっかく踵を返して立ち去ろうとしていたダリウスが、ふと動きを止めた。

「何故彼女が泣いていたのかなどは、ボクにとってはさして興味のあることではありません。けれど今日の昼食時にカフェテリアであれだけ見事な啖呵を切っておきながら、泣いて帰ってくるのは少々意外ではありましたが」

余計なことを語り出しそうな雰囲気に身を硬くする。

これはもしかしなくとも――この間のカフェオレの仕返しをここでするつもりなのね？　どこまで陰険な男なの……!!

そんな男の手を借りようとした愚かな自分に対する怒りに震えていると、両者は再び向かい合った姿勢に戻ってこの場での話し合いを続行することにしたようだわ。

「もしよろしければですが、イザベラがその時なんと言っていたのか、お聞かせ願えませんか？」

「別にそれは構いませんが……先に、この間のボクに対する非礼を詫びてもらえますか？」

はぁ？　この上いったい何を言っているのこの人？　あれはどう考えてもそちらが悪かったでしょう!?

ダリウスも絶対に謝らないで――、

「そういうことでしたら分かりました。僕はどうすれば？　この場で膝をつけば良いですか？」

そう言うや否や、すでに膝をつく体勢に入りかかっているダリウスを制止するために飛び出そうとした私の視界の中で、信じられないことが起こる。

ダリウスが膝をついたのを確認したクリス様が、同じく床に膝をついてダリウスと向かい合った。そうして床と同じくらい冷たい声で「……この時期の床は冷たいですね……」と言って身を竦《すく》める。

私は思わず柱の陰にしゃがみこんでその背中を凝視してしまったけれど、今や視線の高さが同じくらいになってしまったダリウスに見つかる危険性が出てしまうから、気になるもののジッと身を隠して息を殺す。

柱の陰で聞き耳を立てていると「お先にどうぞ？」と皮肉っぽいクリス様の声が聞こえ、それに対して「先日は身の丈に合わない無礼を働いてしまい、誠に申し訳ございませんでした」と凛としたダリウスの声が続く。

私のせいなのだから謝らないでと思う反面、私のためにそこまでしてくれる彼の心が嬉しい気持ちがない交ぜになって胸の中で暴れ回る。忘れかけていた涙が込み上げてきて鼻の奥がツンとするわ。

そこで一度言葉が途切れ、柱の陰から少しだけそちらを窺うと、頭を深く下げているダリウスが見えた。それを見た途端心臓が痛いほど暴れて、止めてと叫びたくなる。

クリス様はジッとダリウスの下げたままの頭を見ていたかと思うと、肩にかかった髪がサラリと揺れて、小さく頷いたように見えた。実際「もう良いですよ」と声をかけ、私はダリウスが頭を上げる前に柱の陰に身を潜める。

そこから再び耳を傾けると「な、お止め下さいダングドール様！　僕のような家格の人間にそんな――、」と狼狽《ろうばい》したダリウスの声。あんまりその声に焦りが含まれているものだから、何が起こったのか気になった私はほんの少しだけ柱の陰から顔を出した。

――するとそこにはさっきのダリウスと同じように、頭を深く下げているクリス様の姿があって……頭を下げられているダリウスは動揺しているせいでこちらに気付かない。

時間としては五秒か十秒程度のことだったのに、私と……恐らくダリウスの中でのクリス様に対する評価が少しだけ変わった。

「さぁ、これであの日の出来事は清算出来ましたね？　あれ以来メリッサ嬢と昼食が出来ないとアルバートが煩《うるさ》いのですよ。貴男から明日の昼食時にはアルバートと一緒に食事をとってやるように、メリッサ嬢に言っておいて下さい。頷いて下さるなら、イザベラ嬢の啖呵の内容もお教えしますよ」

そう言うと先に優雅に立ち上がったクリス様は、ダリウスが頷いたのを確認すると、立ち上がるように促す。

そしてクリス様はややわざとらしく咳払《せきばら》いを一つすると、舞台に立つ役者のような動きを交えて今日の昼食時に私が言い放った内容を語る。事細かに詳細を語るクリス様の背に殺意を投げかけていると、それを聞いていたダリウスの顔がどんどん赤くなっていった。

……お、怒っているのではないわよね？　違うわよね？

あとあんなに真っ赤になったダリウスを、真正面から見ているのが私ではないのが歯痒《はがゆ》い。

私の中でのクリス様の評価が再び下がりそうだわ。

すっかり拗ねた気分で二人のやり取りを最後まで見ていた。けれど、クリス様の話を聞き終えたダリウスの視線が一瞬だけ、私の隠れている柱の方に向けられた。

私は慌てて少しだけ覗かせていた顔を引っ込めて、柱の陰に同化しそうなほど密着する。

そっと今度は大人しく耳だけで様子を窺えば「おや、物陰に何かいましたか？」と含みのあるクリス様の声がして。

継いで「僕は黒猫が好きなんですよ。だからどんなところに隠れていても気配で分かるんです」とダリウスの笑みの混じった声が聞こえる。

……校内で黒猫なんて見たことがないけれど……ダリウスがああ言うくらいなのだからどこか近くにいるのかしら？　キョロキョロと周囲を見回してみても、猫の気配なんてどこにもないわね？

一人で首を傾げている私の耳に「今日は怖がらせてしまいそうですから、また明日にでも構わせてくれるといいのですが」とダリウスの声が届いて。

交代に「さぁ、どうでしょうね？　猫は気紛《きまぐ》れですから」と少しだけ温かみのあるクリス様の声が聞こえた。

「それでは」という言葉を最後に、今度こそ立ち去るダリウスの靴音が聞こえなくなるまで柱の陰でジッと隠れていた私に、クリス様が「もう出て来て良いですよ」と声をかけて下さる。

恐る恐る柱の陰から姿を現した私に向かって、クリス様が廊下に掲げられた明かりを指差す。

その意味が分からず首を傾げる私に向かい、溜息を吐いたクリス様は今度は足許の影を指差した。

まだ春には届かない冬の日差しは影を濃く残すには至らないけれど、夕闇が近付く校内に明々と灯された魔法光では――。

私はいつの間にか灯されていた魔法光の明かりに気付かないまま、柱の陰に隠れられているつもりでいた。その、つもりで、いた、けれど……。

「今日のように一度隠れてやり過ごしてしまうと、次に顔を合わせるのは気まずいでしょうが……明日から頑張って下さいね？」

そう呆然としている私の肩をポンと叩き、とても良い微笑みを残してクリス様も立ち去った。

私は一人取り残された廊下の柱に寄りかかりながら、長く伸びた自分の影を見つめて悶絶したわ……。

□□□

クリス様のような、本来なら僕が一生関わることのなさそうな上級貴族まで巻き込んだ、あの放課後の追いかけっこからすでに三日が過ぎた。

しかしまさか、クリス様ほどの上級貴族に頭まで下げてもらう大事になるとは思ってもみなかったなぁ……。本来高位の貴族が平民に毛が生えた程度の下級貴族に頭を下げるなんて、あってはいけない。

下手をすればクリス様は家督を継ぐ器になしと放逐されるか、代わりに彼の世話役が現・家長――この場合は宰相に殺されるかもしれない危険な行為だ。高位貴族のああいう狂った風習はどうにかならないものだろうか？

クリス様には悪いけれど、上級貴族社会の敬意の表し方は田舎者の僕には荷が重すぎる。はっきり言って怖い。

――……本当にあの場に誰も居合わさないで良かった。王都は面倒な悪習がまだ生きている分、田舎で自然を相手にするのとはまた違った苦労があって胃が保《も》たないよ。

けれど今何よりの問題は申し訳ないけれどそこじゃない。

まだイザベラの誤解を解けていないのが最大の問題なんだよ……！

何故解けないままかといえば、イザベラがあの放課後の話をしようとする僕から逃げ回っているからなんだけれど。まさか放課後まで逃げられるようになるなんて大誤算だ。

これが少し前までなら逃げる僕を追うイザベラだったのに。この三日間で今までと全く逆の立場になってしまったなぁ――。

イザベラの気配は近くに感じるんだけれど、肝心の姿を現してくれないのだ。それが気になってこの三日間は講義を受ける時も少し身が入らない。

聴講生仲間も僕がぼんやりしているのが気になるのか、やたらと食べ物を差し入れてくれる。

そんなに餌付けされても……僕は皆から見てどんな食いしん坊キャラなんだ。

今日も午前中に養蜂をやっている聴講生仲間から、彼の奥さんお手製の胡桃《くるみ》と蜂蜜のナッツクッキーをもらってしまった。聴講生は歳も性別もバラバラだから結婚している人も少なくない。

さっきからもらったナッツクッキーが紙袋の中でふんわり甘く香って、朝食を食べたはずの胃袋を刺激してくる。

でも講堂の中で食べるわけにはいかないので、今は次の受講枠まで暇があるから、一度カフェテリアでコーヒーでも飲みながら頂こうかと思って移動しているところだ。

この広い校内もあと二十日くらいしかいられないので、目に焼き付けるように心持ちゆっくりと歩く。

辿り着いたカフェテリアは、まだ時間も早いのでほぼ次の枠を待つ聴講生しかいなかった。それもチラホラいるなという程度で、基本的にガランとしている。

僕は注文したコーヒーを片手に、何となくいつもイザベラが昼食をとっている席に座ってみた。そこからぐるりと見渡すと、カフェテリアのほぼ全席が見える。柱の陰まで見える見通しの良さは凄い。

しかも人で溢れる昼食時にこの席の周辺に人が座れば、ここは周辺から全く見えなくなるのか。後ろにとられた大きな窓ガラスに触れてみると、ほんのりと温かくて、こんな部分にも魔法が取り込まれているのだと感心する。

よくよく見れば外気温との差があるはずなのに曇っていない。小さい子は絵が描けなくてつまらないだろうけど、大人や老人にはありがたい設計だ。

「あぁ……夏の暑さも冬の寒さも関係ないのか。こういう技術欲しいなぁ」

ぺたぺたと窓に触れながら思わず声に出してしまった僕の耳に、ふと近くから誰かが小さく笑う気配がした。

僕はまだ通常の学生は講義を受けている時間だと頭では理解出来たのに、勢い込んでその気配がした方向を振り返る。

するとそこには、いつもはぼんやりしている僕の思いがけない勢いに驚いたビオラさんが立っていた。失礼にも溜息が出てしまった僕に、ビオラさんは「あ～……待ち人と違ってごめんなさい」と眉を下げる。

一瞬、ある意味三日前の勘違い事件の関係者であるビオラさんを同じ席に呼んで良いものか考えたものの、彼女に非はなかったし、この場で呼ばないのも何だかおかしいかなぁ……？

そもそも彼女はイザベラがその……ヤキモチを（妬いてくれたと思って良いんだよね？）感じるような相手ではない。むしろそんな勘違いをしていたら怒られると思う。

ちらりとビオラさんの手にしたトレイに視線を移せば、丁度彼女も早めの昼食か、遅めの朝食をとりに来たみたいだ。席はどこもまだガラガラだけれど、一人で食事をするのは味気ないと思ったのかもしれない。

そこでまで考えてから、一応「もしよろしければご一緒しませんか?」と声をかける。ビオラさんが頷いたのを確認してから、礼儀として彼女のかける椅子を引く。

けれど僕の引いた椅子に照れくさそうにかけようとしたビオラさんが、僕がさっきまで見ていた大きな窓ガラス越しに何かに気付いたようで、一瞬全ての動きを止めてある一点に視線を集中させている。

ちなみにこのカフェテリアは校舎の棟によっては、窓越しにここにいる生徒の姿が見えるので、昼食時には待ち合わせがしやすい――……。

「ねぇ、あそこに見えるのってもしかして――……」

「どこの講堂のある棟ですか!?」

僕は非礼とは思いつつ、まだ言葉を続けようとしているビオラさんの声を遮り強引に割り込むと、察したビオラさんが「選択授業の棟は、えっと……技能の座学を受けてる講堂の真上よ!」と慌てて教えてくれるけれど……。

あぁもう、よりにもよってさっき僕がいた講堂の真上じゃないか!

自分のタイミングの悪さに何てことだと頭を抱えそうになるも、ビオラさんに短く礼を述べて踵を返す。

今はまだ一般生徒は受講中だけれど、イザベラの手紙の内容に照らし合わせるなら、選択授業はイザベラが最も抜け出しやすい講義だ。気分が悪いとでも言えばあっさり休講になってしまうかもしれない。

ここでイザベラに勘違いされたまま逃げられてはもう、僕が王都にいる間に誤解を解けなくなってしまう！

焦ってカフェテリアの席の間を縫いながら走る僕の背に「忘れ物ぉ！」と、ビオラさんの困ったような声が追いかけて来るけれど、僕はその声に振り返りもせずに叫ぶ。

「ご迷惑でなかったら、お子さんにでも持って帰ってあげて下さい！」

あぁ――……すみませんビオラさん。イザベラの誤解がとけたら、必ずこの埋め合わせをしますから。

□□□

途中階段を二段飛ばしで駆け上がったお陰で心臓と脇腹が千切れそうに痛むけれど、何とか講義終了の鐘が鳴る前に選択授業の講堂前に辿り着くことが出来た。

問題はこの中にイザベラがまだいてくれるかどうかなんだけれど……。真面目な婚約者のことを信じてその場で講義終了の鐘を待つ間、上がりきった息を整える。

まだ寒い季節だとはいえ、校内は基本的に魔法で適温を保たれているから汗だくだ。イザベラに会うのに汗臭いだなんて最悪だけど……今はそんなことを気にしている場合じゃない。

僕は仕方なく上級貴族しかいない学園内ではみっともないけれど、上着とベストを脱いで腕にかける。それでもまだ暑いので、シャツの一番上のボタンを外して袖を捲《まく》った。

うぅ、汗が目に入って凄く染みる……！　仕方なく眼鏡も外して手の甲で目を乱暴に拭う。

領地で皆と汗を流すには問題のない格好だけれど、ここではとんでもなく浮いてしまう〝平民〟の格好だ。もしもイザベラ以外の人に見られたら、嘲笑されるのは分かりきっている。

だけどそんなことは僕にとってはどうでもよい。それは僕への嘲笑であってイザベラを傷つけるものではないからだ。

僕にとって最も重要なのは、いつだってイザベラだけで。その彼女を誤解させて悲しませたままでいるくらいなら、いっそそんな自分は死んだ方がマシだと思う。

――呼吸を深く、吸って、吐いて。丁度呼吸が整った頃に鳴り出した講義終了の鐘の音に、せっかく落ち着いていた鼓動が速まる。

鐘が鳴り止むまであと、――さん、――に、――いち。

目の前で勢い良く開いた扉の向こうに現れた、僕の真面目な婚約者。その名前を呼ぶ前に、驚いた彼女が逃げ出してしまわないうちにと、僕はすかさず手を伸ばしてイザベラの身体を引き寄せた。

瞬間視界が紫紺の波に覆われて、小さく悲鳴を上げたイザベラが腕の中に収まった気配がす

る。眼鏡を外したままでも分かるイザベラの感触に心底安堵した僕は、思わず〝情けなく〟その耳許に懇願した。

「……ごめん、イザベラ。もう少しだけ、このままで」

手紙でなら一週間だって待てたのに、見える範囲だと三日避けられるだけで驚くくらい心が弱る。

〝どうせ来年には会える〟

〝領地に戻ればずっと一緒だ〟

〝だからこの王都の学園にいる間くらい会えなくても大丈夫〟

そんな考えがこの一瞬で呆気《あっけ》なく霧散してしまうくらい、僕はイザベラが大好きらしい。

だから腕の中で小さく頷いてくれたイザベラも、どうか同じ気持ちでいてくれますように。

□□□

「ね～、だから言ったでしょう？　男女間の恋の駆け引きだったらこのアリスさんに任せなさいって！」

そう得意気に言いながら、ビオラさんの店から仕入れた小麦粉を篩《ふるい》にかけるアリスに向かって、私は盛大に溜息を吐きながらも、手にした泡立て器でバターをグリグリとクリーム状になるまでかき混ぜながら不満を口にする。

「それは……結果的に良かったかもしれませんけれど、もしもあそこでダリウスが動いてくれなかったら、私達は夏期休暇までずっと気まずい気持ちで過ごさなければならないところでしたのよ？」

あの思い出せば色々と恥ずかしくも素晴らしいときめきの事件から、早いものでもう二週間。

ダリウスは事件後も昼食を一緒にとることはない代わりに、放課後だけでなく自由選択授業の時も同じ講義を受けてくれるようになった。一週間に三回だけしかないこの貴重な講義だけは、隣に座って二人で辺境領の将来について意見を述べ合える。

それだけでなくダリウスは辺境領経営で培った経験と、その柔軟な発想力を見込まれて、私とアリス達の共同で研究を進めている専攻授業にも出席を許された。

先生なんてダリウスをすっかり気に入って、私達が魔法石に魔力を込める間中、ずっと使用出来そうな案を聞き出してはメモを取っては、何度も滞在期間を延ばしてはどうかと提案していたわ。

けれどダリウスは淡く笑ってその申し出を『辺境領でやるべきことがまだありますので』と辞退し『自分のような若輩者に声をかけて頂いて本当にありがとうございました』と礼を述べた。

辺境領とはいえ貴族であるのにその物腰の低さと穏やかさに、先生も感心していたわね。

あぁ、それと、ハロルド様の謝罪は見ものだったわ。脳筋の方ってどうしてああも直情径行なのかしら？

『おぅ……あんたの人格を誤解して悪かった。てっきりあんた〝も〟女を使って中央に乗り出す気の、腐った田舎貴族だと思ってたんだ。ホントにあんな人の多い場所で気の悪《わり》ぃ思いさせちまって――スマンッッッ!!!』

そう勢い良くきっちり直角に身体を折って謝るだなんて、貴族らしくなくてみっともない……なんてはず、ないわ。珍しくアリスの指示ではなかったらしくて、彼女も目を真ん丸にしていた。

クリス様はそれを見て『ハロルドは謝罪の言葉のレパートリーが少ないですね』などと自分を棚上げにしていらっしゃったけれど、まぁ良いですわ。

――そうして徐々に周囲に溶け込んでいったダリウスの滞在期間も、残すところあと四日となった今日。

私とアリスとメリッサ様の三人は今、アリスが平民の頃からよく出入りしていた小さな教会の台所を借りている。

辺境領ではともかく、王都の方ではどれだけ下級貴族であったとしても、貴族の娘が台所に立ち入ることは下品だと推奨されていなかった。

聞けばアリスは父親である男爵が迎えにくるまでの数年をここで過ごしたそうで、彼女にとっては男爵家よりも居心地が良いのだろう。

今でも月に何度かはここでお菓子や食事を振る舞うそうで、丁度明日はダリウスの十七歳の誕生日なのに、本以外の贈り物を用意していないと相談したら「故郷では自分で料理もしてたんだよね？　だったらわたしの隣で簡単なケーキでも焼けば良いじゃない？」と誘ってくれたのだ。

……別に最初からそう誘ってくれるかもと期待していたわけでは、なくてよ？

「だーかーらー、絶対動くと思ったから逃げ回るように言ったんじゃない。それに一日目はわたしの指示がなくたって、前日の追いかけっこが恥ずかしいから勝手に逃げ回ってたでしょ？」

「あ、あなたねぇ……！　そうよ、元はと言えばあなたがビオラさんが結婚していて、お子さんもいるのを黙っていたから今回みたいな騒ぎに発展したのですわよ？　それをよくもそんな人事《ひとごと》みたいに――」

私がやや興奮気味に、泡立て器に入り込んだバターを木ベラで掻きだしながらアリスを責める。――と、それまで「え～？　そうだっけ」などと笑っていたアリスが、急にこちらを向いて真顔になった。

あら、真面目にこちらの不満を聞く気になったのかしら？　そう思って再度口を開きかけた時……。

「は、ちょ、何やってるんですかメリッサ様！　わたしタマゴは殻を半分に割ってから、その殻を使って卵黄と卵白に分けてって言いましたよね⁉」

アリスの慌てた声と表情に否応なく背後で何が起こっているか悟った私も、慌てて振り返る。

けれど振り返ってからその惨状に思わず目を瞑ってしまったわ。

流石はこのメンバーの中で唯一深窓のご令嬢と呼べるメリッサ様。

……王都貴族の鑑《かがみ》でいらっしゃるわね。

ただ、目を瞑ったところでその惨状がどうなることもないのは分かり切っているので、私は恐る恐る目蓋を開く。

「えぇと、その……お二人は本当にお料理がお上手でいらっしゃるのねぇ？」

メリッサ様にしては珍しく白々しく伸ばされた語尾。その周りには、ボウルの周辺に飛び散ったタマゴの卵黄と卵白。ああも粉々になった殻からだと、正確な個数の確認が出来ないわね。

「あーもー……勿体ないですよ？　ここまで失敗する前に声をかけてくれたら良いのに」

そう言いながら布巾とゴミ箱を取ってこようとするアリスと、しょんぼりとうなだれるメリッサ様の間に挟まれた私は二人を制し、タマゴの残骸と飛び散った卵液を綺麗なボウルにゴムベラを使って流し込んでから、それを目の細かい布を敷いたザルで漉《こ》す。

「お二人共いきなり捨てる発想に飛躍せずに、少しは頭をお使いになって下さる？　こうすれば緩めのプリンくらいなら作れましてよ？」

苦笑しながら小鍋で牛乳を温める私の隣で、二人が素直に頷くのは何だか可愛らしいですわね。けれど、そう思った直後にアリスが「発想の飛躍度合いで言うなら、ビオラさんの出現で婚約者君の不貞を疑ったイザベラも凄いよね」と人の恥の傷口を広げてきたのは論外ですわ。

こんな風に歳の近い友人達と賑やかにお菓子作りをする機会なんて、辺境領では考えられなかった。王都にいられるのも卒業までのあと少しの時間だと思えば、この時間はかけがえのないものに感じられて。

その後もメリッサ様がチョコレートを直火にかけようとしたり、プリンに使用するカラメルを鍋と同化させてしまったりと、主に後片付けがメインになってしまったお菓子作りの時間は、それでも楽しく過ぎていった。

——翌日。

アリスが教会の子供達のために、大量に焼いたマドレーヌの余りをハロルド様へ。

一番の料理音痴ぶりを発揮したメリッサ様が焼いた型抜きクッキー……のようなもの（？）をアルバート様へ。

私が焼いたチョコレートケーキをダリウスが受け取って、楽しいお茶会とダリウスの誕生祝いの席を設ける。

アリスがクリス様にもマドレーヌを勧めたところ「ハロルドに恨まれるのは面倒ですし、婚約者が最近お菓子作りにはまっていましてね」と彼にしては珍しく苦い表情をしていた。

アルバート様とハロルド様にそのことを訊ねると、何でもクリス様の小さな婚約者は、どこからか仕入れた〝男心は胃袋にある〟という情報を鵜呑みにして連日のように歪な形のお菓子を持って来てくれるのだとか。

クリス様も「上流階級の子女が使用人の真似事など」と文句を言いつつも、毎回全部食べてあげているらしい。何だか少し意外だわ。

同年代の友人と騒ぐことはその場にいる誰よりもダリウスにとって新鮮なことだったようで、私は終始領地で見る表情とはまた違った微笑みを浮かべるダリウスから目が離せなかった。

クッキーのようなもの（？）を食べて青い顔をしているアルバート様に水を差し出したダリウスに向かい、アルバート様が「人が弱っているところを見てはしゃぎすぎだぞ？」と恨めしそうな目を向けているのを聞いて、納得したわ。

歳頃らしく〝はしゃぐ〟ダリウスを、婚約者であるはずの私は見たことがなかったのね？

ほんの少しだけ気になって、私といるとはしゃげないの？　と訊いてみたら、ダリウスは苦笑しながら「ベラの前では格好つけたいからなぁ」と言ってくれたわ。そう言ってくれて、そう想ってくれて、嬉しかった。

でもね、ダリウス。

私はあなたを支えたいわ。

あなたと同じ場所で笑いたいの。

けれどそんなことを皆の前で口にするのは恥ずかしすぎるから、その場では微笑みを返すだけにして黙っておいたわ。

そうして、今までで一番賑やかで歳に見合ったはしゃぎ方をしたダリウスは、誕生日の二日後に辺境領へと戻って行った。

ダリウスがいなくなった学園は以前よりもガランとして感じたけれど、それもあと九ヶ月を乗り切ればずっと一緒にいられるのだから。

一週間後に届いた花はピンク色のスイートピー。仄《ほの》かに漂う甘い香りが春の訪れを感じたわ。

その後もいつものように春の花が贈られてきたのだけれど……緑の色が一層鮮やかになる初夏の頃から、ダリウスから届く花が少し元気がなくなってきた気がするのは気のせいかしら？

五月も後半になると重苦しく垂れ込める雨雲が空を覆う日が続き、細く降る雨は勢いこそ弱いものの途切れることなく連日のように降り続いた。

「何だか嫌な雨ですわね……」

平年の雨とはどこか違う空気に、皆で昼食をとる学園のカフェテリアの窓から見える空に胸騒ぎを感じていたその翌週——。

〝少し忙しくなったから、しばらく花を送れない。だけど心配しないで〟

そう一文が綴られたカードとバラのポプリを最後に、ダリウスからの手紙は途切れた。

＊幕間＊あの香りの正体は。　＊ハロルド＊

「このマドレーヌわたしの手作りなんですけれど……ハロルド様、もしご迷惑でなければ、受け取って下さいませんか？」

そうほんのりと頬を染めたアリスによってオレの目の前に差し出された、綺麗なキツネ色のマドレーヌ。ふんわりと焦がしバターの香りがオレの鼻をくすぐった。

あぁ、やっぱりこの匂いは……間違いない。三年前にもかいだことのあるこの香りをした食べ物の正体を、オレはずっと探していた。この香りがする食べ物と、目の前で小首を傾げて微笑むアリスを。

オレは馬鹿だから分からねぇけど……完璧な所作とどんな時でも崩れないこの笑顔を、どれだけ努力して身につけたんだろうな？

らしくもなくちょっと感動して、マドレーヌを受け取る時についまじまじと眺めちまったら、アリスの頭越しに目が合ったクリスの唇が《馬鹿。見すぎだ》と動いた。

慌てて自分の人相の悪さを思い出し、短い礼を言ってアリスの手から小さなマドレーヌを受け取ると、アリスは「受け取って下さって良かったです」とはにかんだ。

その飾り気のない素朴な笑顔を、ずっと正面から見てみたかったオレは、一瞬その破壊力に危うく手にしたマドレーヌを取り落とすところだった。

アリスはそれに気付かずに、今度はクリスの方へとマドレーヌを持って行くが、クリスは差し出されたマドレーヌとアリスとオレを一連の動作でサッと確認すると「ハロルドに恨まれるのは面倒ですし、婚約者が最近お菓子作りにはまっていましてね」と苦い表情で断りやがる。

オレが〝勝手に妙な気遣いするな〟と視線で噛み付くと、それを見たクリスが薄い唇を少しだけ上げる。これはこの間あいつの婚約者に余計なことを教えたのがオレだってバレたか？

でも仕方ねぇだろ。オレは毎回この強面《こわもて》にめげずに、おまえの情報収集をしようと頼ってくるガキを泣かす趣味はねぇんだ。むしろオレの方がおまえの婚約者とよく喋ってるくらいだろうが……！

と、いうような感情を視線に込めてクリスに向けるが、あの野郎、涼しい顔してアリスに「代わりに紅茶をお願いしても？」と頼んでいやがる。女慣れしてる奴はああやってすぐに方向修正をはかれて羨ましいもんだぜ。

紅茶を頼まれたアリスが頷くと、肩口で切り揃えられたダークブラウンの癖のない髪がサラリと揺れた。

オレはそれを見ながら、ふとアリスを初めて見た日のことを思い出す。

確か三年前はまだ男みたいなショートカットだったってのに……まさかたったの三年程度でこうも化けるとは意外すぎだろうが。そのせいで学園で声をかけられるまでずっと気付かなかったぞ。

あの日は城勤め中のクソ親父が、珍しく久々に直々に稽古をつけてやるだとかで呼び出されたんだが——行ってみたらただの見合い話。

そういう話が追々出るのは頭じゃ理解してても、当時のオレには顔も声も知らねぇ相手と結婚しろと言われても今いちピンと来なかった。

オレがおかしいのかと思ってクリスに訊いても『結婚は契約です。所詮は家同士の繋がりですからね』と呆れられるし、アルバートの奴は今と違ってメリッサ嬢とは冷戦状態。クリスみたいに割り切れなかった失敗例が幼なじみの一人にいるオレには、相手として選ばれる娘も可哀想だと思った。

一応この国の騎士団長を代々輩出しているクライスラー家は、元を辿れば大昔戦場で傭兵《ようへい》から成り上がったノラの血筋だ。そのせいか未だに貴族でない相手との婚姻もする。

血筋に拘《こだわ》らねぇのは現・当主のクソ親父にしたってそうで、お袋はオレに自分のことを多くは話さないが、要はそういうことだろう。

ただ、だからといって家族仲が悪いかといえばそうでもなくて、むしろ普通に良い。この場合大事なのは身分でも出自でもなく、クリスの奴には鼻で嗤われたが……オレは〝愛してる〟かどうかだと思ってる。

お袋がいつも『アタシの出自でアンタが悪く言われたらごめんね。でもどうしてもあの人との子供が欲しかったのさ』と笑って言いやがるから、オレもそうそう気にしねぇ。

けどクリスやアルバートみたいな、根っからの上流階級の奴等は立場が全然違うだろうとも理解はしてる。

まぁともかく――……あの日つまんねぇ騙《だま》し討ちをされたオレはかなり苛つきつつも、普段のように屋敷に戻るついでに、裏通りやらの治安を確認しながら帰宅するところだった。

当時は騎士団見習いとして出入りさせてもらってたオレは、ガタイに恵まれていたので同年代の見習いは当然のこと、正規の騎士団員の中でも技量の優れた古参以外に敵う奴はいなかった。だから街に出るのも基本は自由。

うちの家訓とも言えねぇ決まり事は〝家の迷惑になるようなことをしない〟ことと〝他人に迷惑をかけない〟こと。そして最後に〝どんな負け戦であろうとも国のために戦って死ぬこと〟だけの簡単な三箇条を守れば、大抵のことは許されたしな。

当時幼なじみ二人と連《つる》めない日は、城での訓練の帰りによく治安維持紛いのことをしていたオレにも好んで通る道があった。それがこのマドレーヌの香りが漂ってくる小さな教会のある通りだ。

好物は多いが甘い辛《から》いに特に拘りはなかったオレにとって、素朴なバターの甘い香りがする教会の通りは魅力的だった。

おまけにその教会は小さいながらもいつも子供の楽しげな声が絶えず、たまに見かける責任者も優しそうな初老の女性で、たとえ本物ではなくともきちんとした家族だ。

そういうところも含めて気に入ってる道だったんだが――その日はいつもと違い教会の表で取っ組み合いの大喧嘩《おおげんか》をする子供達と、オロオロと仲裁するシスターらしき初老の女性の姿があった。

しばらく様子を見てたものの、力が拮抗《きっこう》しているのか終わる気配がしない。かと言って部外者のオレが下手に手を出したら後でまた揉める。けど流石に五分待っても決着がつかねぇとなると、これ以上は見ているだけ無駄だと思って止めに入ろうとしたんだが――。

『あははは!! アンタ達馬っ鹿じゃないの～? せっかく姉ちゃんが沢山お菓子焼いてあげたのに、何で一個も食べないうちから揉めてるの? 食べちゃったらまた焼いてあげるじゃん』

そう言うが早いか突然その場に現れた、どう見ても華奢な男にしか見えない〝姉ちゃん〟は、摑み合いの喧嘩をしていた子供二人の脳天に流れるように拳骨《げんこつ》を落として、泣き出そうと開けた二人の口に何かを突っ込んだ。

そのまま反射的に口の中のものを咀嚼し始めた二人の子供達が、だんだんと笑顔になっていくのを見て、口に突っ込まれたのがこの喧嘩の原因となった匂いの正体なのだと知る。

そんなに美味《うま》いのかと気になる一方でオレが目を惹かれたのは、貴族の女とは違って顔いっぱいに笑みを浮かべるショートカットの少女だった。

少女はそのまま他の二人を引きずるように中で心配していた子供達の元へ連れ戻り、初老の女性を労るようにして迎え入れるとドアを閉じる。その直後にまた弾かれたような笑い声が辺りに響いて……。その日からオレの中では甘い香りと少女はセットになった。

そんな一件があってから前より気に入った道になったそこは、けれど半年ほど通ううちにあの甘い香りと〝姉ちゃん〟を見かけることはなくなる。

何となく気になったオレが責任者の女性に訊ねると〝姉ちゃん〟は本当の家族が引き取りに来たとだけ嬉しそうに教えてくれて、当時は胸に穴が空いたような気分になった自分が後ろめたく感じたもんだ。

その後、何度か足を運んだところであの甘い香りと〝姉ちゃん〟を見ることはなくなり、オレも幼なじみ二人の付き合いで学園に途中から通うことになっちまったから、あの日の話はもう終わったものだと思うことにした。

――なのに今、オレの掌にはあの日の喧嘩を止めた、甘い香りの焼き菓子がある。

不意に視線を感じて掌の焼き菓子から顔を上げれば、それを合図にしたみてぇにクリスとアルバートが近寄って来た。

「それで？　記憶の中の香りのお菓子を手に入れた気分はどうです？」

あの日のことをこの二人に話したことは一度もないのに、クリスはさも当然のようにそれを言い当てた。一瞬驚いたオレの隣で、逆に驚いた表情になったアルバートが呆れたようにクリスの言葉を引き継ぐ。

「お前はいつもあれだけ甘い香りをつけて帰ってきていたのに、自分で気付いてなかったのか？」

「やれやれ、香りが身体に染み着くまで佇んでいるのが騎士団長の子息で、その上無自覚とはいえストーカー行為とは……世も末ですね」

あからさまに煽ってくる幼なじみ二人に挟まれたオレは、内心〝お前等も大概だろうが〟と感じつつ、掌にあるキツネ色のマドレーヌを一口齧る。

口の中でホロリと解れたマドレーヌからは香ばしいバターと、あの日の記憶の味がした。

第五章

王都の学園でイザベラ達と夢のような一月の学生生活を終え、四月の二週目に領地に戻ってからはいつにも増して意欲的に花の手入れに打ち込み、イザベラに贈る花を世話する傍ら、以前と同じように早く起きて領内の畑の世話を手伝う毎日。

今年は小麦の成長も良く、収穫高が見込まれて領民の意欲も高い。そこへ例年より少し早く五月から降り出した雨は、最初のうちこそ乾き気味だった土地をささやかに潤す恵みの雨だった。しかしそれはすぐに文字通り雲行きの怪しい状態となり、現在はもう六月の下旬だというのに、依然として三日とすっきりした天気が続かないまま収穫期に向けて日にちだけが過ぎていく。

「――あぁ、ダリウス、お前も戻っていたのか」

応接室でぼんやりと雨で濡れた髪を拭いながら外を眺めていた僕の背中に、同じく領内の畑の被害確認から戻ったリカルド兄上が声をかけてきた。

「えぇ、ついさっきですけどね。あっちの畑はどうでしたか？」

「駄目だな……向こうの畑も株の分《ぶん》げつが多いし、穂も短い。恐らくあそこ一帯も罹病《りびょう》しているだろうな」

「――そう、ですか」

長雨は収穫期を待つだけとなっていた小麦に病気を引き起こして、今もその被害はジワジワと広がりつつある。

僕が思わず気落ちした声でそう応じると、雨でじっとりと濡れた上着を脱いだリカルド兄上が少し笑う。

兄弟の中では一番母上に似てキツめではあるけれど、華やかな顔立ちをしたリカルド兄上が笑うことは珍しい。気難しいわけではないものの、一回り歳の違うリカルド兄上と話すのは、次兄のオズワルト兄上より難しかった。

単に流行っていた遊びや本に年代差があって純粋に話題が合わないのだ。次兄のオズワルト兄上とリカルド兄上は七歳差、僕とオズワルト兄上とは五歳差で、意外と兄弟の歳がばらけている。

これは辺境領の下級貴族には珍しくもないけれど、純粋に間に飢饉や干ばつがあったりして食糧難に陥る年があるので、自然と食糧の潤沢な年に子供が出来るからだ。

イザベラのところも似た感じで、領地が近いからあっちの姉妹もうちと同じ年の差だったと思う。ご近所情勢が知られる田舎あるあるなので、年頃になって気づくと恥ずかしい。

とはいえ、こんな時だというのに何を笑っているのかという顔をしていたらしく、兄上は「何だ、生意気な弟だな」とまた笑った。

小麦の収穫期に雨が降ると穂からすぐに発芽して、商品価値をなくす。だからこの時期の長雨は農民の心を酷くざわつかせるのだ。

「……おい、大丈夫かダリウス。本当に顔色が悪いぞ？」

濡れた上着をアルターに預けてタオルを受け取ったリカルド兄上は、僕の顔を見て眉根を寄せるとアルターに向かって「レモン水を持ってきてやってくれ」と指示を出して僕の隣に腰を下ろした。

そのまま手近にあったサイドテーブルの上にあるシガレットケースから細巻きのそれを取り出すと、マッチで火をつけて咥《くわ》える。リカルド兄上はあまり高級ではないそれを一度深く吸い、両の目蓋をきつく閉じたまま苦い煙を細く長く吐き出す。

「それ——義姉上《あね》のために止めたのではなかったのですか？」

「お前がバラさなければ問題ない。そうだろう弟？」

片目だけ目蓋を持ち上げたリカルド兄上は、連日の激務でやつれた顔でそう小さく笑うと、大きな手で僕の頭をくしゃりと撫でた。まるで幼い子供にするような態度なのに、僕はその手の重みに安堵する。

「……心配するな、大丈夫だ。お前が手伝えるようになる前は、もっと頻繁にこんなことがあったんだぞ？　小さかったお前とオズワルトは憶えてないだろうがな。だから——……今回も何とか凌《しの》げる」

「ですが、兄上は随分とお疲れではないですか？　今兄上に何かあれば義姉上に合わせる顔がありません。それに義姉上は出産を控えている身なのに兄上が傍にいなければ不――」

「止さないか、ダリウス」

僕が言い終わる前にリカルド兄上は言葉を割り込ませた。決して強くはないけれど、やんわりと含まれた拒絶の響きに、僕は俯いて唇を噛み締める。

リカルド兄上は僕が黙ったのを確認すると、再び深く煙を吸い込んで宙に吐き出す。その間も頭に載せられたままの手は僕を宥めるように左右に動かされた。

リカルド兄上の妻であるサフィエラ義姉上は、元来身体があまり丈夫ではない。そのせいか折角お腹に宿った小さな命は、これまで二度も消えてしまったことがある。

今回の三度目はこれまでで一番状態が安定していたから、今度こそは、と。家族の誰も口にはしなかったけれど、そう思っていたのだ。

「ダリウス――お前が今なにを考えているか分かるが、大丈夫だ。サフィエラのことはオズワルトの家に世話をしてもらっているんだ。あちらは王都に近い商家だからこの小麦の被害もすぐには出ない。医者もすぐに来る。……ここに置いておくよりずっと安心だ」

――そうじゃない。僕が本当に言いたいことに気づかないふりをして、頭を撫でてくれるリカルド兄上に「僕にもっと、魔力があれば……」と呟いたところで、まるで見計らったように現れたアルターが冷たいレモン水の入ったグラスを二人分置いて出て行った。

　また二人だけになった応接室でレモン水を口にする。スッと爽やかな酸味のある水が喉を滑り落ちて、いくらか気持ちが落ち着いた。

「魔力がまるでない俺にしてみれば、お前は本当に充分良くやってくれている。オズワルトも普段はお調子者だが、今回の天候不順に気付いて手紙でサフィエラを呼び寄せてくれた。魔力もない上に一人で領地の総《すべ》ての面倒を見ることも出来ていない俺には、お前達は自慢で頼りになる弟だ」

「そんなの、兄上と父上が商人と交渉してくれないと足許を見られて高く売れない。リカルド兄上がうちの財政難を救ってくれているんです」

　僕がそう反論すると、苦笑しながら吸い終わった細巻き煙草を灰皿に押し付けたリカルド兄上は、もう一本吸おうかどうかと宙で手を泳がせたあと、結局もう一本を取り出すことはなく、レモン水のグラスを手に取った。

「それに自然に人間の持つ魔力程度でどう抗《あらが》えるわけでもない。それとも、お前はイザベラちゃんに魔力があるから好きなのか？」

「そんなんじゃないよ!!」

「だったら、どうしていつものように花を送ってやらないんだ？　あの子から手紙は届いているんだろう？」

　手にしたレモン水のグラスに視線を落とした僕を見つめるリカルド兄上の視線に、何とか言いわけをしようと言葉を探す。

　けれど次の瞬間、僕が何を言い出すのかを見透かしたように、リカルド兄上の口から「今回の作物被害はエッフェンヒルド領にも広まっているらしい」と告げられて、自分の肩が跳ね上がるのを感じた。

「……成程、お前の心配ごとはそれか」

　ふぅ、とリカルド兄上が溜息を吐いて空になったレモン水のグラスをサイドテーブルの上に置く。グラスがテーブルに打ち付けられて〝カツン〟という硬質な音が一際高く室内に響いた。

「父上と母上が今エッフェンヒルド領に向かっている頃だが、あちらはまだそこまでの被害は出ていないそうだ。うちもお前の助言で春蒔《ま》きの小麦も少し作ったから、もし今回の件で秋蒔きの来年分の種子が罹病していても無事な種子をかき集めれば今年蒔く分はあるだろう。まあ、とはいえ……それもギリギリだがな。市場に売りに出せる小麦はほとんどない」

　その苦い煙のような言葉にうなだれることしか出来ない。

　婚約者の家の足手まといになる僕との婚姻関係に、いったいどんな意味があるというのだろうか？　もしも僕が婚約解消を申し出たら、今ならまだ王都の学園に籍を置いて魔法の才能もあるイザベラになら、もっと良い縁談が持ち上がるのでは――？

　この一月の間グルグルと頭の中を回る疑問の答えを見つけられず、花の手入れをする時間も取れなくなった。

「やれやれ……しっかり者の末っ子を持つと大変だな」

そう言って最後にくしゃりと頭を撫でたリカルド兄上は「俺は少し休む。お前も余計な心配をしないで少し休めよ」と言い残して応接室を出て行った。

一人その場に取り残された僕は、こんなに長く長兄と話したのは久し振りだと感じながらも、言いようのないやるせなさに深く長い溜息を吐く。

「……情けないなぁ」

ポツリと漏らした僕の弱音に『破棄ですわよ？』というイザベラの声は流石に、王都からは届かない。

□□□

最近自室のドアを開けて真っ先に思うことといえば、王都に出て来てからこんなにも長い期間、コツコツと買い集めた一輪挿しに花が生けられないことなどなかったということかしら？ダリウスが贈ってくれる花だけで生活の温かみを宿していた仮住まいは、今や殺風景に過ぎる白い壁紙が目に痛いほどね。

そんなことをぼんやりと考えながら、淑女のマナー的には褒められないけれど、私は学園から帰宅した制服姿のままでベッドに倒れ込んだ。

私の身体を受け止めたベッドのスプリングが二、三度軋みを上げて、受け止められた私は力なく横たわる。けれど白いシーツに大嫌いな癖の強い紫紺の髪がバラリと広がるものだから、凪《な》いでいたはずの心はそんな些細なことで苛立ち波立った。

——ベッドの上には、今日実家の両親から届いた手紙。

女子寮の入口で寮母さんに声をかけられた時、ほんの少しだけ期待していた自分が浅ましく思えて、手紙の一通も寄越さないダリウスを心の中でとはいえ、初めて本気で詰った。

もう一月以上も前に届いたきりのバラのポプリとあのカード。どうせ書くなら〝心配しないで〟ではなくて〝頼って良いかな〟と書いて欲しかった。

ねぇ、ダリウス。私はあなたの何なのかしら？　もしかして、婚約者だと思っているのは私だけなの？　そんな風にここ最近ずっと胸の中に立ち込める不安を、頭を振って追い払う。

両親からの手紙を読めば、少しでもあちらの様子が……ダリウスの近況が分かるはずだと思うのに、何故だかその封筒に触れることが恐ろしい気がして手が震える。

心を落ち着かせようと右手の中指にはめた指輪に触れるけれど、いつの間にか簡単に回るようになってしまったそれは、私の不安をさらに掻き立てるだけだったわ。

覚悟を決めて深呼吸を一つ。行儀悪くペーパーナイフを使わずに開けて、慣れ親しんだお父様の神経質そうな文字をさっと視線で追う。

けれど読み進めるうちにそのあまりの内容に飛び起きた私は、ベッドの枕を掴み上げ、怒りのままに壁に力一杯叩きつけた。すると中から衝撃に堪えきれず柔らかな羽毛が飛び散り、さながら雪のように舞い散る。

白く視界に映り込む羽毛の雪と、便せんに走るお父様の跳ねの強い文字が、私の心を乱れさせた。

手紙の内容は今度の夏期休暇には帰ってきてはいけないという旨と、その理由である、ここしばらく続いている天候不順で予定していた作物の収穫が見込めず、そのせいで領地の経営が慌ただしいということ。夏の収穫後にそれでも今回の小麦の病気騒動の収拾がつかなかった場合には、その次の冬期休暇の帰宅も難しいことなどが詳細に明記されていたわ。

それだけならば、まだよかった。だというのに便せんの最後に綴られた一文が、私の心を虚ろにさせた。

〝お前はこちらのことは心配せずに、学園でしっかりと学ぶように〟

そんな月並みで、ともすれば突き放されたような一文に、私は思わず唇を戦慄《わなな》かせてぽつりと。

「そんなこと、言われずともやっていますわ。なのに……何ですの？　ここで〝しっかり〟学んだところで……こんな大切な時に当てにもされないなら、一体私は何のために……」

続くはずの言葉は無様な嗚咽に紛れて。

こんなことなら、ねぇ、ダリウス。

私はあなたの傍を離れるのではなかったのかしら？

当然手紙さえ寄越してはくれない彼の心が、辺境領から離れた王都にいる私に分かるはずもなくて。今の私に許されるのは、再びベッドに伏して泣き声を殺すことだけだった。

□□□

「ちょっと……ねぇ、イザベラ。最近ちゃんと眠れてるの？」

「そうですわ、何だか顔色が悪くてよ。婚約者のことが心配なのは分かるけれど、アナタまで体調を崩したりしたら彼も悲しむわ」

手紙を受け取った翌日、いつものカフェテリアでそう心配して言葉をかけてくれる二人の声にも、無言で頷くことしか出来ない。もしも今の気持ちのままに口を開けば、どんな刺々しい言葉が飛び出して彼女達を傷つけるか分からないもの。

せめて心の中で、いつもなら多少煩わしく感じてしまう男性陣が早く合流してくれることを祈るしかないわ。

彼女達の言うように、せめて体調を崩してはいけないという義務感だけで口に運ぶ昼食は、砂を嚙むような味気なさだけを感じていた。美味しいとも不味《まず》いとも感じない食事がこれほど苦痛だとは思わなかったわね……。

「それにしたってさぁ、あの婚約者の——ダリウス君だったっけ？　彼も忙しいのは分かるけ

ど、せめて手紙の一通くらい寄越せばいいのに。ねぇ？」

アリスがそう言ってメリッサ様の方を向けば、メリッサ様も深く頷いて同意の意を示して下さる。二人にしてみれば私を元気づけようとわざとダリウスを悪く言おうという作戦なのでしょうけど……ごめんなさい。それだけはどんな時だって許せませんの。

私はただでさえ惰性でとる苦痛な昼食の最中に、さらにダリウスの悪口を加算されるのが堪えられなくて、渋々昨日届いた手紙の内容を話そうと口を開こうとしていると、向こうの方から権力の塊のような三人組がこの席に近付いてくるのが見えたので口を閉ざした。

「やぁ、ご婦人方がそんな怖い顔で食べるくらいに、今日のサンドイッチは酷い味なのかな？」

大体まずこうやって余計な一言と共にクリス様が現れ、

「何だそうなのか？　あれだったら代わりになるもん買ってきてやるぞ？」

と言いながら全然さりげなくなくアリスの隣に回るハロルド様に、

「ピクルスが入っていたのなら代わりに食べてやるから貸せ、メリッサ」

と過保護で無自覚に、メリッサ様の他人に知られたくない情報を投下してくるアルバート様がそれぞれの定位置についた。

一連の流れるような椅子取りゲームに毎日のことながら感心するわね。

アリスとメリッサ様がアルバート様とハロルド様を見て、険のある表情を少しだけ和らげる。

それを確認しながらダリウスの悪口を回避出来たと悟った私は、また味気ない食事を再開しようと手にしたサンドイッチを口に運ぼうとしたのだけれど――。

「ご実家の辺境領がお忙しい様子だったので、少しお話を聞かせて頂こうかと思って来たのですが……貴女が大人しくこんなところで食事をしているのは意外でしたね？」

そう私の隣に座ったクリス様が、彼にしては本当に珍しく他意なく訊ねてくるものだから、一瞬アルバート様とハロルド様が動きを止めた。

……なるほど、そういうことですのね。

「小麦の病気が流行っているという詳しい情報が欲しいのでしたら、残念ですけれど私に訊いたところで大したことは分からないと思いますわよ？」

あぁ、やっぱり……どこまでも攻撃的に刺々しい声が喉を震わせた。そのせいでいつもは和《なご》やかな昼食の席は、一気にその空気を凍り付かせる。日が射《さ》さないとはいえ、一応は夏場の気候であるはずなのに寒々しいわね？

私はクリス様に向かって昨日届いた手紙を差し出す。

今朝、肌身離さず持ち歩けばこれ以上悪いことが起こらないような気がして、制服のポケットに忍ばせてきたのだ。

クリス様は「では失礼します」と手紙を受け取って中を検分し始めたけれど、案の定すぐに首を横に振って返して来たわ。

「この程度のことでしたら、すでにボク達の方でも耳に入っていますね」

その言葉を聞いて自嘲気味な笑みが唇に浮かぶ。今の言葉が本当だと言うのなら、私の故郷の情報を私が一番知らないのね？

するとと近くの席で盛んに何か言い合っている一団が目についた。

一斉にそちらの方へと視線を移すと、殺気立った一団の中にいるのはあの粉屋のビオラさんと職人系聴講生の皆さんだった。クリス様が「情報を知っていそうな方々の集まりですね」と薄く微笑んで、アルバート様とハロルド様に目配せをしてからそちらの席に近付いて行く。

けれどクリス様のその言葉に心を引かれてついて行った私の耳に入ったのは、思ってもみないことだった。あまりのことに「それは、本当ですの？」と訊ねた私の声は、まるで自分のものではないように感じたわ。

「え、えぇと……はい、確かにエスパーダ君から、今年の秋に蒔く小麦の種子を譲って欲しいとは連絡がありましたけれど……」

「あぁ、うちも今の間に冬場の保存食を作りたいから、ちょっと蜂蜜を分けてくれって頼まれてるぜ？」

――私には、一つもなかったダリウスからの救援要請。

目の前が真っ暗になるような感覚を味わいながら皆が待つ席に戻ったけれど、かけられる声は、どれも言葉としては聞こえずに通り過ぎていく。

〝私はあの場所に帰っても良いのよね？〟と、心の中で〝私〟が問う。すっかり〝お客様〟

のような扱いを受けている私があの場所に戻っても、変わらず受け入れてくれるのかしら？

私はクルクルと回る右手の中指にはめた婚約指輪を溜息と共に抜き去る。

五人の視線が集まる中で翳して見た何もつけられていない右手は、どこか自由で、どこまでも寂しかったわ。

□□□

悪夢のように続いた長雨も七月の中旬頃にようやく終焉《しゅうえん》を迎え、下旬の収穫には何とか間に合った。しかし……間に合うというのと無事であるということは、必ずしも同義語ではない。

収穫量は例年の三分の二だけれど、質が悪い。折角今年は途中まで満点の出来だった穂が、長雨のせいで生育が遅れて粒が小さいのだ。

これでは蒔いたところで発芽する率は低いだろうし、来年の収穫高がこの時点で分かっているものだから領民の皆の士気も低い。これから小麦の収穫量が元の量に戻るまでには何年かかるだろう。

問題は往々にして一つ解決すれば二つになったりするものだからなぁ……。

この忙しさを言いわけに僕は未だにイザベラへの手紙を書くことすらせず、日々を慌ただしく動き回ることで結論を先延ばしにしていた。そのイザベラからの手紙もここ二週間ほどは来ていないことから、彼女に愛想を尽かされる方が早いのかもしれないなと、心の中で自嘲気味に嗤う自分がいるのも確かだ。

「そこの一帯は罹病しているから最後に刈り入れよう。落ち穂は後から徹底的に拾って。それからこの一帯は二、三年ほど大麦と他の野菜を育てて休ませないといけないから、赤い布をつけた杭《くい》を立てておいて」

暗くなりかけた思考を打ち切るように、僕は今日も今日とて畑の真ん中で指示を出す。

僕の指示で頷いてくれた領民は不安そうながらも、何とか保ってくれた空模様の方に安堵の表情を浮かべている。それは僕も同じ気持ちだった。

これ以上降られては、この後に収穫を残している他の農作物にも被害が出るところだ。それを回避出来ただけでも良しとしないといけない。

「それから言うまでもないけど小麦は共同乾燥場でしっかり乾燥させて、罹病株を収穫した道具は徹底的に消毒してね。収穫した罹病株は穂が落ちないように麻布を被せて台車に載せたら、郊外の荒れ地へ移動させておいて。後で一斉に燃やすから。それからこの圃場《ほじょう》ですき込みはしないで」

病気に冒された小麦は残念ながら家畜の飼料にも使えないので、燃やし尽くす他に方法がないのが辛い。

『今まで丹精込めて作ってきた作物に自らの手で火をかける。その時を味わうのは、何度経験しても慣れるものではないな』

数日前にリカルド兄上の漏らした言葉が、目の前で悲しげに顔を歪ませた領民の姿に被る。

僕が畑を手伝えるようになってからも、野菜の病害に悩まされたことは幾度かあった。

ただ……ここまで大規模に、しかも連作障害を起こす小麦での被害を見るのは今回が初めてだ。僕は目の前の領民に思わず「力が及ばなくてごめん」と零してしまった。

けれど相手は「あぁ、謝ったりしねぇで下さいよダリウス様！　こっちはこんなこと何回も乗り越えて来てるんでさぁ。今回はダリウス様の授けて下さった加護のお陰で、こんくらいで済んだんですよ。なぁ、みんな？」と豪快に笑い飛ばしてくれる。

周囲で黙々と無事な区画の収穫をしていた他の領民達も、金色の麦畑の中から頭を出して歯を見せて笑ってくれる。その表情にはさっきまでの翳りが見えないけれど、僕はこの気遣いに甘えてはいけないと自分を叱咤《しった》する。

この区画はもう大丈夫だろうと当たりをつけ、彼等、彼女等に後を任せて他の区画に向かおうと踵を返す。さっきまで屈《かが》みっぱなしでの作業をしていたものだから、途中で一度大きく伸びをする。背中から危険な音がしているけれど、まだ作業が山のように残っているここで気にしてはいけない。

気を紛らわせるようにぐるりと辺りを見渡すと、金色の小麦畑に風が走る様子が見えた。風が触れた場所から起こる金色の波。

その幸せな波が、僕の領民《かぞく》を覆い隠していく。

それは毎年この時期になれば目にする光景だったけれど、毎年変わりなく起こる光景ではないのだと今回初めて思い知った。いつもなら歓声が上がる金色の波の間から「風だ！　穂が落ちるぞ！」「収穫した小麦はさっさと畑から運び出せ！」と緊張した声が上がる。

そして常の季節なら香ばしい香りのする風に、病を得た小麦の株が放つ異臭が混じった。

その風の臭いと領民の皆の声に耳を傾けて、我が身の不甲斐なさに歯を食いしばっていると、向こうから恐らく今の僕と同じような表情をしたリカルド兄上が歩いて来るのが見える。

僕がこの数ヶ月ですっかり距離の縮んだ長兄の元へと駆け寄って行くと、それに気付いたリカルド兄上が少しだけ笑みを浮かべた。

「向こうの畑はどうでしたか？」

「そうだな、思ったより無事だったんだが……」

すぐさま勢い込んで状況を訊ねる僕に苦笑を漏らしたリカルド兄上は、けれどすぐにその表情を曇らせて口ごもる。

「……やはり、土地が足りませんか……」

それはこの病害が出始めた当初から心配していたことで、詰まるところ、この狭いエスパーダ領内で起これば確実に浮かび上がる問題でもあった。リカルド兄上は苦い表情のまま無言で頷くと、視界に広がる金色の畑を眺めてから一度強く目蓋を閉ざす。

今この瞬間見える金色の土地に、来年の畑は作られない。小麦は作物の中でも主食という地位にありながら、連作を嫌うその性質上、広大な土地を必要とするのだ。それも本来なら一年間休ませるだけで使用できるはずの畑が、株が罹病したせいで三年間休ませることになってしまえば、今までの生産周期での絶対量の収穫など望めない。

仮にまだ手付かずの痩せた土地を開墾したところで、手入れをする領民の数が足りないだろう。だからこれ以上農地を広げることは現実的ではない。

——リカルド兄上はお優しいから、僕に言い出せないのだろう。

「……屋敷の庭園を潰しましょう。狭くはありますがあそこはかなり肥沃ですし、ないよりはマシです。何と言っても屋敷よりも広いですからね？」

明るく声を上げてはみたものの、多少その声が震えるのは仕方がない。あの庭園は幼い頃から今日までずっと、ずっと、僕とイザベラの何よりも大切な場所だったのだから。

「ダリウス、お前は本当にそれで良いのか？」

「はい、とは流石に即答出来ませんが……それが領主家として必要な犠牲であれば、イザベラもきっと許してくれます。それに兄上だって出産予定日が近いサフィエラ義姉上の傍にいられないのですから、僕もこれくらいは覚悟を決めないと駄目ですよ」

一瞬だけ痛ましそうな表情を浮かべたリカルド兄上を見て、まだ訊かれてもいない言葉がせり上がって来ては僕の口から零れて行く。

「――……本当に、良いのか？」

探るような視線で念を押すリカルド兄上の瞳を、眼鏡越しにしっかりと見つめて頷く。たとえ今この時に心の中で〝僕〟がどれだけ嫌だと叫んでいても、外の人から見える〝僕〟は、エスパーダ家の三男坊なのだから。

「えぇ、領地のためならば。ただ、庭園の植物で二つだけ残しておいて欲しいものがあるんです。それは構いませんか？」

そう訊ねれば「当然だ、この馬鹿」とリカルド兄上が僕の頭を小突く。笑いながらそれを受ける僕の中で、まだ諦めきれないイザベラへの恋情が萎《しお》れずに揺れた。

心配事といえば勝手に庭園を潰すことを決めて、園丁のダンと母上が怒るかもしれないというところだろうか？　けれどやはり僕の独断では決められないと言ったリカルド兄上の言葉で、この話はここ最近こまめにエッフェンヒルド領を訪ねている父上達が戻るまで保留となる。

言い出したのは自分のはずなのに、リカルド兄上のその決定に安堵している〝情けない〟僕がいた。

その後兄上と一旦別れて屋敷に戻ると、珍しく慌てた様子のアルターが僕を見てホッとしたように「ダリウス様にお客様が訪ねて来られております」と言う。もしかして王都の聴講生仲間に頼んでおいた品物を、誰かが代表して届けてくれたのだろうか？

首を捻りつつ着替えを済ませて応接室に向かえば、そこで僕を待っていたのは思いも寄らない意外な人物だった。

「……ダングドール様？」

部屋の中で用意された紅茶に優雅に口をつけて「おや、訪ねてきたのがボクでは不満ですか？」と片眉を上げた宰相の息子に大きく首を横に振る。

しかし何故ここに彼がいるのか理由が分からず困惑している僕に向かい、女性的な美貌の相手は王都から持って来たらしい荷物の中から、大きな袋を持ち上げるとそれを僕へと放り投げてきた。

慌てて受け止めると相手は面白そうに唇を持ち上げる。

「それの中身は屑石に有志で魔力を込めただけの魔法石なので、実質無料ですよ。少額のお金などより今の状況では役立つでしょう？」

その説明から何を読み取ればいいのか分からない僕は、袋と彼を交互に見比べた。すると彼は物分かりの悪い僕に呆れた風に溜息を吐くと、かけていた来客用のソファーから立ち上がり、目の前まで歩いて来て立ち止まる。

「友人の代理がボクでは不服でしょうがね？　そうそう、ついでにイザベラ嬢から貴男への預かり物を持って来て差し上げましたよ」

――――その言葉に、瞬間的に身構える。

僕の身体が強ばったのを見て取った彼は無言のまま、小さな包みを胸ポケットから取り出すとそれを差し出し、僕の掌に載せた。ジッと見つめる彼の前で開いた包みの中身を見て……僕は突然地面が失せたような感覚を味わう。

けれど僕が何とか外交的な体裁を整えて〝それ〟を届けてくれた礼を述べるよりも早く、彼は薄い唇を開いてこう言った。

「さて、それではそろそろ……本題に入りましょうか？」

――と。

□□□

誰もいない講堂の一角で、私は見知らぬ男子生徒に壁際に押し付けられるように縫い止められていた。近頃こういった手合いが多くてそろそろウンザリしますわね。

男子生徒はさっきから勝手に薄ら寒い〝愛の言葉〟を私に囁き続けているけれど、この間婚約者が私に向かってバケツの水を被せようとして、自爆したのをご存知なのかしら？　今が九月だから良かったものの、これが十一月や十二月では命の危険があるとは考えなかったのね？　だから考え足らずなお馬鹿さんに「私の魔法適性をご存知？」と扇で顎を持ち上げて訊ねたら、自分でしでかしておきながら泣き出す始末で……みっともないことこの上もなかった。

まぁ、けれど自分で自分の手を汚そうとする姿勢は好ましかったかしら？

少なくとも、さっきからこちらが一言も返さないのにペラペラと囀《さえず》るこの薄らお馬鹿さんよりは、ずっと。

「――その頭の両側についているお耳は飾りなのですか？　私は初めから〝有志〟で魔力を込めて下さる協力者を探していると言いましたわ。次にまだ邪な行いをしようものでしたら……二度とあなたが仰るようなときめきを感じられないように、その心臓を氷漬けにして差し上げましてよ？」

扇で隠した口許を極めて笑みの形に近いように持ち上げるけれど、上手くいかなくて諦める。

けれど男子生徒は私の言葉のどこを好機と捉えたのか、より一層身体を、というか顔を近付けようとしてくるので、面倒になった私は「忠告はしましてよ？」と告げてから相手の左胸の上に触れて冷気を送り込む。そこでようやく私の言葉をきちんと理解したのか、男子生徒は慌てて後ろに身を引いた。

その表情は今まさに氷漬けにされそうになった恐怖に引きつり〝お前正気じゃないぞ！　下級貴族の女が婚約者に捨てられたから慰めてやったのに！〟とか何とか喚《わめ》いていらっしゃるけれど、これは予告なしにやってしまった方がよかったかしら？

それでも薄ら寒い台詞よりは幾分マシな捨て台詞を残して、バタバタと走り去っていく男子生徒をどこまでも冷めた気持ちで見送りながら、私は近くの座席に隠れていた彼女に告げる。

「ねぇ、あなた。あの方とご結婚されるおつもりでしたら、今追いかければよろしくてよ？」

私の言葉に顔を覗かせたバケツの彼女は、可哀想なくらいに青ざめていて、むしろここに隠れるように仕向けたことに罪悪感を感じたわ。

「あなたも婚約者の行動に傷ついたのね……。正直申しまして、あの方にあなたは相応しくないわ。勿論、あなたが勿体ないということですけれど」

そう思ったことをそのまま伝えるけれど、青ざめたままの彼女の耳に届いたかを確認することはせず講堂を出た。あの場所でまだ泣くのか、それとも一人で立ち上がるかは彼女次第ですもの。

「――私はもう泣かないわ」

空っぽになった右手の中指にソッと触れ、私はただ手紙を待って泣くだけだった、弱く愚かな記憶の私を焼いた。

□□□

放課後の選択授業棟にある一室。

その教室の中で黙々と私を含めた十人程度の女子生徒達と、一部数名だけ交じった男子生徒達が、魔法石の欠片を手に自分の魔力を注ぎ込んでいる。

先日の女子生徒以外にも、婚約者と上手くいっていない生徒のいるこの教室を指して、一般の生徒達は【失恋教室】などと不名誉な名前で呼んでいるらしいけれど、そんなのはほんの一部だわ。私を含め魔法石の実験をするために集められた人材なのに、風評被害も甚だしい。でもほとんどのメンバーは全く気にせず、日々ここで魔法石に力を宿し続けている。

赤、青、緑、黄。その濃さは様々だけれど、どれも元はゴミ同然に捨てられたものとは思えないほど見事な魔法石へとその姿を変えていく。

王国主催の新しい魔法の活用法を編み出す【フューリエ賞】を受賞して、喜び勇んでダリウスと両親に手紙を送ったのが遠い昔のことのようだわ。他の生徒が作業している机からやや離れた教室の隅にある作業机が、私のこの場所での指定席。

「あのさイザベラ、本当にあの指輪返しちゃっても良かったの？　結局夏期休暇も帰らないでさぁ。そろそろ意地張らないで手紙出したら？」

同じ席の目の前で小さな赤い魔法石を作っているアリスが、もうこの二月《ふたつき》ほど同じことを繰り返し訊ねてくるけれど、私は緩く首を横に振って拒否の構えを崩さないことを表明した。

するとアリスは大袈裟に溜息を吐いて「もー……この意地っ張りのこじらせ屋」と唇を尖らせる。でもすぐに「まぁ、教え子の成長だと思えば先生も我慢出来るけど？」と私を探るような視線で見つめてくるアリスから目を逸らす。

小さな魔法石に魔力を込める作業は簡単にこなせるようでいて、小指の爪ほどの大きさのものからビーズ大まで大きさがマチマチで、力の注ぎ込み方が一定でないと弾けてしまったりする危険性がある。

数が揃うとなかなか大変なのだから、あまり心を乱すことを言わないで欲しいものだわ。

「あら、お目付役の先生でしたら、私の専行授業の先生で充分でしてよアリス女史？」

「えー、そう言わないでよ。ここのところメリッサ様もハロルド様達も忙しそうであんまり会えないんだから。みんなで最後に昼食を一緒に食べたのも、もう四日も前だし」

そう言ってまた唇を尖らせるアリスにほんの少しだけ笑ってしまう。それを感じ取ったアリスが「何よぉ？」と頬を膨らませて、作業中の机の上に頭を預ける。

「別に何でもないわよ？　でも、そうですわね……メリッサ様の次に出るのがハロルド様のお名前なのはちょっと意外ね？　と思っただけですわ」

そういえばこれまで私の意趣返しにあったことのなかったアリスは、この言葉に「はぁ？ち、違うし、あんな脳筋関係ないから！」と意外なほど良い反応を返してくれた。

これは……もっと早くからかってみればよかったわね……。

思わず手許のまだ色のない魔法石の欠片から顔を上げて、目の前のアリスをマジマジ見つめると、今度はアリスがさっきの私のように視線を逸らす。

「――……ホントに違うし。ハロルド様なんて流石に家格が違いすぎるもん。反応が面白いから遊んでるだけ」

ポツリと零したアリスの言葉に「そうね」と答えてみたものの、その声が沈んでいることに言及するほど私も野暮ではないわ。

「というか、わたしのことはいいの。今はイザベラのこと！　折角もらった婚約指輪返しちゃうなんて勿体ないよー。そもそもこの魔法石だってさぁ、結局あの婚約者君のところに」

「だけではありませんわよ？」

　焦ったアリスの露骨な話題の路線変更を、バッサリと切り捨てて言葉を打ち止める。話を打ち切られたアリスは少し不満顔でしたけれど、そこはお互い様ですわ。

「あれは今回の天候被害で王都から離れた土地で出た、農業被害の後片付けの手助けにと無料配布しているのですわ。ここで手伝いをして下さる方々はその賛同者でしてよ？　それに、」

　私は一度そこで言葉を切って、右手の中指をスルリと撫でる。

「それに――……今はあの指輪をダリウスに返して、清々《せいせい》しておりますの」

　今まで与えられていたものが与えられなくなったからと言って、取り上げられたと思うだなんて、考えてみれば愚の骨頂ですわよね？

　だから、私がいなくては息も出来ないと、必ず、言わせてみせるわ。あの場所で〝お客様〟でなくなるために今の私に出来ることなら、今回のこの自然災害だって利用してやるの。

　そんな仄暗い決意を胸に秘めて力を注ぎ込んでいた魔法石の欠片が、紺碧《こんぺき》がかった青へと変わる。全てを凍り付かせるような深くて暗い〝哀〟の色。その出来映えに満足して魅入っていると、不意に背後の扉が開かれて見覚えのある女子生徒が立っていた。数日前に青ざめた表情で作業をしていたあの女子生徒だ。

「……あら、いらっしゃい。あなたはどこかのお馬鹿さんと違って、ちゃんと〝有志〟で作業を手伝って下さる方かしら？」

扇で顎を上げて確認するまでもなく、自らの意志でしっかりと頷いた女子生徒に、私も自然と微笑みを返す。一瞬相手が息を呑んだところを見ると、私はやはりあまり笑わない方がいいみたいね？

有志で手伝ってくれている生徒達が、新入りの彼女を迎えるために席をずらして居場所を作り、そこへ今はまだやや空気に気圧されている彼女が入り込むと、隣や前に座っていた生徒達が声をかけて緊張を和らげてくれている。それを視界に入れた後に、再び前に座るアリスに視線を戻せば「素直さが息してないよ」と苦笑されてしまったわ。

だけど、それで良いの。

私に必要なものはもう、そんなものではないのだから。

＊幕間＊小さな婚約者。＊クリス＊

右手に明日からの出張の準備と、左手に調査報告書を抱えたまま屋敷へと帰宅したボクは、目の前に広げられた将来有益になるであろうパワーゲームと、幼なじみの将来を左右しそうな有益ではないにしろ、捨て置けない情報操作に頭を抱えた。

「はぁ……明後日からの諸々《もろもろ》の出張といい、ハロルドとアルバートの無茶ぶりといい、後はイザベラ嬢ですか。このところ面倒続きですね」

最近まともに戻ったこの国の第二王子という肩書きの馬鹿と、同じくこの国の騎士団長の一人息子という肩書きを持つ馬鹿。どちらか一方が見所のない、ボクと反りの合わない人間であれば良かったというのに、残念ながら両者とは幼い頃から良好な関係のままこの歳まで来てしまっていた。

「まずは出張の件は馬車の中でも読み込む時間が取れそうですから後回しでも良い、と。問題は貴族名簿の方ですね……」

先日アルバートから第一王子に、第一王子から陛下へと仲介してもらって預かったこの国の権力の縮図を記したそれは、一種異様なオーラを放ちながら執務机の上を占拠していた。そんな貴族名簿を前にすれば、流石に普段から父の政策の手伝いをしていても眩暈《めまい》を感じる。持ちろう。


上げて読むことはおろか、膝の上に載せることすら出来ない厚みと重さを持った権力の縮図。

それを今から幼なじみ二人と自分の調べた情報のみで照合していくのだと思うと、如何にパワーゲームが好きなボクでも気分が悪くなった。父に助言を乞えば手を借りることも出来るだろう。

けれどこれは多分何かしらの判定を受けるものだと思って良い。

今まで散々無能だとの前評判が立っているアルバートと、気に食わない人間には真っ向から喧嘩を売る狂犬のハロルドと、何よりもその二人を優先して物事を揉み消しはしても諌めてこなかったボクへの——最後の通告。

これを誤れば卒業後に政治に関わる領域から弾かれてしまうに違いない。それに対してこちらが切れる好カードはイザベラ・エッフェンヒルドしかないけれど、彼女は辺境領の婚約者がいなければ使い物にならないだろう。

そもそも自身をカードとして利用させる代わりに、彼女が持ちかけてきた条件がなかなか難しいのだから、こちらの調整も必要になってくる。

「こういう分の悪い賭けはしない主義なんですが、仕方ありませんか。王家からの預かり物を屋敷の外に持ち出すわけにもいきませんし、何とか出立前に全て目を通しておかないと」

下の人間から見て上の人間が苛々するのは優雅ではないし、民衆の不安を煽るだけだから、上に立つ者は常に平静であれと。

そう幼い頃から言われて育ってはいるものの、流石にこの仕事量と重圧感で涼しい顔をしていられるほどの場数は踏んでいない。指先で貴族名簿の表紙に触れただけでも緊張で身体が震えた。

「おや、ボクも存外情けないですね……」

手許に引き寄せてあった調査報告書を、いつの間にかグシャグシャに握り潰していた手をゆっくり開く。その皺《しわ》を丁寧に伸ばせば、三人で施した署名が摩擦で掠《かす》れた。思わず軽く舌打ちをして口の中で悪態を吐いていると、部屋のドアをノックする音がし、外から家令がボクへの来客を告げる。

この忙しい時にと思いつつも、最近前にも増して足繁《あししげ》く通って来るようになった人物に会うために、ボクは溜息と共に席を立った。

□□□

一人の時ならあまり使用しないテラスに用意されたアフタヌーンティーに、ほんの少し苦笑してしまう。というのも、どこかから風に乗って運ばれてくる、甘ったるさとその香りにまぎれきれない焦げ臭さで、ある人物の姿が思い浮かんだからだ。

心の中でここにはいないハロルドに呪いの言葉を吐きながら、来客者の姿を探して周囲をぐるりと見回していると、背後から「クリス様！」と弾んだ声がかけられて、ボクは彼女の一番好む微笑みを貼り付けて振り返る。

「あぁ……そちらにいましたか、レイチェル」

振り返った先にはボクの腰より少しだけ高い背丈の婚約者が、両手に秋バラを抱えて立っていた。

濃い蜂蜜色の髪に深い青の瞳をした今年八歳になる小さなボクの婚約者は、レイチェル・コンラッド。コンラッド伯爵家の一人娘である彼女は十も歳上のボクを兄のように慕い、ボクも婚約者としてよりは歳の離れた妹のように思っている。

何故こんなに歳の離れた婚約者かと言えば、純粋に彼女の家が持っている肥沃な土地と貿易に有利な海路が欲しかった父が取り付けただけで、そこにボクの意志の介入は全くない。お陰で端から見ればとんでもない幼女趣味に取られかねない、ボクにとっては大変不名誉な事態を引き起こしている。

正直ここ最近になるまで意志の疎通すら難しい歳の子供だったので、ボクを訪ねて来ても大抵居留守を使うか、訪ねて来そうな頃を読んで留守にしていたくらいに苦手だった。そんな時は大抵屋敷を訪ねて来ていたハロルドに押し付けて逃げていたので、実質本当にここ最近で距離が近くなった感じだろうか？

特にハロルドが余計な入れ知恵をしてからは、三日とあけずに訪ねて来るようになったので、こちらもそうそう屋敷を離れている暇がなくなってきたために、こうしてよく捕まるようになってしまった。

「あ、あのお仕事中だとお伺いしてましたのに、もうよろしいのですか？」

「えぇ、丁度キリの良いところだったので。それとも……来るのが早すぎましたかレディ？」

頬を上気させて駆け寄ってきたレイチェルの腕から、彼女が抱えていた秋バラの中でも小振りなものを摘み上げて蜂蜜色の髪に挿してやる。すると彼女は深い青の目を零れんばかりに見開いて顔を真っ赤に染めた。

「おやおや……折角真紅のバラを挿したのに、そこまで顔を赤らめられては目立ちませんよ？レイチェル」

クッと喉から漏れた笑いにレイチェルは涙目になりながらも「クリス様のせいですぅ！」と言い返してくる姿を見て、ほんの少しだけ張り詰めていた気持ちが緩む。

――これは思ったよりも良い気分転換になるかもしれない。

そんな汚い打算を自分の婚約者が考えていることなど知りもせずに、レイチェルは嬉しそうに髪に挿されたバラをいじっている。少しの間その初々しい反応を見つめていると、一瞬ふわりと風に靡《なび》いた彼女の髪から、先日の誕生祝いに贈った香水が香った。

「ふふふ、この香水は八歳の誕生祝いには少々大人すぎましたかね？」

健康的でまだ汚《けが》れを知らない子供相手ならば、淑女の好むムスク系ではなく、もっと爽やかな柑橘《かんきつ》系のものを贈ればよかったかと思ってそう訊ねると、レイチェルはムッとしたように顔を上げてボクを睨んだ。

「そ、そんなことはありません！　ハロルド様がこの間、クリス様は〝背の高い色気のある女が好きだぞ、あいつが手を出してる女は大体そうだ〟って教えて下さったので、わたくしも頑張って、この香りが似合うそんな女性になってみせます！」

まだあどけない顔立ちのレイチェルが突然大声でそんな宣言をしたことで、周囲に控えていたメイド達の表情が一気に引きつった。特にコンラッド家から連れて来られたメイド達は、ボクに対して含むものがあるのか絶対零度の視線を投げかけてくる忠義者ばかりだ。

……取り敢えず次にハロルドに会ったら、少し話し合わなければならないことがありそうですね……。

思わぬ攻撃に引きつりそうになる微笑みを何とか整え、秋バラを抱えたままボクを見上げる小さな婚約者の手から、お茶会に飾るつもりであろうその花束を抜き取って、近くに控えていた当家のメイドに花瓶に生けるように伝えて手渡す。

「成程、確かにその香りが似合う年頃になるまでに使用出来る香りも必要ですね。これはボクとしたことが手抜かりでした。よろしければお好みの香りをご教授して頂けますか？　マイ・レディ？」

そう言ってまだ肩を怒らせているレイチェルに手を差し伸べ、ボクの後ろに用意されたアフタヌーンティー席に視線をやると「む、ぅぅ……すぐに機嫌を直すほど子供ではありませんからね？」と言いながらも、満更でもなさそうにボクの手を握ってくれる。

普段触れるご婦人の手よりだいぶ小さな婚約者の手に、何故か自然と口許が綻んだ。そのボクの反応に気付いたのか、レイチェルが「い、今どなたかと比べられました!?」と泣きそうな表情になる。

小さくともちゃんと女性なのだなと妙な感心をしつつ、半ば本心を込めてボクは口を開いた。

「いいえ——マイ・レディ。貴女がその香水が似合うような女性に成長するのが楽しみだ、と。そう思っただけですよ」

その言葉を聞いたレイチェルが再び秋バラ色に頬を染め上げるのを見つめながら、キノコのかさのようになったシュークリームの皮に、挟まれることのなかったカスタードクリームを塗り付けて食べるティータイムは、らしくもなくこれからの仕事に張りつめていたボクに少しの余裕をくれた。

第六章

イザベラから預かったという婚約指輪を手に一人自室でショックを受ける間もなく、宰相の子息である美貌の青年クリス・ダングドールが持ち出した話題に、僕は何とかついて行こうと頭を働かせる。

「あの、今のダングドール様のお話を噛み砕いて解釈すると……うちの領地を、この魔法石を使った農業実用化に向けての検証実験場として使用したい、と言うことでよろしいのでしょうか？」

が、しかし——自分の口から出した言葉でありながらあまりに荒唐無稽《むけい》なことに思えて、僕は外交中だというのに思わず眉根を寄せてしまう。

それを見たクリス様が愉快そうに目を細め、僕は一瞬奥歯を噛み締めた。外交中の表情は常に穏やかに微笑んでおかなければならない。商談の最中に焦りを悟られてはその後の交渉に遅れを取るからだ。

今回はクリス様の得体の知れない事案の持ちかけと、イザベラから返されてしまった婚約指輪のせいで心がざわついて冷静な反応が取れない。掌に握り込んだ指輪が焼け付くように僕を苛《さいな》み、掻き乱す。

「えぇ、流石に貴男はハロルドとは違い理解が早くて助かりますね。この土地の気候風土は住むには難があリますが……人智が及ばない分、とても美しい原風景を残していて好ましい。もしこの件を呑んで下さるのであれば、魔法石も何の問題もなく無償で使いたい放題ですし、勿論使用料金も国から支払われます。悪い話ではないと思いますが如何《いかが》ですか？」

僕の後悔に溺れそうな内心を読んだように、目の前のクリス様は妖しく微笑むとそう言った。

確かに提示されている情報だけを聞けば何の問題もないどころか、破格の待遇だと言っても良い。けれど甘い話には絶対に裏がある。今のペースではクリス様の良いように話を持って行かれてしまう。

何としても押し込まれた心理状態を立て直して、対等な交渉状況に戻らなくては……。

そう思って僕は握り込んだ指輪から何とか意識を引き剝がそうともがくのに、指輪を渡した時のイザベラの顔が脳裏に浮かんでは、これを返す時にどんな表情をしていたのだろうかと詮無いことを考えてしまう。

「――そうですね、我が領地には過分な申し出かと。ただこれは僕の一存で決められる規模を上回っております。本日は当主が不在にしておりますので、代わりに次期当主である兄を呼んで参ります。この交渉の続きは兄と引き継いで頂ければ、僕もその決定に従いますよ」

結果的に僕が選んだのは〝撤退〟もしくは〝選手交代〟だった。領民と領地に大きく関わるこんな大切な事案を、こんな心理状況で決めるのは危険だと、まだ幾らか残った冷静さが叫んでいる。なのにクリス様はそう僕が返すことを読んでいたのか、非常に安っぽく、尚かつ僕にだけ酷く効果的な挑発を口にした。

「ふむ、残念ですね？　ちなみに今回のこの発案者はイザベラ嬢なのですよ。彼女が一番最初に【フューリエ賞】を賜った実験を任せるなら、貴男が良いとのご指名だったのですが……貴男はまた、彼女から逃げるのですか？」

□□□

——と、いうようなことがあってから早いもので、もう三ヶ月が経つ。

その三ヶ月の間に、リカルド兄上とサフィエラ義姉上との間に念願の第一子が産まれたことで、沈んでいた領民の士気も小麦の病気が流行る前にまで戻っていた。

産まれたのはサフィエラ義姉上の目許と、リカルド兄上の口許を受け継いだ綺麗な男の子だそうだ。これで僕も晴れて跡取りが出来た本家においての厄介叔父となってしまうのかと、少々情けない気分になるけれど、嬉しくないはずがない。

こちらの今からの気候を考えるとまだ帰るには暇がいる。僕が会えるのは恐らく来年の春頃になるだろうなぁ。

それでも出産に立ち会うことは適《かな》わなかった兄上を、せめて領地が落ち着いたのだからと言い含めて、義姉上と赤ちゃんの待つオズワルト兄上の屋敷へと向かわせたのは二週間前。未だに戻らないところをみると、恐らく向こうは義姉上の家族も集まっているだろうから、連日お祝い事が続いているのだろう。

領地の皆もリカルド兄上が出立する日には、早朝の街道沿いを馬車に併走して祝ってくれた。あんな風にリカルド兄上が泣いているのを見たのは、僕の記憶の中でも初めてのことだったと思う。

そんな風に存外信じられない不幸の後には、幸せなこともきちんとやってくるように世界は回っているのかもしれない。まぁ、そう思わないと生きていけないだけかもしれないけど……。

もう今日の日が落ちれば十月も一週目が終わる。

「よし、皆、そろそろ日も傾いて手許も見えづらくなる頃だ。今日はもうこの辺で切り上げて、明日また頑張ることにしよう！」

僕は夕焼けが染め上げる領地の畑の中心で、今日の分の仕事を切り上げるように領民の皆にそう声をかけ、土と汗にまみれた作業用のオーバーオールにパタパタと風を送り込みながら屋敷への帰路を急ぐ。もしも急ぎの報せが届いていたら、家族が出払っている今の領内には僕しかいないため、相手を待たせてしまう。

というのも、ここ最近は父上もイザベラの領地へ出向くことが多い。うちより被害総額は少なかったとはいえ親友同士でもあるし、次にこんなことが起きた時の対策案を練るということで単身訪問している。

けれどそんなことは建て前で――もしかしたら、僕とイザベラの婚約をどうするかの話し合いをしているのかもしれないなぁ……。

小麦以外の作物の手入れに精を出しながら秋口を迎えても、イザベラからの手紙は一通も届かない。当然だろうという気持ちと、もう駄目なのだろうかという焦燥を感じながらも、自分から手紙を出すことは憚《はばか》られた。リカルド兄上達の元へは無事の出産を祝う手紙が届いたそうなので、ここは僕が避けられていると考えてまず間違いないだろう。

それでも毎週王都から送られてくる魔法石を、領地の皆から寄せられる不便な部分にどう利便性を持たせて、どう自然物と調和を保ちつつ従来のやり方に沿わせるかを考える。どうやってイザベラが僕に託してくれた魔法石を検証実験で役立たせ、イザベラが心配してくれるこの土地を守り抜けるか。それを考え続けて形にすることが、せめて僕が今彼女に見せられる精一杯の誠意だと思った。

試しに一部の小麦の圃場の周囲に土を固め盛り水を張れるようにして、今回のような病害被害が出た年は、収穫後にそこへ水を流し込んで罹病している落ち穂を浮かせ、一気に回収する方法を考えてみた。これで落ち穂拾いにかかっていた時間をグッと短縮出来る。

これなら病害のない年は、そのまま水を張らずに従来通りの畑として使用出来るから無駄もない。

ただ魔法石の水の性質のものを大量に消費することは、イザベラの負担になりそうだから少しだけ躊躇ったものの、これはなかなか良いやり方に思えた。そこで実験として一部の小麦畑と大麦畑で併用してこの方法を導入した。

もしも病害が広がった畑はこれで落ち穂を回収し、土を盛って作った縁を少し崩せば水も抜ける。あとはそこに違う野菜を植えて、罹病した種子が死滅するまで待てば良い。もっとも病害の大半は土を媒介に被害を増やすものが多いので、王都内で行われている水耕栽培の導入も考えてみたけれど、イザベラはきっとその方法は望まないだろうと思って止めた。

土がなければ花々は香りを持たないし、野菜の味も薄い気がする。王都の食事は美味しかったし、空気は土や堆肥の香りを含まず清潔。そのかわり草花の香りはほとんど感じられず、僕は王都で過ごした一月を夢のように感じると同時に、自分の居場所ではないと強く思った。

だから――イザベラもそう思ってくれるような気がして、水耕栽培には踏み出せなかったのだ。一日中領内の畑を見回って領民の声を聞きながら、思いついた使用方法を兄上や父上に相談しつつ、レポート的なものを書いてはそれを試行錯誤してみる毎日。

その中で時折ふと、酷く寂しくなる瞬間がある。今でもまだ、イザベラにならば他に良い縁談があるとは思うし……あれだけ身勝手に彼女を避けて傷つけて、避けられても嫌われても仕方がないとは思うのに、どうしても。

――どうしても……イザベラに触れたくなることがある。

魔法石の提供のお陰で庭園は半分を潰す程度で済んだ。残りの半分に移植した花が季節毎《ごと》に開くたびに――……僕は贈る宛のない花を見て彼女を想った。

イザベラが褒めてくれた、あの秋バラが満開の屋敷前を通り抜けながら、僕は自室の机の引き出しにしまった木製の婚約指輪を思い出す。

来ない手紙と、贈る宛のない花々。

この張り詰めた静寂を先に破るのがどちらなのか、破られた時に僕達の関係がどう変化してしまうのかは分からない。だけど、今こんな時になって前よりも――。

ずっとずっと愛おしくて、
その愛おしさが増すほどに強く、僕などに彼女は勿体ないと思うのだ。

□□□

――十一月も、残すところもう二週間。

ダリウスからは相変わらず花の一輪、カード一枚届かないまま、日に日に下がってくる気温で年末の足音を気にし始める頃になってしまった。

それでも時々クリス様から聞かされる新しいダリウスの試みに胸が高鳴るのを感じながら、私はチームの仲間達と共に魔法石を作り続けては各地に点在する辺境領への配布に精を出している。ダリウスの考え出す自然に干渉しすぎない使用方法は、年配の人間が多い辺境領でも多くの支持を得ているわ。

そのレポートが王都に届くたびに、彼の辺境領がどんな姿になっているのかを夢想する。クリス様やアルバート様から王城の一部……主に内政の官僚方からの評価が上々だと聞かされて、当然の評価だと内心で思ったくらいよ。

そんなことを考えながら、カフェテリアのいつもの席から見上げていた窓の外。

朝からずっと分厚い鈍《にび》色の雲に覆われていた空から、ついに真っ白な雪の一片がホトリと吐き出され、徐々にその花弁のような数を増していく。そのままヒラヒラと白い花吹雪のように舞い始めた雪を見つめていた私は、ふと窓ガラスに映り込んだ人物を見て振り返った。

「まぁ……わたくしもしかして、だいぶお待たせしてしまったかしら？　ごめんなさいねイザベラさん」

「いいえ、メリッサ様。私も今講義が終わってここに着いたところですから、ご心配には及びませんわ」

ホットミルクティーとスコーンの載ったトレイを手に、心配そうな表情を浮かべたメリッサ様を見つめ、隣の席を勧める。メリッサ様はまだ少し疑っている様子だったけれど、私のトレイに載っているカフェオレとクランペットから上る湯気を見て、ようやく納得して下さったわ。

「アリスさんがいないのは、何だか不思議な気分ですわね……。ここのカフェテリアのスコーンよりも、彼女が焼いてくれたものの方が舌触りも風味も良かったですもの」

腰を下ろしたメリッサ様はそう不満を口にすると、まだ温かいスコーンを二つに割り、一つにイチゴジャムとクリームを塗り付けて口に運ぶ。形の良い眉がキュッと寄って眉間に皺が出来るけれど、そんな表情も美しいのは同性としては羨ましい限りですわね？

私も続くように切り分けたクランペットに、ラズベリーソースを付けて口に運ぶけれど……舌に触れて味覚を刺激された途端に、今のメリッサ様と同じように眉を顰める。どうやら私達の味覚は随分とアリスに慣らされてしまったようだわ。

そこで――というわけではないけれど、私は今朝女子寮に届いたアリスからの手紙をテーブルの上に取り出して、食事中にお行儀が悪いけれど、メリッサ様に目配せをしながら封を切った。

中から現れた白い便せんには、アリスの癖のある丸みを帯びた文字で、近況報告という名の日記のようなものが綴られていたわ。

〝やっほー、二人とも元気？　うちの弁えない馬鹿親父のせいで、学園に行けなくなっちゃったけどわたしは元気だよ！　それがさあ、潜伏先としてハロルド様に用意してもらったお家《うち》の人達なんだけど……スッゴい良い人達で、むしろあの屋敷なんかよりずっと伸び伸びさせてもらってるくらい！〟

「……アリスらしい斬新な書き出しですわね。猫被りの淑女顔も、紙の上での振る舞い方は不充分かしらね？」

「えぇ、でもその方がお元気そうな様子がはっきり分かって安心しますわ。流石はハロルド様ね。アリスさんのことを佳く理解した上で潜伏先を選んでくれたようですもの」

そう二人で顔を見合わせて微笑み合いながら、私達は再び視線を便せんへと落とした。

今アリスは〝父親〟である男爵が一部の貴族達と一緒になってかなり手広くかつ、非道な汚職に手を染めていたらしく、お家の取り潰しという憂き目にあっている。けれどアリスは元々は本人が望まないまま、いきなりその美しさと才能に目をつけた男爵家によって連れて来られただけの街娘。

いわば被害者の一人であるとみなされ、今回のお家騒動とは切り離されてハロルド様の知人預かりという身分になっている。最近学園に来られなくなっているのは、ハロルド様がアリスを一部貴族達の目から隠したいがためのことだろう。

恐らくは主に邪な考えを持つ貴族達からの身柄預かりにさせないようにだと思うけれど……本当のところはどうかしらね？　私としては今回のこの話がまるで上手く整えられた、舞台演出のように感じられてなりませんわ……。

事実この事件が表立って騒ぎ立てられることはなく、学園の生徒でも知っている者は〝ほとんど〟いない。そして〝ほとんど〟いない中の一部貴族達からこの話が漏れ出さないのは、より大きな力が働いているからに他ならないのではないかしら——？

私はそのより大きな力というのがここ最近見ない男性陣と、メリッサ様、そしてメリッサ様の持つ〝家の者〟の情報網だと確信している。だけど下級貴族が知って得をすることでもないので、大人しく知らないふりをしていた方が賢明だわ。

〝そうそれと何かね〜、わたしはあの家とは実質ほとんど関わりがなかったから、このまあとちょっとだけここにいたら、講義への出席はアレなんだけど、代わりに今年の〝聖火祭〟にはこっそり参加させてもらえそうなのよね。だから当日は去年と同じ場所で待ち合わせして、一緒に遊ぼうよ〟

「――びっくりするくらい暢気ですわね……」

「あら、ある意味アリスさんらしくて良いと思いますわ。ずっと湿っぽい気分でいるよりも、こうして少しくらい暢気な方が。イザベラさんもそうは思いません？」

にっこりとそれは美しく微笑むメリッサ様の発言に、私もそれもそうねと微笑み返す。けれど今度はそれとは別の心配事が頭をもたげて、私は僅かに曇った気持ちになる。

「うぅん、でも、困りましたわね。私は今年の〝聖火祭〟に出るつもりはなかったのですけれど……」

「あら、それは困りますわイザベラさん。わたくし達が在学中にある最後の〝聖火祭〟ですもの。是が非でも出席させますわ」

「……普通そこは〝どうしてですの？〟とお訊きになるところではないかしら、メリッサ様？あと出席は決定事項なんですの？」

意外なメリッサ様の押しの強さに思わず苦笑してしまう私に、メリッサ様は「当然でしてよ」とキッパリお答えになる。

それどころか「去年と同じドレスがお嫌でしたら、仕立てさせますわ」とまで仰ってくれるので、気になるのはドレスではないのだとは言い出せずに「ドレスはご遠慮させて頂きますけれど、出席はしますわ」と返す。嬉しそうに微笑むメリッサ様の前で私の脳裏に浮かぶのは、あの真っ赤なポインセチアだった。

□□□

そうして冬場に山場を迎える魔法石作りの前に、カレンダーの日付は飛ぶように過ぎ去って行き——迎えた〝聖火祭〟当日。

前日の深夜までかかって魔法石を作っていたせいで、やや寝不足気味の私の部屋に、お付きの侍女軍団を連れたメリッサ様が乱入してきた時は、本当にどうしようかと思いましたわ。

上級貴族のお付き侍女の手によって私は、あっという間に化粧とヘアメイクを整えられ、去年と同じドレスに身を包む。いつもは流すしかない癖の強い髪をテコで伸ばされ、緩く結い上げられたせいで剝《む》き出しになったうなじに香りの良いオイルを二、三滴馴染ませる。

鏡に映った初めての真っ直ぐの髪をした自分の姿に若干驚いた。あの癖毛をこの短時間で仕上げるだなんて……上級貴族の侍女恐るべしだわ。

狭い部屋の中で待機出来ずに、女子寮の談話室で優雅にお茶を楽しんでいたメリッサ様のところに向かうと、メリッサ様は顔を綻ばせて「元の素材と侍女の腕が良いと、面白味のない出来映えですわね」と私をからかった。

対するメリッサ様は去年と少し異なり、大きな胸を押し上げる形の最新ファッションドレスから、少し落ち着きのある胸を強調しないエレガントなドレスに身を包んでいたわ。

淡い緑色を基調としたドレスは凛としたメリッサ様の印象を和らげて、やや優しげな雰囲気にしている。胸元と背中に小さなスリットが入っていて、動くと僅かに肌が見える程度の露出。それがかえってアルバート様を筆頭とした殿方達をドキドキさせそうだわ。

私とメリッサ様はアリスの待つ学園のエントランスへと向かう間、二人で今日のアルバート様の反応を予想しあった。私としては主にメリッサ様への去年との反応の違いが楽しみですわ。あの時は本当にただのどうしようもない男性でしたけれど、きっとこの先メリッサ様を泣かせたりはしないのでしょうね……。私は一瞬思い浮かべた榛色の瞳にツキリと胸が痛み、それを振り払うように頭を緩く振る。

到着した会場は去年と同じく煌びやかで、田舎者の私には気後れしてしまう場所だった。それでも去年ここに立った時には、私には帰る場所と飛び込める胸があったから、何とかなったのだけれど……。

来年の今頃、私はどうしているのだろう？　そんな不安にかられて胸元に手をやったところで、そこにあるのは淡いクリーム色のロングドレス。それもお父様がお母様に愛を込めて贈った年代物。私が思わず小さく溜息を吐いていると、メリッサ様が「大丈夫ですの？」と心配して下さったので慌てて頷く。

「それよりもメリッサ様、ここは人が多いですから、早くアリスを見つけて会場に入りましょう？」

扇で口許を隠してそう苦し紛れに私が言うと、メリッサ様は「あら、噂をすれば……」と微笑み、扇でスイと人混みの中の一点を指し示された。

その方向を向くと、そこには例によってメリッサ様以外のご令嬢を侍らせて入口に近付いて来るアルバート様とその取り巻き二人、それに待ち人であるアリスの姿があった。

私とメリッサ様が発見するのとほぼ同時に、向こうも私達を見つけてこちらへと向かって来る。アルバート様達三人組よりも抜きん出る形でアリスが駆け寄って来た。

「やぁやぁ、二人とも元気だった〜？　わたしがいなくなっちゃって、二人で寂しくて泣いてたんじゃないのぉ？」

そんなふざけた第一声と共にやってきたアリスは淡い青色のドレスに身を包んでいた。去年と違ってスッキリと動きやすそうなデザインで、小柄な彼女をスラリとして見せる。

「あら、学園にアナタがいなくて一番寂しそうだったのはハロルド様ですわよね？　イザベラさん」

「えぇ、そうですわね。アリスはどう？　ハロルド様との学園生活が出来なくなって泣いていたのではなくて？」

意地悪くメリッサ様と二人でやり返すと、アリスは「ちょっと止めてよ！　わたしは別にそんなんじゃ……っていうか、今そういうのいいから！」と大慌てで背後から遅れてやって来るハロルド様の方を気にしながら、私達に口止めする。

その姿に笑っているとようやく私達の目の前に到着した三人が、私とメリッサ様の姿に三者三様の違いを見せる讃辞を送ってくれた。

特にアルバート様のメリッサ様への讃辞は熱が籠もっていたので、蕩けそうになっているメリッサ様をその場に放置して先に私とアリス、ハロルド様とクリス様の四人で会場へと向かう。

その背後からまだ『いつものメリッサも美しいが、今夜は格別だな』とか『俺のために着飾ってくれたのかと思うと……もう他の男の目に触れさせたくないな』『いっそ今夜結婚式を挙げてしまいたいくらいだ』などといった発言が聞こえてくる。

……メリッサ様はあの凄まじい言葉責めにふにゃふにゃにされて、この後のダンスは踊れるのかしら？

チラリと他の三人に目配せすると、三人もそう思っていたようで微妙に生暖かい目をしていた。けれど会場に入る前にクリス様が私の耳許で「ハロルドにも花を持たせてやりたいのです

する。

「そうですの。私も丁度さっきのアルバート様達を見ていてそう思ったところだったので、快諾が」と囁く。

するとクリス様は「ボクはこの場に婚約者がいないので、ここでイザベラ嬢と壁の花にでも徹していますよ」とアリスとハロルド様に言葉をかけた。

二人は一瞬私とクリス様を交互に見て困惑した表情を浮かべたけれど、私が頷き返したことで、納得したのかファーストダンスのパートナーとして会場内を回ることにしたようだわ。私とクリス様はその背中を見送りながら微笑みを交わす。

けれど二人の姿が完全に学生達の中に消えてしまうと、クリス様はつい今し方の発言の舌の根も乾かないうちに「では、ボクはこれで失礼しますね」と言い出した。

「……流石に放り出すには早すぎるのではなくて？」

「おや、貴女がそんなにボクと踊りたいとは思いませんでしたね？」

「ふふ、ご冗談を。分かっておられるでしょうに。構いませんわ、私は一人でここにおりますから、どなたかと踊っていらして？　ただし、婚約者を悲しませない程度に、ですわよ？」

私がそう悪戯混じりの答えを返せば、最近は以前のような女性の噂を聞かなくなったクリス様が、男性であることが憎らしいくらい美しい顔のまま苦笑する。

「これはなかなかに手厳しいですね？　ご心配して下さらなくとも大丈夫ですよ。心得ていますから。それに……ここにいればすぐに、貴女をダンスに誘う心の強い人物が現れるに違いありませんよ」

そう意趣返しにしては出来の悪い台詞を残して、クリス様は馴染みの上級貴族の子息の輪に加わりに行ってしまった。

残された私は、しばらくぼんやりと会場の煌びやかさに目を細める。

と、そこへ隣から――――。

「もしお一人でしたら、一曲踊っては下さいませんか？」

その聞き馴染んだ声に弾かれたように振り向いた私に差し出されたのは、真っ赤なポインセチアの花と。

「――この人混みの中でも、すぐに分かったよ。忘れ物を届けに来たんだ」

眼鏡越しに細められる榛色の穏やかな瞳。

「ずっと会いたかった……僕の、大切なキミ」

ゆっくりと抱き締められてそう囁かれる腕の中で、私はここ数ヶ月ぶりに本当の〝呼吸〟をしたのだわ。

□□□

腕の中にすっぽりと納まるイザベラの身体は、ここ数ヶ月間ずっと僕の心に空いていた空洞を埋めるキーストーンのようだ。グラついていた僕の世界の足場を、たった一人で確固なものにしてしまう。ダンスの音楽も、人のさざめく声も、ホール内を照らすシャンデリアの明かりすらも——……全てが僕の周囲から消え失せて、僕の感じられる世界はイザベラだけになる。

ポインセチアの花を差し出すつもりだったのに、ずっと触れたかったイザベラを前にしたら、我慢が利かなくて思わず抱きしめてしまった。

でもイザベラはそんな僕を突き飛ばすこともせずに、腕の中で細く長い呼吸を数回した後、恐る恐るといった風に僕の背中に掌を這《は》わせる。

まるで僕の存在を確かめるようにゆっくり、肩甲骨に触れた掌が背中を撫で下ろして腰の上で止まったかと思うと、今度はその細い腕を絡めて強く抱き締められた。その途端に故郷から出て来たばかりだというのに、懐かしい郷愁のようなものを感じて涙腺《るいせん》が緩む。

それをイザベラに悟らせまいと首筋に顔を埋めれば、仄かに僕の知らない〝女性〟の香りが剝き出しのうなじから香って、そのことに何故かギクリとしてしまった僕は、自分から詰めた距離を再び取ろうと身を引きかけたのだけど、今度はイザベラがそれを許さずに僕の首筋にすり寄ってきた。

一瞬だけ言い争いのような形になりかけた僕達は、けれど結局離れ難くてお互いを抱く腕に力を込める。

「……イザベラ、ほんの少し痩せたんじゃないのか？」

結い上げられた夜色の髪が一筋零れて、視界に入る白いうなじに対照的な色合いを添えるせいで、元からほっそりとしていたイザベラの首筋をさらに細く見せた。

「それを言うならダリウスあなたも……うぅん、引き締まったからかしら？　前よりも身体は薄くなったのにがっしりしていて、何だか間違えて別の男性に抱きついてしまったみたいだわ」

「それは――喜んで良いのかなぁ？　出来ればこうするのは家族以外では僕だけにして欲しいんだけど……」

フッと首筋で苦笑を漏らすと、イザベラが僅かに身動いだ。そんなことにもドキリとしてしまうのだから我ながら情け……いや、格好悪いなぁと思う。

「何を言っているの。あなた以外にそんなことするわけがないでしょう？　物の喩《たと》えというやつですわ。ダリウスこそ私以外の女性にこんなことをしては許しませんわよ？」

そう言ってクスクスと笑うイザベラに、どうしようもなく言いたいことが今の僕にはあって。けれどまだそれを口にすることは出来ない自分に苛立ちが募った。

もう少し、あと少しだけ、僕の〝婚約者〟の君でいて欲しいと――そう願うことしか出来ないけれど。

「ねぇ、ダリウス。あなたは私をダンスに誘ってくれたのではなくて？」

ヒールのせいでいつもより僅かに高い背丈のイザベラが、耳許で秘め事のように囁く。その甘い声に、瞬間身体に痺れが走った。

「――……僕があまり踊るのは得意じゃないの、知ってて言ってるだろう？」

甘い声に、香りに、僕の知らない〝女性〟へと羽化してしまったイザベラにクラクラする。

おどけるようにそう返すのが精一杯の僕を、イザベラの細い腕が一層強く絡め取った。

「えぇ、勿論知っているわよ。だけどほら……見て？　誰も私達を見てなんかいないわ。それでもどうしても心配だというのなら〝踊る場所を変えて〟と誘い直して下さるかしら？」

少しだけ首を傾けたイザベラが視線をダンスホールの方へと向ける。僕も言われるままにそちらを見たけれど、確かに誰もが自分のパートナーに視線を注いで楽しそうに踊っていた。

しかしその誰もが今の僕とはかけ離れた身なりと階級と能力を持っていて、それに相応しい威風堂々とした振る舞いを取っているのだから、まさか僕があぁ振る舞えるはずもない。

そんな風に思って黙り込んでいたら、不意に腰に巻き付いていたイザベラの手が、僕の手首を撫で下ろしてまだ指先に摘んだままの真っ赤なポインセチアの花に触れる。そうして僕の首筋から顔を上げたイザベラは、うっとりとしてしまいそうな微笑みを浮かべて「ねぇ？」と甘くねだった。

僕がつい「狡いなぁ」と呟いてイザベラの身体をやんわりと引き離すと、イザベラは「早くなさらないと踊る時間がなくなりますわよ？」と急《せ》かしてくる。

けれど……引き離してもう一度正面から眺めたイザベラの姿に息を呑んだ。

身に纏うドレス自体のデザインは古いものの、慎《つつ》ましやかで品の良い形がイザベラにとても良く似合っている。髪型も、いつもはふんわりとした癖のある夜色の髪を流しているけど、今夜は真っ直ぐに伸ばして緩く結い上げられているせいで、常なら見えないうなじが目に眩しい。

――要するに。

「やぁ、吃驚《びっくり》した……。いつもは可愛らしいけど……今夜はとても綺麗だよ、イザベラ。去年見られなかったのが惜しいくらいだなぁ」

思わず、といった風に口をついて出た素直な称賛に、それまで大胆なほどだったイザベラが頬を染める。

「も、もう！　そういうことは抱き締める前に言うことですわよ？」

「う……ごめん。ずっと会いたかったイザベラが目の前にいるなぁと思ったら、つい。でも今度はちゃんとするから大丈夫だよ」

まだ「本当ですの？」と疑いの眼差《まなざ》しを見せるイザベラに苦笑しつつ、僕は手にしたポインセチアを、イザベラに向かって捧げ持つようにして床に片膝をつく。

「……大好きな婚約者殿。どうかこのダンスの下手な僕と、あちらにある人気《ひとけ》の少ないバルコニーで踊っては頂けませんか？　出来ればこの〝聖火祭〟が終わるまでずっと――僕とだけ」

イザベラは少しだけくすぐったそうな表情を見せてはにかむと、僕の手からポインセチアを摘み上げて「勿論ですわ」と答えてくれる。

僕は承諾の証に差し出されたその手を取り、そのまま人目を避けるようにバルコニーへと彼女を誘った。

□□□

バルコニーにはこの日のために豪勢に敷き詰められた、輝かしいイザベラの研究成果である魔法石が、周辺の冷たい冬の外気をまだ数ヶ月先の春のような暖かなものへと変じている。僕とイザベラは人気のないバルコニーで華やかな曲の合間に入る、ゆったりとした音楽の時だけ簡単なステップを踏み、それ以外の難しいステップの時は二人して近況について語り合った。

僕からは、リカルド兄上とサフィエラ義姉上の赤ちゃんの名前について、両家のどちらの両親が名付け親になるか揉めてまだ名前がないこと。そのことでいい加減にしないと赤ちゃんが名前を憶えるのが遅くなると、リカルド兄上とサフィエラ義姉上が気を揉んでいること。

領地で僕が考案した雪道対策が功を奏して、この季節に行商人の馬車が訪れられるようになったこと。小麦の収穫量は少なかったけれど、この学園で知り合った聴講生の皆が銘々《めいめい》送ってくれた物資のお陰で、保存食やひと冬なら越せる程度の小麦を貯蔵出来たこと。

今日この〝聖火祭〟に僕のような外部の人間が潜り込めたのは、数ヶ月も前からアルバート様やメリッサ様達の助力があっての実現だということ。領地の皆がイザベラの発案にとても感謝していることなど——話し始めるとキリがないくらいに伝えたいことがあって、とても一晩では足りない。

イザベラの方でもそれは同じようで、仲間内で作った新しい魔法石の使用法について研究をしているということ。

学園の中でも将来能力を活かして働いてみたいと考えている、一部のご令嬢達の手を借りられるようになったこと。いつも魔法石の欠片を回収に行く工房から、少しだけ上質な魔法石の欠片も融通してもらえるようになったこと。

アリス嬢のお家が大変だったと聞かされた時には流石に驚いたけれど、それもハロルド様の手で今は安全な場所で暮らしていて、そんな二人の関係がこの頃怪しいことなど——。

こちらもまた話したいことが尽きない様子で、結局のところ僕達は途中からダンスのステップなどすっかり忘れて、バルコニーの手摺《てす》りに並んでもたれ、絶えない会話に花を咲かせた。

——だけどそれも中のホールから聞こえてくるダンスの曲が、この夜会の終盤に向かうしっとりとした雰囲気を含み始めたところまでだ。

僕は意を決して、それまで並んでもたれかかっていたバルコニーの手摺りから身体を起こす。

そのままバルコニーの中心に向かって五歩ほど歩くと、急に隣の僕がふと自分から離れたことに気付いたイザベラが、不審そうに眉を顰めた。

僕はそんなイザベラの表情を見つめ、綺麗だなぁ、と目を細める。室内からの柔らかい明かりと、冴え冴えとした冬の月明かりがイザベラを包み込んでいる様は、一種宗教画めいた神々しさを醸し出していた。

「先日君の実家と僕の実家に、王城から書状が届いた。内容は君も知っている通りのものだと思う」

「…………」

僕が何気なく切り出した言葉に、目の前のイザベラが身体を硬くした。それを確認した上で、僕は言葉を続ける。

「僕達の辺境領から王城に召し上げたいなんて申し出を受けることは、大変に名誉なことだし、素晴らしいことだよ。イザベラの能力を認められてのことだから、僕も嬉しい」

「…………」

ずっと黙ったまま微動だにしないイザベラに堪えきれなくなった僕は、彼女から何かしらの反応を引き出したくてあざとい手段に出た。

「ベラも……そうだろう？　僕は魔力の保有量は少ないけど、ベラの魔力が今どんな状態で使われているかくらいは分かるんだ。君が魔力を込めて毎週送ってくれる魔法石の力を解放する時には、とても楽しい気配が伝わってくる。この研究を進める一年は君にとってこれ以上ないくらい有意義で、今まで王都で過ごした一年の中で一番短かったはずだよ。だから――」

思った通り愛称を呼べば――それまで無表情だったイザベラの肩がピクリと跳ねた。

彼女の心が自分の呼びかけで揺れたことが、こんな時だというのに酷く嬉しいのだから救いようがないなぁ。胸はさっきからずっとギシギシ痛むし、喉はカラカラでこの先の言葉を紡ぐことを拒むけれど、僕は無言で立ち尽くしているイザベラに、最初で最後の強がりを吐かなければならない。

「だからもしも、もしも君が――この研究を王城のお膝元にある研究室で続けたいと言うのなら……今ならまだ、この婚約をなかったことに出来る。君のご両親には領地のエッフェンヒルド領から、もっと王都に近くて豊かな領地を与えても良いとの達しも届いたそうだ」

そう言葉を紡ぐ声は奇跡的に震えずに、さっきからずっと僕から目を逸らさないイザベラに届いているはずだ。

「まだこの婚約を白紙に出来るんだ。君の婚約指輪も僕が持っているから、ベラはまだ自由なんだよ」

「…………」

「答えは今夜出さないで、卒業式までゆっくり考えてく……」

「お黙りなさい」

急に割り込んできたイザベラの声に、長年の条件反射で口を閉ざす。つい黙った僕を見たイザベラは一つ頷くと、五歩分離れていた距離を一気に縮めて目の前で止まった。

普段より目線が高いからか、上目遣いに睨みつけてくるキラキラと輝く紫紺の瞳に魅入ってしまう。

するとイザベラは僕の襟首を両手で摑んだかと思うと、足りない分の距離を自らの方にグッと引き寄せて――……次の瞬間間近にあったイザベラの顔に驚き、後ろに重心をずらしかける。だけどそれを予期していたらしいイザベラからまたも引き寄せられた。

唇にイザベラの柔らかい唇を押し付けられ、僕は一瞬自分に何が起こっているのか理解が追いつかない。それどころかこの状況で何故、と思うのに――――。

いつの間にかその華奢な腰に腕を回してイザベラを支えたまま、より深く口付ける自分が一番理解し難い。角度を変えて口付けてくれようとするイザベラを、爪先が地面から離れるくらいに自分の方へと抱き寄せ、唇を重ねた。

会場から聞こえてくるはずの華やかな音楽も、ザァザァと自分の中を暴れる感情が邪魔をして聞こえなくなる。聞こえるのはただ、密着した僕とイザベラの心音と、途切れ途切れの息遣い。今この時だけは世界が完結してしまえとすら思った。

どれくらいそうしていたのか分からないけれど、こうされた時と同じくらい急に、イザベラが僕の襟首を摑んでいた手を離して僕の胸を押し退《の》ける。

慌ててソッとイザベラの浮いた爪先を地面に降ろせば、イザベラはクッと形の良い顎を持ち上げ、今まで重ねていたその唇を動かしてこう言った。

「――……良いわ、ダリウス。今の口付けに免じて、今夜のところは答えないでいてあげる。けれどあなたは私の答えを今夜聞いておかなかったことを、くれぐれも後悔しないことね？」

折角口紅を引かれて艶やかだった唇はすっかり色を失い、元のイザベラが持つ健康的な色を取り戻している。

その視線に気付いたイザベラは、ほんの少しふにゃりとしたあの微笑みを浮かべて僕を指差し「〝それ〟を返してくれるかしら?」と、今度は蠱惑的に微笑んだ。

求められ、口紅《それ》の返還のために再び重ねるこの唇が卒業式に紡ぐのは、一体どんな答えだろうか?

□□□

十四歳で領地と婚約者の元を離れてから、三年目。

長かったような短かったようなこの三年間で、ダリウスからもらったカードと、贈ってくれた花の名前を記した手帳をベッドの上に広げて思わず微笑みが零れる。あの〝聖火祭〟の夜から、私とダリウスの関係性はまた少しだけ以前と形を変えた。婚約者であることに変わりはないのだけれど、それだけでは足りないような存在とでも言うのかしら?

結局私は冬期休暇を学園の研究室で過ごし、ダリウスからは途切れて久しかったカードが送られてきた。まだ向こうは忙しいようで、花の手入れまで手が回らないから花はおあずけだけれど、それでも構わないわ。毎週送られてくる簡単な近況報告と〝相談事〟が少しだけ綴られたカードは私の新しい宝物だもの。

そしてあの夜に魔法をかけられたのは私だけではないようで、アリスやメリッサ様の二人にもそれまでの関係性を変える転機を与えたようだった。

メリッサ様は今日の卒業式が終わり次第、あの魔力測定をした忌まわしい大聖堂で、アルバート様と今度こそ幸せな報告を挙げ――……第二王子の妻を輩出したという実績は残すものの、アルバート様の命のもと、長年彼女を虐げたご実家との訣別をはかるそうだわ。

アリスは身内から犯罪に手を染めた者が出たことを考えれば異例のことだけれど、今日の卒業式に出席を許された。というのも彼女の身柄を預かっていた、ハロルド様のお知り合いのご夫妻からアリスを養女にしたいとの申し出があったから。

夫妻に子供はおらず年齢的に実子はもう望めない。それにアリスも初めて自分を〝子供〟として甘やかしてくれる当たり前だったはずの温もりに触れ、まだはっきりとは答えていない様子だけれど、私は今日で決まりそうな気がしているのよね。

どちらかというとアリスの場合、問題はその後だと思うけれど。

『ちょ、ちょ、ちょ、二人とも!!　わたしどうしたら良いと思う!?』

『あら、どうなさったのアリスさん？　まるで猫をあやすような面白いお声を出したりして』

『そんなメリッサ様、本当のことでももう少しやんわりと注意してあげないと、如何にアリスとはいえ傷つき……ませんわねぇ』

『おーい、二人とも甲乙つけ難い感じに酷いよ？　わたしの扱い雑じゃない？』

『そんなことはいいからアリス。何が〝どうしたら良い〟と思うのか仰って』

『あら、それもそうですわね。原因の〝何か〟が分からないことには相談にも乗れませんでしてよ？』

『あ、やっと聞いてくれるんだ？　それがねー……ってあのさ、その前にちょっと確かめたいんだけど、二人はさ……その、身分差婚ってどう思う？』

——と、いうようなやり取りが今から二週間前にあったところですものね。

だから今日の学園の卒業式は私達にとっても、彼等にとっても、一世一代の出来事になるに違いない。

私は念入りに姿見の前で制服のリボンタイを整え、黒いローブを上から羽織る。トップに四角い房飾りのついた帽子を斜めに被り、ピンでずれないように固定したけれど、癖毛が邪魔で絡まりそうだわ。

クルリとその場で一回転して最終チェックを終えた私は、卒業式で読み上げる答辞を綴った紙と、机の上に置いてあった箱を手にして部屋を出ようとして——……一度だけ振り返って、三年間を過ごしたこの生活感の薄い部屋に一礼した。

今日私がどんな答えを出そうとも、一度として自分の居場所だと思ったことはなかった部屋だけど、それでも三年間のここでの思い出を残すには充分だったわ。

式が終わる前からどこか清々しい気分を胸に、私は部屋を後にした。

□□□

式を執り行うホールに辿り着くと、そこはもう式の関係者でごった返していて、私はメリッサ様と今日やってくるはずのアリスを探して爪先立った。

けれどよくよく考えてみたらあの二人を見つけるのは、割と簡単なのよね？

それまで私と同じ黒いローブを着た学生達でいっぱいになっていた視界が不意に左右に割れて、そこをさも当然のようにこちらへ向かってくる煌びやかな一行が……。

アルバート様を先頭に、メリッサ様、クリス様、見えないけれど多分間にアリスを挟んでハロルド様が続いた一行は、私を見つけると親しみを込めた微笑みを浮かべてこちらに近付いて来る。けれどアルバート様は私に向かって軽く会釈をすると、少し屈んでメリッサ様の耳許に何か囁きかけて、こちらまでは来ないで後ろのクリス様と一緒に踵を返して行ってしまった。

残されたメリッサ様は淑やかに近付いて来ると「お待たせしてしまってごめんなさいね？」と柔らかく微笑んだ。その表情は出会ったばかりの頃の感情を殺した笑みではなく、安らぎを得た自然体のもので。

私はそんなメリッサ様を見つめながら「少しも待っておりませんわよ」と扇を開いて口許の

くなるわ。

笑みを隠す。こうして淑女の嗜《たしな》みとして微笑みを隠すようなことも、もうこの先あまり必要なくなるわ。

二人して扇の下で交わす笑みの間に「イザベラ遅いよ～」とここ最近の生活で、すっかり口調が男爵令嬢のものではなくなってしまったアリスの声がハロルド様の背後から聞こえる。

「〝遅い〟だなんて、アリス。まだ式までは時間があるのに私が遅れたような発言はお止めになって下さ……る？」

アリスの見当違いな不満にそう言い返して声がした方を見やった私は、一瞬目を丸くしていたに違いないわ。

「お、良い反応もらっちゃったな～。どう？　この新生アリスちゃんは」

おどけた言葉ほど内心自信がないのか〝新生アリスちゃん〟の表情はどこか硬い。でも私はその姿に好意的な気持ちを抱いたので素直に「短い髪も似合うわね？」と笑いかけた。

肩まであったダークブラウンの髪は、領地にいた男の子のような短さに切りそろえられ、くしゃりと無造作に撫でつけただけの頭の上に被る帽子のせいで、一見するとまるで男子生徒のようね？

だけどきっと、彼女にとってはこれが本来の姿なのだろうと思わせる天真爛漫《らんまん》な笑顔は、とても眩しくて素敵だわ。後ろに控えるハロルド様もアリスがこちらを向いているのをいいことに、凄く嬉しそうにその姿を見つめている。これならもうこのお二人も心配なさそうね？

ハロルド様は「アリス、その……また後で、な。そっちの二人も──特にエッフェンヒルド。あんたはメリッサ嬢に卒業式の後の話を聞いとけよ？」と謎な発言を残してアルバート様達の後を追うように生徒達の中に消えた。

「何なんですの、あの脳き……」

「じゃないから！」

「あら、アリスったら私の発言に被せてくるだなんて良い度胸ね？」

「だって今確実に脳筋とか言おうとしたでしょう？」

「でもアリスさん、ハロルド様は残念ながら脳き……」

「だから違うってば！」

「『最初に言い出したのはそちらですのに。ねぇ？』」

などとメリッサ様と一緒になってアリスをからかっているうちに、卒業式の準備が整ったのか徐々に周囲の話し声が小さくなっていく。

「んー……そろそろ始まるみたいだね？　イザベラはもう壇上に向かった方が良いよ。わたしとメリッサ様は下からイザベラの勇士を見守っていてあげるからさぁ、全力であの面白い答辞ぶちかましてきてよ！　もし途中で噛んでもわたし達が拍手で誤魔化してあげる」

「えぇ、そうですわ。イザベラさんのあの斬新な答辞で、今日の式にお見えになっている頭の固いお偉方を驚かせて差し上げて？」

「――二人が私の書いた答辞をどう思っているのか、今のでよぉく分かりましてよ？　ふふ、でも良いわ。下から観客として楽しんで頂戴。でもその前に一つ訊いておきたいのだけれど、どちらかダリウスを見なかったかしら？」

先週の手紙でダリウスに、今日の式に研究の協力者として出席してくれるように頼んでおいたはずなのに見当たらないことを二人に伝えると、私より早く会場入りした二人もまだ見ていないと言う。

そのことがほんの少し不安だったけれど、アリスが「絶対見つけて捕まえておくから」と言い、メリッサ様も「家の者の手を借りる最後の案件に相応しいですわ」と続いてくれたので、私も二人を信じて壇上へ向かおうと踵を返した。

――と、急にメリッサ様が私のローブの裾を引っ張って、あることを耳打ちして下さる。アリスはキョロキョロと周囲にダリウスがいないか探してくれているようで、こちらに気付かない。メリッサ様から耳打ちされたその内容に、思わず人の悪い笑みが零れてしまい、私は慌てて扇で口許を隠した。どうやらハロルド様とアルバート様の思惑に加え、私達まで巻き込んで下さるおつもりなのね？

その素敵な悪巧みに「大賛成よ」と返事をして、私は最後の賭けに出るために壇上へ続く舞台脇の階段へと踏み出した。

――――さぁ、ダリウス。私の準備は万端だわ。

ここにはあなたの味方をしてくれる人間なんて誰一人としていないのよ。

だから早く諦めて、私の前に姿を見せて？

□□□

いつものように早朝の一仕事を終えて軽い朝食を一人でとった僕は、アルターからイザベラの手紙を受け取って、小休止のために自室へ向かう。最近ではようやく花の手入れを少しずつでも出来る余裕が出てきたので、長らくダンに任せっきりだった庭園の方にも時間を割いている。

イザベラが残させてくれた庭園だから、多少狭くなった分はしっかりと手入れをして見事な花を咲かせることで帳消しにしないとなぁ、なんて考えながら、封筒にペーパーナイフを滑らせてベッドでうつ伏せになって開く。

スズランの香りがする便せんがまた届くようになったことは嬉しいのに、このやり取りがもうすぐ終わることが怖いような、待ち遠しいような……そんな何とも複雑な気分で文面に視線を落とす。

〝私、卒業式で答辞を読んでくれと頼まれてしまいましたの。今まであまり大勢の人の前で話をする経験なんてなかったから心配だわ。だからダリウスさえよければなのだけど……当日研究の協力者として式に出席してはくれないかしら？〟

ベッドにうつ伏せになっていた体勢から思わず起き上がってその内容を読み返す。イザベラにしては珍しく気弱な文面で、今の彼女の精神状態が心配になってしまった。かといって僕も所詮田舎領主の三男坊だから、そんなに衆目に晒されるような経験はない。けれどイザベラの心情はどうあれ、彼女の晴れ舞台ともいえる日だ。

だったらここは折角イザベラからの誘いもあるわけだし、当日は絶対に出席した方が良いだろう。問題はこちらに帰ってきたら渡そうと用意していた花だけど……背に腹は代えられないか……。

僕はまだ充分とは言い難い休息を早めに切り上げ、ベッドから起き上がって手早く身支度を整えた。それからふと思い立って机に向かい、簡単な文面の手紙を二通書いて封をする。

内容は至極簡潔に〝大至急お金を貸して下さい〟という〝情けない〟ものだけど、今の僕には少しも恥じることのない内容だと思えた。イザベラが当日僕達の関係にどんな答えを出すとしても、彼女の三年間の努力を労《ねぎら》い彩るのは、僕の育てた花束が良い。

そんな思いを込めた手紙を手に部屋を出てアルターを呼ぶ。僕は駄目で元々という気分で、教会に幾らまでならツケが利くのかを確かめるために屋敷を出た。

□□□

――――そしてついに迎えた卒業式当日。

一週間前に届いたイザベラからの手紙と、この日のために金策能力を駆使して用意した花束、それから若干の緊張を胸に王都の学園の卒業式会場までやって来たのはいいけど……あまりの会場の熱気に気圧されて思わず外に出てしまった。

すっかり田舎のおのぼりさんに戻ってしまった僕からすれば、王都だと学園の卒業式関係者だけでこの規模になるのかという驚きを隠しきれない。確かにこの中で壇上に上がって答辞を述べるとなれば、如何にイザベラと言えども緊張するだろうなぁ。

この人混みを予期したわけではなかったけれど、念のために硬度強化の祝福をかけておいてもらって良かった。花の本数が本数だからかなりお値段は張ったけれど、充分すぎるほどに施しておく価値があったなぁ、などと考えていたら――。

急にどこから現れたのか、見ず知らずの黒服男性達に取り囲まれて、わけも分からないまま会場の中に連れ戻され――早速心が折れそうになった。

それでもそんな場違いな僕を、運良くイザベラの友人であるメリッサ嬢とアリス嬢が見つけてくれた。この人混みの中でよく出会えたものだと安堵してしまったほどだ。

すでに少し服装のくたびれてしまった僕とは違い、二人は踝《くるぶし》まである長い黒のローブを制服の上からすっきり着こなし、頭には四角い房のついた帽子を斜めに被っている。

その時、つい女性をジロジロ見るのは失礼になると分かっていても、あまりにこざっぱりしてしまったアリス嬢の髪型に視線がいってしまった。僕の不躾な視線に気付いたアリス嬢は「元が良いから、こういうのも似合うでしょう?」と気持ちの良い笑みを浮かべてそう言う。

そういえば口調もだいぶ変わった印象を受けたけど、恐らくこちらがアリス嬢本来の姿なのだろうと感じて、僕も率直に「えぇ、とてもお似合いですよ」と答えた。

そのまま二人に前後を挟まれる形で壇上に近い場所まで移動し、三人でイザベラの出番を待つことになった。

その間、メリッサ嬢もアリス嬢も競うようにこの数ヶ月のイザベラの努力をつぶさに僕に説明してくれ、その内容の一つ一つがどれもイザベラらしいものばかりで、まだ壇上に現れてもいない彼女を想って胸が一杯になる。

すると二人は「ちょっと婚約者君、ウルッと来るのはまだ早いよ」「そうですわ。今から涙を見せていたらこの後に流すものがなくなってしまいましてよ?」と微笑んで見せた。

けれど僕としてはその後に続いた「「どんな涙か分かりませんけど」」という二人の不穏な言葉の方がずっと気になったんですが……?

思わずそれまで浮かべていた社交用の笑みを引っ込めてしまった僕に気付いた二人は、すぐさま「それがイザベラが言ってた花? 確かに綺麗だね。こんなのもらったら女の子なら嬉しくなるよ」「想いを寄せ合う殿方が自ら育てて下さる花なんて素敵だわ」と口々に褒めてくれたけど、何だかかえって身構えてしまう。

おまけに背後から首筋に刺さるような視線を感じて振り返れば、そこには当然の如くアルバート様とハロルド様の姿があるし……。気になるなら後ろにいないで一緒にここで見れば良いのになぁ？

微妙に疑問を感じる席取りに首を傾げつつも「さぁ、そろそろ始まりますわよ。式の最中はくれぐれもお静かにね？」と蠱惑的に微笑むメリッサ嬢の言葉に素直に頷いて、壇上に視線を向ける。もう背後からの視線は無視しよう。

最初は当然主賓からの祝辞で始まり、次に学園の関係者からの言葉、下級生からの祝辞、今までの三年間に卒業生が取った輝かしい賞や、各部門にある成績発表が読み上げられ、そのたびに会場内から拍手が上がる。

——あ、でも武術関連はハロルド様の一人勝ちなのか。

延々と読み上げられる武術大会や、それ以外の演技にまで名前を呼ばれるのは流石に騎士団長子息だなぁと思う。隣をソッと見やれば、案の定アリス嬢が誇らしげな表情で聞き入っていた。

再び視線を壇上に戻せば、今回の自然災害にいち早く気付いて復興準備の手立てを考えた人物に第二王子であるアルバート様の名前が挙がり、反対隣にいたメリッサ嬢を盗み見ると、うっとりとした表情で聞き入っている。

アルバート様の名前が挙がった時には、主賓側からも一際大きく拍手を送る人が見えたけれど、あれは第一王子だろうか？　メリッサ嬢の話では兄弟仲が心配だったけど……こちらも上手くいっているみたいで良かった。

次に復興の現場指揮に立ったクリス様の名前が挙がると、会場の後ろから小さい女の子の感極まったような悲鳴が上がっていたけど、身内の人かな？

その次にはこの災害に尽力してくれた聴講生の皆の名前が挙がって、僕はその場で何度も小さくお礼の言葉を呟き続けた。

いよいよ最後の成績発表が近付いてくると、両隣にいるメリッサ嬢とアリス嬢から「次に名前を呼ばれるのはイザベラだよ」「けれどまだ涙は最後の答辞までお預けでしてよ？」と声をかけられて苦笑しながら頷く。

最後の賞と部門発表で、ついにイザベラの名前が呼ばれ、一部の席からは不満の声と野次が上がったけれど……それに負けじと一部の席からは拍手と歓声が上がった。

――――僕に権力という名の武器があれば良いのにと思ったのは、後にも先にもこの時が初めてだったと思う。

野次を飛ばした連中の席だけ不幸になればいいんだ。その分その席の連中が受け取るはずだった幸せが、歓声と拍手を送ってくれた席の人達に降り注ぎますようにと、思わず真剣に願ってしまった僕は悪くない。

イザベラは従来なら見向きもされなかった廃棄魔法石の欠片から、革新的な利用方法を確立化させた功績と、それを利用しての辺境地域の農業技術の向上、自然災害における復興の足がかりを作った人物としてとても高い評価を受けたとのことだった。

……会場内の熱気と輝かしいイザベラの功績に、やっぱり僕は自分が彼女にとって相応しくないのではないかと思ってしまう。

そして――いよいよ会場の拍手と歓声が静まったところで、祝辞に対しての答辞を読む人間が……〝イザベラ・エッフェンヒルド〟の名が呼ばれた。

――壇上に彼女が姿を現す。

そうすると一瞬にして、僕の世界は彼女一色になる。

それまで身を竦ませてしまうほどだった周囲の音は遠ざかり、彼女の一挙手一投足に自分の持つ感覚器官が吸い寄せられるようだ。イザベラは僕にくれた手紙の内容からは考えつかないほど、堂々とした足取りで壇上に進み出てくると、一度魔法石の拡声装置の置かれた演説台に両手をついて観客席を見回した。

何となく……本当にただの思い上がりかもしれないけれど、その行動が僕を探してのことのように思えて、一度だけ左手を頭上で回す。両隣にメリッサ嬢とアリス嬢がいるから、僕に気付いたのかどうかは分からない。

でも、イザベラは一瞬確かにこちらを向いてふにゃりと、あの僕が一等好きな微笑みを浮かべてくれた。

それからイザベラは評価に対しての礼と、協力してくれた教諭、共に研究をした仲間への礼を優雅な微笑みを交えて述べていく。しばし歌うようなイザベラの答辞に聞き入っていると、不意にまたこちらを見たイザベラの表情が、僅かな悪戯っぽさを湛えた。

——そして。

「さて、ここまで長々と当たり障りのない答辞を聞かされて、そろそろ皆様も退屈していらっしゃることかと存じます。ですのでここからは寛大なお心を持つ方以外は耳を塞いでおいて下さいませ」

何の説明もないまま、厳かな雰囲気の中で進められていたはずの会場内が、突然雲行きの怪しい場に切り替わった。僕はようやくそこで周囲の音が戻ってきた耳に、当然の困惑を口にする卒業生達の声を拾う。

両隣のメリッサ嬢とアリス嬢を見れば、その瞳を期待に輝かせて「今から始まるのが本当の答辞だから」「しっかりお聞きになって！」と小突かれて視線を壇上に移す。

「本日までの三年間、本当に口だけで自分では何の努力もしない上級貴族のご子息、ご令嬢方に散々な嫌がらせをされてきて、もういい加減嫌気がさしておりましたの。ようやく卒業と相成って、本当に清々しますわ」

……え？　何これ。

待って、今から何が始まる——というか、何を始める気なのイザベラ!?

「そもそも身分で能力をはかるだなんて愚の骨頂ですわね？　能力で入学を認められると謳《うた》っておきながら、実際はそれまで一般的な領民と同じ教育を受けてきた、私のような田舎貴族に負ける始末」

どよめく会場内の声などお構いなしにイザベラはさらに続ける。

「それをバネに勉学に勤しむならまだしも、群れて田舎貴族を廃除することに熱を上げる。おまけに学園側もそれを放置するものだから、嫌がらせの腕だけは皆さんかなり上がったのではないかしら？　これで学園内は平等などと説かれても嘘ばかりで片腹痛いですわね？」

慌ててイザベラを壇上から降ろそうと立ち上がった一部の学園関係者が、それを見越して控えていたらしい、壇上脇から現れたハロルド様率いる一部学生と聴講生達に押し返されている。

そしてそれを確認してフッと一度息を吐いたイザベラが、不意にこちらを振り向く。僕も壇上の彼女を見つめていたから、自然と視線が絡まった。すると気のせいか、それまで怒りの色が浮かんでいた紫紺の瞳が和らいだ。

「……元よりここにいる皆さんの中で、随一身分が低い田舎貴族の私がここに来たのは、辺境領で毎日毎日痩せた領地を、領民のために懸命に豊かにしようと力を尽くす、愛しい婚約者のためですわ。私は幼い頃からいつだってそんな彼の力になりたかったのに、彼はそれをやんわりと断るのですもの。頭にくるわ」

そう言ってジッと見つめてくる紫紺の瞳から目を逸らせずに、僕はただただ見つめ返した。

「いつも誰かのためにばかり懸命で、自分のことには全く無関心。領民の不安は分かるのに、婚約者の私の不安など全く理解出来ない朴念仁《ぼくねんじん》。けれど彼はここにいるどの上級貴族のご子息方よりも、正しく統治者である人だわ」

――――ちらほらイザベラの視線の先に気付いた衆目が僕を見ているのが分かるのに、僕はやっぱりイザベラから目を逸らせない。

「今回【フューリエ賞】を受賞させて頂いた研究も、全て彼と、私達の領地のためだけに考え付いたものですの。正直に申し上げまして私にとってはそれ以外のことはどうでも良いですし、どれだけの人が飢えて苦しもうが一田舎貴族程度の私が知ったことではありませんわ。本来そんなことは国がどうにかなされば良いのよ」

流石イザベラ――……とんでもないことをサラッと言ってのけるなぁ。

あと、両隣の二人がさっきから凄い拍手を送っているのが地味に鼓膜に堪えるんだけど、止めないところを見ると、さっきからの言動でこの二人……いや、たぶん少なく見積もっても第二王子を含め五人は共犯者だろう。

「私は今日から、そんな彼の婚約者から、この後結婚に持ち込んで〝幸せで頼りがいのある奥方〟になろうと思いますので、後は皆さんで屋敷に戻って揉めるなり、田舎貴族に虚仮にされた悔しさをバネに精進なさるなりご随意になさって下さいませ。それでは長くなりましたが、ここに卒業生答辞を終えさせて頂きますわ」

イザベラの投下した結婚宣言に、それまで散々騒ぎ立てていた学生までもが口を噤《つぐ》んで一気に僕に視線を向ける。それに伴い一部からは冷やかしと祝福の声が上がっているけれど、僕としてはそれどころではない。

ここまででも公開処刑というか、恥ずかしい思いは充分したけど……まさかこの場を使って〝聖火祭〟に保留にしていた答えを出して来るなんて――！

〝顔から火が出そうな〟という表現をよく聞くけれど、この身で味わうことになるのは出来れば避けたかった。確かにこれはとんでもなく後悔出来る。

絶対に顔面を真っ赤にしているだろう僕にとても甘く微笑んだイザベラは、次の瞬間キッとその表情を引き締めて「注目!!」と声を張り、僕に集中していた視線を再び壇上に集めた。

それを確認したイザベラがおもむろに帽子に手をかけると、それを見ていた学生達も慌てて帽子に手をやる。両隣の二人も同じようにしていることから成り行きを見ていた僕の目の前で、イザベラの「卒業おめでとう!!」の一言に合わせて一斉に帽子が宙を舞った。

学生の数だけ宙を舞うカラスのような帽子に目を奪われていると、いつの間にか壇上を降りて駆け寄って来ていたイザベラが、勢いもそのままに僕に抱きつく。両隣にいたはずの二人は姿を消していて、僕達の周辺だけぽっかりと空間が空いていた。

躊躇いがちにソッとその身体を抱き締め返せば、イザベラは緊張した面持ちで僕を見上げて「さっきの言葉、ちゃんと聞いていまして?」と小首を傾げる。僕が何と言葉を返せばいいのか思い付かずに無言で頷くと、イザベラは蕩けるような笑顔を見せた。その上でまだ「返事はどうですの？」と詰め寄ってくるのは狡いんじゃないのかなぁ？

それでもまだ本当にイザベラを連れて領地に戻ったものか、迷いの捨てきれない僕に——彼女は背伸びをして最後の防壁を破ろうと口付ける。

「この先何度だって言うと思うけど……僕に君は勿体ないよ」

イザベラの唇が離れた僕の口からは、そんな〝情けない〟言葉が出たと言うのに……それすら彼女は許さずに居丈高に鼻で嗤う。

「は？　寝言は寝てから仰って？　誰があなた以上に私を幸せにしてくれて、私以上にあなたを幸せにしてあげられるの？」

そう言いながらもイザベラは目ざとく僕の手許を覗き込んで「私の一番好きな花だわ」と、大輪のバラが一斉に開くような笑顔を見せた。

初めてイザベラに逢ったその日に渡したカスミソウの花が、バラの花を引き立てるように見えたからだなんて気障《きざ》なことは、僕には絶対一生かかっても口に出来そうにないけど——。

「今さら婚約破棄だなんて言わせませんわよ？　それに丁度タイミングの良いことに、研究で得たお金で私がここに結婚指輪を用意しておきましたから……ダリウスが持ってきてくれた、そのカスミソウの花束をブーケトスに使いましょう」

「え？　何、それって一体どういう——……」

「もう、相変わらず鈍いですわね？　この後アルバート様達が式を挙げるそうですの。ですから今からその教会にご一緒させてもらいましょう？」

そう、大切で大好きなキミが笑ってくれるなら。

「あぁ、うん、そうだね……そうしようか？」

僕は——……何度だってキミに愛を伝えるための花束を贈るよ。

◆エピローグ◆

先日王都の大聖堂で王族と挙式を共にした若い二人が、友人達に惜しまれつつ故郷へと戻ってから一週間が経った。

女性の方は居丈高にツンと澄ました印象を与える美女で、ふんわりとうねる豊かな夜色の髪に、切れ長な紫紺の瞳。血統書のついた黒猫のようなその姿からは、少女の気配を脱ぎ捨てたばかりのまだ初々しい色香と、これから成熟していくであろう妖艶さを醸し出している。

対する青年の方はといえば、眼鏡越しに女性を見つめる穏和さと聡明《そうめい》さを感じさせる榛色の瞳と、鳥の巣のようにクシャクシャとした枯れ草色の髪の、どこかぼんやりとした印象だ。

けれど端から見る者に正反対の印象を受ける両者は、それでいて昔から見ている周囲に妙な安心感を与える。

二人は王都での挙式を終えた後、一度男性の故郷である辺境領まで結婚の報告に向かい、一晩を男性の家族達と祝ってからほとんど何も……いや、一株のバラの苗とカスミソウの鉢を持って、女性の実家である領地へとやって来ていた。

そもそもこの二人は互いに田舎の辺境領出身の婚約者同士であり、男性の方はその辺境領貴族の三男坊。

元より結婚後は女性の領地を継ぐために婿入りすることが決まっていたのだが——女性の方が三年間王都の学園で学ぶ機会を得た才女であったために、一週間前まで結婚式が挙げられなかったのだ。

しかし離れていた三年間で二人の心が変わることはなく、無事にこうして女性の領地へと揃って結婚の報告と婿入りの手続きを終えることが出来た。

今は二人で男性の趣味である土いじりをこの土地でも出来るようにと、女性の屋敷を囲む小さな庭園を並んで歩きながら、持ってきた苗の移植場所を探している真っ最中だ。

——と、気になる場所を見つけたのか、男性が鉢植えを地面に置いてしゃがみ込む。すると隣を歩いてた女性の方もスカートの裾に土がつくのも気にせずに、一切躊躇せず男性の隣にしゃがみ込んだ。

熱心に土の感触を確認している男性の横でその様子を見ていた女性が、紅も引かないのに赤いバラの花弁のように色づく唇を開いた。

「そういえば不思議だったんですけれど……ダリウスにもらったカスミソウは甘い香りがしたのに、王都の花屋にあるカスミソウは臭かったの。あれはどうしてかしら？」

「あー……それはね、本来カスミソウがハエの力を借りて受粉するからだよ。でもうちの敷地内で育てているカスミソウは宿根草《しゅっこんそう》だし、長年同じ土地に植わっていたから、ハエを呼ばなくても受粉が出来ると学んでいるからね。それに、土もフカフカで根からの栄養も苦労せずにもらえるから……要するに甘やかされ慣れてるんだ」

「あら、そうですの？　私はてっきりダリウスが大切に世話をしているからだとばかり思っていましたわ」

「はは、そうだと僕も嬉しいなぁ」

「きっとそうですわよ。だってあなたの手は魔法の手ですもの」

「僕はきっとイザベラが顔を埋めて香りを楽しむのが好きだから、カスミソウが気を良くしたんだとばかり思ってた」

女性の可愛らしい疑問に、青年が穏やかにそう答える。するとおもむろに地面に手を当てていた青年が、何事か小さく囁いた。

瞬間ほんのりと青年を淡く白い光が覆い、触れていた地面に光の粒子が水が湧くように広がって染み込んでいく。

その姿を愛おしそうに眺めていた女性が、不意に俯き気味だった青年の顔を覗き込み、日に焼けた頬に口付ける。

女性の甘い不意打ちに照れた様子で微笑んだ男性が「急にどうしたの？」と訊ねれば、女性はふにゃりと微笑んで「そんな風に優しく微笑んで〝これからよろしくね〟と言うあなたを見ていたら、つい自分の領地の土であろうと妬いてしまったのよ」と打ち明けた。

青年はそんな女性を見て目を瞬かせ、次いでほんの少しだけ悪戯っぽい微笑みを浮かべて

「今のは頬にしかしてくれないの?」と女性の方に顔を近付ける。

女性は迫られると弱いのか、常なら白いその頬を薄い桃色に色づかせて「まぁ、狡いわダリウス。それも私からさせるの?」と唇を尖らせた。

青年はその反応に満足したのかククッと喉で笑うと、眼鏡を外して土に触れていない方の手で女性の頬を一撫でして「君の照れる顔が見たいから、目を閉じないで?」と女性にねだる。

今度こそ真っ赤になった女性に微笑みを深めた青年は、身体を屈めて今度は自分から女性に口付けた。視線を絡めたまま二度、三度と交わされる口付けに、二人は同じくらい頬を赤く染める。

「……私の領地にいらっしゃいませ、旦那様?」

「ふふ、それじゃあ……僕のところへお帰り奥様?」

そう小さく笑いあった二人は、どちらからともなく目蓋を閉じて口付ける。

そしてあの日のように庭園で、この〝恋〟を〝愛〟へと変えるのだ。

書き下ろし
番外編

琥珀色のダンスと優しい時間

卒業式を終えてすぐにイザベラに連れられて向かった先は、王家の人間が魔力測定を行う由緒正しい大聖堂で、しかもその場所では正にアルバート様とメリッサ嬢の結婚式が執《と》り行われる準備で大忙しだった。

そんな場所に場違いな姿で現れた僕達を、別々の部屋へ連れ去った王城付きのメイドさん達が一気に身支度を整えてくれて、そのまま立て続けに式を挙げる羽目になった。王族との合同挙式のようなことになってしまったことが恐れ多くて、冷や冷やする僕とは違い、見目もその堂々とした立ち居振る舞いも、まるで本物のお姫様みたいなイザベラ。

僕では一生かかっても着せてあげられなさそうな、上質の絹で出来た白いドレスに身を包んだお姫様のようなイザベラの手によって、カスミソウのブーケは弧を描くことなくアリス嬢めがけて勢いよく投げ付けられた。

硬度強化の祝福をかけられたカスミソウのブーケを顔面で受けたアリス嬢が何かを叫んでいたけれど、アルバート様達の式に駆けつけた大勢の招待客から送られた拍手でかき消え、ついでに一緒に式を挙げさせてもらう形になった僕たちもその祝福のお零れに預かったのだ。

それにしてもいくらイザベラがメリッサ嬢の学友だとはいえ、辺境領の下級貴族にはすぎた厚遇ぶりで、一瞬夢ではないかと疑った。だけど一番夢であって欲しかったのが、イザベラから結婚指輪を贈られるという失態。ここは本来なら僕が頑張るところだったはずなのに——

……情けない。

それでも指輪交換の時に、きちんとした銀色の輪をはめた左手の薬指を見つめる僕にイザベラは『婚約指輪の方がデザインが素敵だったわね』と、残念そうな表情を見せてくれたから、僕の意地などほんのつまらないことに思えて。彼女の領地に戻ったらもっと違う方法で沢山イザベラを笑顔にしようと心に決めた。

指輪交換が終わり、いざヴェールを上げての誓いのキス……は恥ずかしいから、額にするだけで済ませたけれど、見上げてくるイザベラの紫紺の瞳がちょっぴり恨めしそうだったのは言うまでもない。

そうして田舎から出て来たその日の内に二度も驚かされた僕は、その後さらに驚かされることになる。というのも、王都で式を挙げることは考えていなかったせいで、当然イザベラと滞在する宿を取っていなかった。

しかしそれも予定に入れていたのか、こちらが悩む時間も与えられないまま、式が終わった僕達は王家関係の客人が使用する客室に通され、この後の生涯受けることのないようなもてなしを受け、かれこれ今日で滞在三日目だ。

室内は王室お抱えの職人が丹精込めて作ったシャンデリアが、明る過ぎず、かといって物足りないと感じるほど暗くもない、絶妙な灯りで柔らかく照らし出す。ただそんな室内で、僕は迷子の子供のような心許ない気持ちに襲われている真っ最中だ。

「ねえ、イザベラ。やっぱり今夜の舞踏会は君だけで会場に向かった方が良いんじゃないかな？」

シャンデリアに引けを取らない彫刻を施された姿見の前に立っていようが、そこに映っているのが丸眼鏡をかけた冴えない自分ということに申し訳なさを感じる。

そもそもイザベラの卒業式に出るために着て来た、僕の中では一張羅だけれど、世間的には時代遅れの正装に身を包んだままそう問えば、イザベラは呆れたような困ったような微妙な表情を見せた。

「ダリウスったら、まだそんなことを言っているんですの？　今夜の舞踏会はメリッサ様とアルバート様のために開かれるものなのだから、私達は友人として気楽に出席して欲しいとあの二人も仰っていたでしょう？」

しなやかな黒猫を思わせるイザベラが小首を傾げると、結い上げずに緩く纏めて肩から流した夜色の髪がふわりと揺れた。イザベラは出逢った頃から綺麗な子ではあったけれど、離れている間に僕たちの間にあった容姿の溝は、以前より格段に開いているなぁ。

「それはありがたいんだけどね、ほら、僕はイザベラと違ってあの方達とは知り合ってからまだ日も浅いし……」

確かにイザベラが言うように、アルバート様とメリッサ嬢のご成婚祝いの催しの一環で招待されてはいるものの、絶対に揃って出席しなければならないとは言われていない。

だとしたらあの五人の《友人》として参加するのは、イザベラだけでも大丈夫だと思うのだけれど、かといってイザベラを一人で出席させるのも心配だし、どうしたものだろう……と。

「あら、そんなことなら心配ありませんのに。でもどうしてもダリウスが心細いようでしたら、貴方のことは私がきちんとエスコートして差し上げますわ」

にっこりと輝くばかりの微笑みでそう告げてくれるイザベラに、思わず畏敬の念すら抱く。周りは上級貴族ばかりだというのに、そんなことが言えるイザベラの豪胆さは凄い。恐らく商家に生まれていても大成したことだろう。

「それに問題はそれだけじゃなくて……その、僕の着て来た服はだいぶデザインが古いから。パートナーのイザベラにまで恥をかかせてしまうよ」

卒業式の後に行われた結婚式の準備で着替えさせられたまま、行方不明になっていた服が今朝になって新品のように整えられて返って来た。けれどそれにしたって古めかしさは誤魔化せない。

「そのことでしたら問題ありませんわ。だけど……そうですわね。実は私が今着ているドレスもですけれど、ダリウスの衣装はアルバート様達から借り受けておりますの。その格好も素敵だけれど、今夜の舞踏会にはそちらの方が良いかもしれませんわね！」

そう言ったイザベラは、いそいそと部屋のクローゼットを開き、中からとびきり仕立ての良い懐古趣味な黒の宮廷服を一式取り出した。

もしもこれに仮面をつけたら、ただの仮装パーティーのようになるだろう。大体、こういうデザインは地味で印象の薄い僕のような凡庸顔には似合わない。せめてもの救いはフリルがないことと、刺繍が袖と襟の辺りに金糸で少し施されているものの、ハイネックのシンプルな白シャツなところかなぁ。

しかしこれではっきりしたのは、この問答も仕組まれていたのだということだ。それが彼女達の周到な計画に乗る以外の道がないことを僕に知らしめる。第一よくよく見てみれば、イザベラのドレスだってかなりアンティークだ。

たっぷりとした袖とスカートに、華やかなレースが散りばめられたドレスは彼女によく似合っている。それにいつの間にかお化粧もしてもらっていたようだ。僕が下らないことで悶々としている間に、彼女はしっかりと準備に取り掛かっていたのか……。

溜息を吐いて眉間を押さえる僕に気付いたイザベラが「もしかして体調が悪いの？　それなら早く言って下されば良いのに。今すぐ今夜は出席できないと言付けて来ますわ」と不安そうな表情になる。そこにはさっきまでの悪戯を思い付いた猫のような楽しげな様子は少しもない。

くるくると変わるその表情が、自分のためだと思えばくすぐったくもあり、込み上げてくる彼女への愛おしさをさらに強くする。だから――。

「ううん、大丈夫だよ。それよりもそのドレス、イザベラにとても良く似合っているから、会場の皆にお披露目に行こう。これを一旦脱いでそっちの服に着替えるから、その間少しだけ待っていてくれるかな？」

「そ、そんな言葉で丸め込まれたりしませんわ。本当の本当に体調はよろしいの？　嘘を吐いて体調不良のまま出席なんて絶対にさせませんわよ」

心配そうに言い募るイザベラに「本当に大丈夫だよ」と微笑み返せば、不承不承といった風に頷いた。まるきりさっきまでとは正反対になったこの状況に、笑みが深くなる。予め準備されていた衣装を僕に受け渡し、衝立の向こう側に姿を消したイザベラが「今回は衣装だけではなく、ちょっとした趣向を凝らしてありますのよ？」と少しだけ弾んだ声を出す。

元気を取り戻してくれたことに安心ししつつ「へえ、どんな？」と声をかけるけれど「ふふ、まだ内緒ですわ」と悪戯っぽく焦らされる。

「どうせ会場に行ってみれば分かりますわ。それよりそろそろ準備はよろしいかしら？」

衝立の向こうで彼女が早く僕を驚かせたくてウズウズしているのが分かる。その声に慌てて顔を出せばイザベラは「素敵ね」と甘く微笑んでくれた。幼い頃から見知っているから認識が緩いのかもしれないなぁ。そんなイザベラを見ていたら、段々と心が落ち着いて来た。確かに難しく考えすぎず、ここは一生にまたとない夜を楽しんだ方が良いのかもしれない。

そんな風に思い直した僕は、イザベラに向かい実家に曾祖父の代からある宮廷マナーの礼を真似て「お手をどうぞ」とおどけて見せる。イザベラは一瞬だけ切れ長な目を丸くしたけれど、すぐに「よろしくてよ」と艶やかな微笑みを浮かべてくれた。

□□□

「うん……まあ、何というか予想はしていたけど、やっぱり気楽に楽しむには無理のある会場だね。それに何だか色んな人がチラチラこっちを見てるし、やっぱり田舎者っぽさが出てるのかな」

ホールは思っていたよりも随分広く、舞踏会が始まってから一時間ほどが経過しているが、主賓の二人にもクリス様達にも会えていないまま、すでに僕は下手なダンスを人前で三曲も踊った後だ。イザベラがご機嫌でそんなダンスの相手をしてくれていなかったら、今頃部屋に駆け戻っていたところだと思う。ただ、むしろその笑顔に釣られて下手なダンスを立て続けに踊ったのもまた事実だ。

ははは……と若干乾いた笑いを漏らした僕に、イザベラは「大丈夫よダリウス。この会場の方々を直に見るのは今夜だけのことですし、人目を引いたのはあなたの――」と、そこで中途半端に言葉を切った。その視線が向いた方向を見るまでもなく、周辺の空気がざわりと揺れる。まるで不可視の力が働いたように不自然に来賓の人垣が割れ、人々が頭を垂れた。そんな来賓達に頷き返しながらこちらにやって来たのは、今夜の主賓だ。

やはり二人とも少し懐古趣味なドレスコードで、結婚式を挙げて正式に王族の女性になったメリッサ嬢は、華奢な銀のティアラをつけ、とても幸せそうにアルバート様に寄り添っている。

「今夜は私達をお招き頂きまして、ありがとうございますメリッサ嬢」

僕がぼんやりしているうちに、いつの間にかだいぶ近付いていた二人に向かって、イザベラが深く美しい跪礼《きれい》をとった。その隣で僕も内心焦りながら最上級の一礼をする。胸に手を当てて頭を下げたその時、何故かアルバート様が「成程な」と呟いた。どういう意味かはわからないものの、声音には面白がるような響きがあるので、悪い意味合いではなさそうだ。そのことにホッとしつつ頭を上げると、アルバート様は「今夜の主賓はお前の方かもしれんな」と笑いながら僕の肩を軽く叩いた。

駄目だ、やっぱり気になる。意味深な言葉に突っ込みを入れないでいることは出来ない。ここは意を決して訊いてみよう！　と、口を開きかけたその直後、背後から新たなざわめきが起こった。振り返れば、クリス様、ハロルド様にアリス嬢という……影の薄い僕では周囲から姿が言えなくなりそうな華やかなメンバーが集まる。この時点で自分が人からどう見られるかなどといった、自意識過剰な心配をしていたことが、如何に馬鹿馬鹿しい杞憂であったかを思い知った。

こっそりと一人で恥じていると、隣でそのことに気づいたらしいイザベラが笑う。

やって来た三人にまた同じようにイザベラが跪礼をし、僕も同じく一礼を返す。すると今度はそれを見たクリス嬢とハロルド様が、さっきのアルバート様のような反応をした。

——もう訳が分からない。

知らないうちにそういう表情になっていたのか、愉快そうに目を細めたクリス様が、ようやく答えらしきことを口にしてくれた。

「さっきのホールでのダンスはなかなか面白い動きでしたが、意外にも宮廷マナーにお詳しいようですね。イザベラ嬢が自慢していただけのことはある。ボク達の年齢でそこまで古い典礼用の礼をする人は珍しいうえに、姿勢も取って付けたようではなく美しい。今夜の装いにはぴったりですね」

要するに、部屋を出る前にイザベラが言っていた《趣向》とは、田舎貴族の僕が恥をかかないようにとの配慮から、主賓であるアルバート様達を巻き込んでの、古典作法をふんだんに使用した舞踏会になるよう画策してのことだったのだ。

「だから皆あんなにダンスを失笑する割に僕を見ていたのか……」

種明かしをされて心が少し軽くなったような、重くなったような。この会場内にいる他の人達に少しだけ申し訳なさを感じる。普通の舞踏会であれば、彼等はもっと堂々と振る舞える立場なんだろうし。

そういえば幼い頃は、イザベラと一緒になって宮廷マナーの本を引っ張り出して、そこに描かれた絵を見ながら、王子様とお姫様になりきって二人だけの舞踏会をしたなぁ。まさかそれがこんな形で活かされるとは思ってもみなかったけれど。

「ふふふ、そういうことですわ。今夜は誰も貴方を馬鹿にしたり出来ませんもの。でもごめんなさい、メリッサ様にアルバート様。アリスにハロルド様に、クリス様も。大切な席を祝うための舞踏会なのに、私の我儘に付き合わせてしまって……」

するとイザベラの発言にアリス嬢が「何を水臭いこと言ってんの。それにもしも馬鹿になんかしたら、イザベラが扇をへし折る勢いで殴りに行きそうだもんね？」と朗らかに物騒なことを口走り、その発言に対してメリッサ嬢が「そうですわ。大切な席はわたくし達だけではなくて、お二人もでしてよ。――だけど流石に祝いの席でそれは困りますわね？　どうしても許せないようでしたら、後でわたくしにこっそりと家名を教えて下さればよろしくてよ」とさらに物騒な感じに加わった。

しかしアルバート様かクリス様達が止めるかと思えば――、

「これくらいのことなら職権濫用にはなりませんよ。むしろ上級貴族の嗜みとして知っている方が好ましいですからね」

「まあオレも今夜の礼法は苦手だが、人をコケにする奴等にはちょうど良いんじゃねぇのか？」

「ああ、二人の言うことも一理ある。親の代から受け継いだだけの地位をひけらかして、他の辺境領にいる貴族達を下級だと嗤うだけでは上に立つ資格がない」

……意外にもかなり好意的な解釈をしたうえで、アルバート様に至っては、さらにこちらを庇うような発言までしてくれたことに感慨深いものがあった。

けれど、次の瞬間には「オマエが言うと重みが違うよな」とハロルド様が言い出し「おや、確かにそうですねぇ」と、クリス様が唇の端を皮肉気に吊り上げ「あのな、お前達は昔からたまに俺がまともな発言をする腰を折るのを止めたらどうなんだ？」とアルバート様が額を押さえた。

そんな流れるような幼馴染みのやりとりに苦笑しながら、ふとさっきまでここにいるのが場違いである居心地の悪さを感じていたはずなのに、いつの間にかこの場に居心地の良さを覚えている自分に驚く。依然としてチラチラとこちらに向けられる好奇の視線は多いのに、それでもずっと気分が軽くなった。そう感じながら色とりどりの衣装が翻るホールを見ていると、今までの華やかな曲調から、少し古典を取り入れた落ち着いた演奏へと切り替わる。

すると今まで今夜の舞踏会の中心となって踊っていた若い貴族達が、ホールから一斉にその数を減らし、代わりに年配の貴族達がホールへと入って行く。一瞬不思議に思っていると、そこで踊り始めた彼等、彼女達の体捌きから一つの答えが出た。

「クーラント……？」

思わず漏らした呟きを耳敏く聞き付けたクリス様が、アルバート様達の会話から抜けてこちらにやって来る。

「おや、気付きましたか。どうやら本当に古典にお詳しいようですね。今夜の趣向は大舞踏会の真似事なのですよ。ですので、この後メヌエット、パヴァーヌと続きますが、踊れますか？」

例えばさっきまで若い貴族達が踊っていたアルマンドは、パヴァーヌに似ているものの、曲のテンポがやや早い近代的なダンスだ。逆にクーラントの上位として今の時代に好まれているのがメヌエットにあたる。今夜は衣装だけではなく、ダンスも古典と現代に分けられているようだ。

「いえ、まさか。動きは知っているんですが、流石に書物からダンスを学ぶには限界がありますから。まあ、僕の場合はセンスの問題でもありますが」

再度苦笑する僕に向かい、クリス様は「そうですか。では残念ですが、ボク達若輩者はここでお偉方が年甲斐もなくはしゃぐ姿でも見ていましょう」と辛辣とも、捻くれた優しさとも受け取れる発言をする。

「わたしも古典は付け焼き刃の一曲しか覚えてないからここにいよっかな。ハロルド様もそれで良いよね？」

イザベラの腕にぴったりと自身の腕を絡めたアリス嬢がそう言うと、まだアルバート様と軽口を叩き合っていたハロルド様が「おう。どの道オレは昔からこういう堅苦しい催しは苦手なんだ。それにアリスの着飾った格好を他の野郎連中に見せるのも癪だしな」と応じる。こういう男らしいところを僕も見習わないとなぁ。

そのハロルド様の隣で「俺も同感だ。主賓だ何だと言われたところで、今夜のこの舞踏会は、メリッサが俺の妻になったと公表するだけの場だ。着飾ったメリッサに注目されたくはない」と忌々しげに言う。嬉しそうに微笑むメリッサ嬢とアリス嬢を眺めていたら、不意に袖を引っ張られる気配がして隣を見れば――。

「ねえ、ダリウス。何かわたしにもかける言葉があるのではなくて？」

なんて、頬を染めたイザベラがチラチラと僕を見上げて来るから。気恥ずかしいけど、今夜の舞踏会を譲ってくれた皆の手前、ほんの少しは格好をつけようと決意する。

「ダンスはあまり得意じゃないんだけど……次のメヌエットは、僕にエスコートさせてくれますか？」

そんな風にやっぱり格好をつけきれずに差し出す僕の腕に、イザベラの絹の手袋に包まれたほっそりとした腕が回されて。

「馬鹿ね、わたしのエスコートをしても良いのは貴方だけよ」

そう最上級の殺し文句を無意識のまま口にして、極上の微笑みを向けてくれるこの位置は、他の誰にも譲れない。

あとがき

初めまして、ナユタと申します。

この度は本作《大好きな婚約者〜》を手に取って頂きまして誠にありがとうございます。

小学生の時分からノートに文章を書くことを趣味にしてはいましたが、まさかこんなことになるとは。

人生って意外に分岐点が多くて面白いです。

元々ドラマチックな展開の物語や、凄い才能を持つ人を書くのが苦手なので、私の書く物語の登場人物はやけに傷だらけになって苦労するのですが、そんな等身大の人間が好きなもので。

この作品に出てくる主人公達は、まさにそういう等身大の幸せを懸命に面白味もなく積み上げようとする子達です。――と、こう書くとなんだか物語の盛り上がりにかけると思われそうですので、ちょっとだけ補足を。

このお話は地味で気弱だけど誠実な男の子と、気が強くて美人で何でも出来る女の子の織り成す凹凸な恋愛模様を描いてみたくて書き始めたものですが、いつも物語を書いていて凄いなぁと思うのは、読んで下さる読者様達の感情ポケットの多さです。

物語のどこに感情を動かされるかは、当然ですが誰もが皆同じ場面ではありません。

優しいものを、美しいものを、憎いものを、好ましくないものを。それぞれが持つものをどう捉えるのか、正解は何処にもなくて、何処にでもある。

本作のキャラクター達も、読者様達のポケットの何処かに迎えていただけたら嬉しいです。

最後になりますが、この作品を掬い上げて下さった担当の江川様。毎回機械音痴ぶりを発揮して申し訳ありませんでした。

お忙しい中この作品の絵を手がけて下さった一花先生。作中のイザベラとダリウスの二人に初めて会った時の喜びをありがとうございます。

そして、校正様、デザイナー様、出版社様、この本の製作に関わって下さった皆様に心からの感謝を。

あとは、いつか本を出せると励まして下読みをしてくれた叔母、常に引きこもっている私を外に連れ出してくれる兄、根を詰めすぎると叱ってくれる母、時に大胆さも大事だと気付かせてくれる父に。

それからもう一度、本棚の隅にこの本を住まわせて下さる貴方に、ありがとう!!

平成三十一年　三月某日

PASH!ブックスは毎月最終金曜日発売

好評発売中&コミカライズ始動!

『俺ツエー!』のはずが、
まずは修行五百年!?

地味な剣聖はそれでも最強です1～3

著：明石六郎
イラスト：シソ

神様のミスで死んだ俺、異世界転移のギフトはチート能力じゃなく、森の中で朝から晩まで素振りし続ける地味～な修行の日々だった。日の出とともに木刀を振り、日の入りとともに就寝するうち、「素振り楽しい」「修行楽しい」と仙人思考も板につき。このままこんな日々がずっと続くと思っていたのに…突然森に銀髪の赤ちゃんが！　子連れ剣士は森を出て、ここから彼の本当の異世界冒険が始まる！

定価：本体 1200 円＋税　判型：四六判　©Akashi Rokurou

この本を読んでのご意見・ご感想・ファンレターをお待ちしております。
〈宛先〉 〒104-8357 東京都中央区京橋 3-5-7
（株）主婦と生活社 PASH！編集部
「ナユタ先生」係
※本書は「小説家になろう」（http://syosetu.com）に掲載されていたものを、改稿のうえ書籍化したものです。

PB
PASH!ブックス

大好きな婚約者、僕に君は勿体ない！は？寝言は寝てから仰って

2019年6月10日 1刷発行

著　者 ナユタ
編集人 春名 衛
発行人 倉次辰男
発行所 株式会社主婦と生活社
〒104-8357 東京都中央区京橋 3-5-7
03-3563-2180（編集）
03-3563-5121（販売）
03-3563-5125（生産）
ホームページ http://www.shufu.co.jp
製版所 株式会社二葉企画
印刷所 太陽印刷工業株式会社
製本所 株式会社若林製本工場
イラスト 一花夜
デザイン 井上南子
編集 江川美穂

 ISBN978-4-391-15323-1